# 微妙的革命

## 清末民初的『旧派』诗人

[美]寇志明 著

黄乔生 译

生活·讀書·新知 三联书店

Simplified Chinese Copyright © 2020 by SDX Joint Publishing Company.
All Rights Reserved.
本作品中文简体版权由生活·读书·新知三联书店所有。
未经许可，不得翻印。

**图书在版编目（CIP）数据**

微妙的革命：清末民初的"旧派"诗人／（美）寇志明著；
黄乔生译．—北京：生活·读书·新知三联书店，2020.9
ISBN 978－7－108－06689－3

Ⅰ．①微…　Ⅱ．①寇…②黄…　Ⅲ．①诗歌研究－中国－近代
Ⅳ．① I207.2

中国版本图书馆 CIP 数据核字（2020）第 053412 号

| | |
|---|---|
| 封面题字 | 张洪年 |
| 特邀编辑 | 王雨菲 |
| 责任编辑 | 徐国强 |
| 装帧设计 | 蔡立国 |
| 责任印制 | 徐　方 |
| 出版发行 | 生活·讀書·新知 三联书店 |
| | （北京市东城区美术馆东街 22 号 100010） |
| 网　　址 | www.sdxjpc.com |
| 经　　销 | 新华书店 |
| 印　　刷 | 北京隆昌伟业印刷有限公司 |
| 版　　次 | 2020 年 9 月北京第 1 版 |
| | 2020 年 9 月北京第 1 次印刷 |
| 开　　本 | 880 毫米 × 1230 毫米　1/32　印张 8 |
| 字　　数 | 171 千字 |
| 印　　数 | 0,001－6,000 册 |
| 定　　价 | 39.00 元 |

（印装查询：01064002715；邮购查询：01084010542）

王闿运（1833—1916）

邓辅纶（1829—1893）

樊增祥(1846—1931)

易顺鼎(1858—1920)

陈衍（1856—1937）

陈三立(1853—1937)

郑孝胥（1860—1938）

沈曾植(1850—1922)

# 目 录

前　言 ·················································· 1

绪　论 ·················································· 5

第一章　王闿运、邓辅纶与清末"拟古派" ·············· 27

第二章　樊增祥、易顺鼎与晚清用典派 ················ 71

第三章　陈衍、陈三立、郑孝胥与"同光体" ············ 141

结　论 ·················································· 213

主要参考书目 ·········································· 229

译后记 ·················································· 243

# 前　言

　　以往中国文学通史的作者通常持这样的观点：19世纪晚期，中国的传统文学形式，特别是旧体诗，进入了停滞期，如同"奄奄一息"的清王朝一样，行将灭亡。他们认为，只有引入以西方意象、语言、思想为主的新概念，才能推动中国诗歌向"现代"方向发展。本书试图质疑这一观点的客观性，并力求证明旧体诗能够并且确曾在诗人与读者交流中国对于现代性的反应并表达对中国进入现代社会的一种深层理解方面充当媒介。

　　本书的主要研究对象是1871—1914年的三大诗派的代表人物（当然其中有些诗人的影响时间更长）。在我看来，王闿运（1833—1916）、樊增祥（1846—1931）、易顺鼎（1858—1920）、陈衍（1856—1937）、陈三立（1853—1937）和郑孝胥（1860—1938）是能够与他们同时代的读者积极对话的，他们以诗歌这一久负盛名的文学形式，探讨受到威胁的中华文化传统的延续这种关键问题。由于他们的作品原本是写给同时代精英读者的，因此我们不应该以20世纪的可读性（readability）标准，或者用外来标准，而应该以中国当时的诗词批评标准来衡量他们的诗作。当我们将这些诗人置于他们自身的历史与文学背景中时，他们便成为在传统的中国秩序与19世纪中后期强加于第三世界的社会达尔文主义的丛林社会之间的罅隙中挣扎的一代的代言人。

这些诗人绝大部分既非高呼政治口号者，亦非冷眼旁观、无动于衷的唯美主义者，他们的作品描述了一个面临内忧外患、在生死困境中挣扎的国家的国民所面临的个人以及文化的困境。诗人所使用的是一种可以从不幸面临消亡的伟大的文学传统中汲取丰富资源的语言。他们的成功，为所有伟大的中国人文传统以及全人类精神在面临最恐怖的环境时仍具有的勇敢适应性提供了一个历久不衰的证明。

在此我要特别感谢白之（Cyril Birch）、夏志清（C. T. Hsia）、钱锺书、张洪年（Samuel H.-N. Cheung）、叶文心、庄去病、罗郁正（Irving Yucheng Lo）、何谷理（Robert Hegel）、钱仲联等教授以及我在中国外文局的原同事马鸣桐先生、捷克布拉格查理大学的罗然（Olga Lomova）教授。还要感谢李欧梵、贺大卫（David Holm）、顾彬（Wolfgang Kubin）、巴巴拉·亨德里施克（Barbara Hendrischke）、杭智科（Hans Hendrischke）、伊懋可（Mark Elvin）、刘大卫（David Palumbo-Liu）、兰迪·特朗布尔和乔安娜·特朗布尔夫妇（Randy and Joanna Ho Trumbull）、梅绮雯（Marion Eggert）、周越、陈同给予我的宝贵建议和热情鼓励。在中文翻译方面感谢黄乔生先生及孙英丽博士，还有杨佩虹、李海燕在校对上的帮助。当然，翻译、整理、解读、校对中的错误均应由我负责。

我还要向美中学术交流委员会（CSCPRC）、美国国家人文基金会（NEH）、蒋经国国际学术交流基金会以及澳大利亚研究理事会（ARC）对于我在中国访学以及后来在美国和澳大利亚整理材料和著译的慷慨资助表示感谢。

寇志明

# 绪 论

19世纪晚期数十年，中国开始了一场其广度与深度在现代历史上前所未有的文化转型。作为最后一个独立的，基本未受西方技术、文化以及意识形态影响的非西方大国，中国迫于与外国通商的压力以及自身海防军事力量的薄弱，最终被强行拖入了一个国与国之间为争夺生存空间、统治权以及殖民地而激烈竞争的社会达尔文主义时代。对于这些竞争，这个国家并不感兴趣，更没有优势可言。正如费正清（John King Fairbank）所言：

> 面对现代变革压力的中国文化是有史以来最独特、独立而又古老的文化，也是最庞大、最自足、最平衡的文化。因此，过去一百五十年在中国间或发生的周期性革命，是历史所需的最深刻、规模最大的社会变革。[1]

---

[1] 费正清《观察中国》（China Watch），麻省剑桥：哈佛大学出版社，1987年，第22—23页。

这样的环境对文学研究的影响应该是不言而喻的，传统的文学样式在这个时期经历了深刻的变化，甚至在某种程度上被连根拔除，被其"现代"对手取而代之。事实上，关于根除以及替代的原因的研究一直以来并不缺乏。西方和中国一些持决定论观点的学者关于导致这种"不可避免的"对古典（实则"本土的"）文学形式和语言的排斥以及基于西方典范、以白话文或口语书写的"现代"文本取而代之的历史原因，争相提出自己的解释。在我的研究中，我主要讨论发生在诗歌领域的情形，不过其他文学样式的所谓"进化"大抵也遵循类似的模式。

这并不意味着那些主张以一种更能为中国大众接受的形式写作的真诚的、进步的爱国者无意间受到了西方文化扩张主义的欺骗（尽管他们不可否认地受到了西方有关语言和文学"进步"观念的影响）。[1] 我这里也并非像有些"学衡派"[2] 人士那样主张这些

---

[1] 以决定论式的方法来研究中国文学，这本身便应该是一个研究的题目。在文学"自然进化"（natural progression）理论方面，中国学界所受到的一个重要的影响来自丹麦文学史家格奥尔格·勃兰兑斯（Georg Brandes，1842—1927）。勃兰兑斯有许多关于欧洲传统中的浪漫主义与现实主义的研究著作，以及东欧文学的研究著作，在19世纪末20世纪初颇负盛名，中国学者接触到了这些著作。勃兰兑斯自我标榜为一个浪漫主义的反对者和现实主义的捍卫者。他的著作对日本学者影响极大，而这些日本学者的著作又为世纪之交在日本留学的中国学生所阅读。鲁迅和梁启超明显受过他和法国文艺批评家伊波利特·泰纳（Hippolyte Taine）的一些影响。试比较勃兰兑斯的《十九世纪文学主流》（*Hovedstroemninger i det 19de Aarhundredes Litteratur*，六卷本，1872—1890）和鲁迅的《摩罗诗力说》（1907—1908，《鲁迅全集》，北京：人民文学出版社，1981年，第1卷，第63—100页，以下鲁迅作品版本同此）。

[2] 他们是主要活跃于20世纪20年代的一群保守知识分子，受过西方文化和中国传统文化两方面的良好教育。该团体于1922年1月创办了《学衡》杂志（封面有刊名的英译"The Critical Review"），至1933年停刊。在当时那个动乱的年代，这对一本杂志来说，算是相当长命了。该派的主要人物包括梅光迪（1890—1945）、（转下页）

人要对整个文学传统的衰败负责——这样的传统一旦消逝，便再无恢复之可能。我只想指出：所有客观的、对文化敏感的文学史都应当质疑这样的论断——古典文学形式至 19 世纪末"奄奄一息"，已经到了油尽灯枯的地步。[1]

诗歌在任何其他文明中都从未像在中华文明中这样拥有如此强大的生命力和影响力，受到如此明显的尊重，也从未达到像在中华文明中这样成为人与人进行"实际"沟通的媒介的水平。在中国，早于贺拉斯（Horace）一千年、早于荷马（Homer）数个世纪即流行并后来经孔子编订成集的《诗经》被视为向统治者传达民意或者体现儒家仪礼以及统治原则的经典之作。《楚辞》成为描绘忠于君王而遭放逐的异议分子的经典之作，同时也是古代楚国

---

（接上页）吴宓（1894—1978）、胡先骕（1894—1968）和刘伯明（1887—1923）。学衡派是当时反对胡适（1891—1962）、陈独秀（1879—1942）和鲁迅（1881—1936）倡导的五四新文化运动最重要、最有凝聚力、最有组织的学派。该派的大多数干将曾在哈佛大学接受教育，并主要受到英美对文化激进主义所持的否定态度，而非中国本土文化思潮的影响。该派的中心主张是保存"国粹"（这个词源于日本明治时期的词语 kokusui）。理查德·巴里·罗森（Richard Barry Rosen）指出，"国粹"这个词，按 20 世纪 20 年代初保守派的解释，是指"一个国家悠久的传统文学史构成的文化遗产"。见罗森《中国 20 世纪 20 年代国粹派对新文化运动的反击》(*The National Heritage Opposition to the New Culture and Literary Movements of China in the 1920s*)，博士论文，加州大学伯克利分校，1969 年，序言第 3 页，正文第 127 页。

[1] 当然，鲁迅也有一个与此类似的论述经常被引用："我以为一切好诗，到唐已被做完。"（鲁迅 1934 年 12 月 20 日致杨霁云信，《鲁迅全集》，第 13 卷，第 612 页）但鲁迅本人直至去世前一年的 1935 年仍在写旧体诗，新体诗则在 20 世纪最初二十年写过几篇之后便搁手了。这方面的例证还有，沈尹默（1883—1971）和康白情（1896—1959）早年曾是新体诗的拥护者，甚至是著名的实践者，但他们晚年又回归旧体诗创作。除鲁迅外，刘大白（1880—1932）、俞平伯（1900—1990）、郁达夫（1896—1945）以及其他一些白话文文学的大力倡导者后来也都继续创作旧体诗。

丰富的神话传说的主要来源。至隋代,中国开始施行文官考试制度,这一制度在之后的朝代中成为一个人获取功名、权力及官职的必经之路。对每位考生作诗能力的考查最终成为这一考试的关键部分。考生作诗时不但要遵守严格的韵律规则,而且要遵守有关内容、意义、效果以及特定章旨(根据传统的经典释义)的规则。总之,每一个渴望在这个唯一获得社会广泛认可的仕途上建功立业的士族子弟,以及许多其他社会阶层的人,必须通过某种方式掌握诗歌创作的技巧。

作为最高的文学形式,诗歌一直是人们表达热爱、愤怒、渴望、欢乐与哀愁等个人情感的工具。杜甫那脍炙人口的诗句"国破山河在"[1]无可争议地成为集体悲剧(collective tragedy)的载体。戏剧中最强有力的句子亦总是以诗句表达。正如日本学者仓田贞美(1908—1994)所言:"中国比其他任何国家都有资格被称为诗的王国。"[2]清末的旧体诗首度直面与前此任何时代都不同的现实,而且自出机杼,以自己特有的语言、意象和典故表达现实。这些诗传播出来,受过传统教育的士大夫读者将其视为一种力量,而非一种缺点或是什么需要为其百般辩解之事。19世纪末,中国文学在中国自身的文化氛围中是非常活跃的,这一点,今天任何公正的批评家在简单了解当时文学流派的数量后都不得不承认,即便这些批评家对这些诗人的作品毫无好感。

---

1 杜甫《春望》,该诗写于757年春(上一年七月长安被叛军占领,肃宗即位灵武,杜甫往投,被叛军俘至长安),见仇兆鳌《杜诗详注》,北京:中华书局,1979年,第1卷,第320页。
2 仓田贞美《清末民初を中心とした中国近代詩の研究》,东京:大修馆书店,1969年,第684页。以下简称仓田贞美著作。

诗人高旭（1877—1925）的文学生涯鼎盛期接近于本书所讨论的时段的末期，他在1915年出版的诗集《变雅楼三十年诗征》的序言中强调了这一时期诗歌的一个独特之处：

> 惟三十年来，则千奇万变，为汉唐后未有之局。世风顿异，人才飙发，用夷变夏，推陈出新。故诗选之作，以三十年为断，亦以见文字之鼓吹，足以转旋世界，发扬光大，其力之大为未有也。窃尝谓：诗之奇，莫奇于此三十年；诗之正，莫正于此三十年。[1]

对此，堪称这一时期诗歌研究领域最权威的外国学者仓田贞美补充道：

> 即便我们追溯至这一时期之前（1885年之前），由于外国文化［的引入］，传统诗歌内部时代［感］日益浓厚，［以及］追求社会变革、实现民族复兴的目标的激发，诗歌界形势不断变化，而这正是这一时期诗歌的特点。这是旧格律诗统治诗坛的最后时期，同时亦是倡导诗界革命，新思想与新意境注入旧形式的时期。这一时期，外国诗歌首度被译成旧体诗，西方浪漫主义运动的浪潮涌入［中国］。这一时期可以称为［诞生于］五四运动之后的新诗歌的发酵期。尽管这

---

[1] 仓田贞美著作，第36页。仓田转引自高旭《答胡寄尘（胡怀琛）书》，见《南社第十四集文录》。

个时期只有短短的二十几年，但是［我认为我们］可以说，从中国诗歌史的角度，这一时期是相当值得关注的"重要时期"。[1]

对我个人的研究而言，仓田的论点中最具启发性的部分，是旧体诗在这一时期仍然占主导地位。从今天的历史视角看，显而易见，这一"重要的时期"正在五四运动之前。不过说它是一个重要的时期，不仅仅是因为它预示了五四运动，而且还因为这一时期旧体诗本身所发生的变化。仓田继续写道：

> 然而，迄今还没有专门研究这一时期诗歌的［学术］著作。虽然出过不少诗话，但大多讲述诗人的轶闻逸事以及对作品的主观印象，缺少对这一时期诗歌的全面研究。这些［印象式的诗话］由于受到社会地位、思想立场，或者相关人士之间的关系的影响，在许多地方表现出极大的偏见。有些固执地恪守传统论诗原则，极力强调诗词的形式之美以及诗词技巧，却忽略了诗的内容［问题］。另一些论者则重点关注一首诗的思想［是否］进步［的问题］，强调诗作的时代性，以及意识形态和社会功能，同时却贬低诗词作为一种语言艺术最关键的特点。诗歌［的创作］是建立在诗人的性情和个人性格、教育和文化背景、思想、人生观以及艺术观

---

[1] 仓田贞美著作，第36—37页。方括号内的词语为本书作者自加，以期译文意明晰。

等等的基础上的，因此，诗歌自然有其自身的个性特点，这些个性特点，加上时代以及[诗人所属]民族所赋予它的种种特点，赋予诗歌一种普遍性以及对于全人类的吸引力。[我认为]除非我们达到对诗歌的更深层的理解，既考虑到其成就也考虑到其缺失，考虑到诗对当时诗界的影响以及对后世诗歌的贡献，否则我们很难理解诗歌的本质，并由此对其进行历史评估。[1]

仓田本人在确定这一时期的分界以及诗人个案研究方面取得了长足的进步，其后的许多研究者必然会感谢他所提供的堪称百科全书式的有关清末诗歌的参考资料，但从现今文学批评的需求角度而言，仓田过于关注诗人的身份以及时人对他们的评价，而未对诗词文本进行翻译或者详析。同样，钱基博在《现代中国文学史》[2]的有关章节里提供了诗人生平的一些零碎材料，有时列出诗篇，有时收录一些诗作，但总体上毫无系统可言，也几乎未对诗歌本身进行分析、考察或解读。这会导致对诗人进行分类时出现严重问题。例如，我不完全认同将樊增祥与易顺鼎归入"中晚唐诗派"——我认为这是一种错误命名，而仓田贞美在很大程度

---

1 仓田贞美著作，第 37 页。
2 该书以文言写成，最初发表于 1932 年，初名《中国现代文学史长编》，次年再版，改署今名，增订版出版于 1936 年（上海世界书局）。1965 年香港龙门书店重印。1986 年长沙岳麓书社在其简体重排本的"出版说明"中宣称，这是一本"重要的参考书"。这个版本对较长的引文采用了更直观的缩进排印方式。作者钱基博（1887—1957），江苏无锡人，古文学家、教育家，是现代学者、作家和批评家钱锺书（1910—1998）之父。

上沿用了这一错误命名。这两位诗人，连同他们［政治上］的导师张之洞，都受到了宋诗和唐诗两方面的影响。罗郁正将他们称为"铺张用典派"（School of Ornate Allusionists）。[1]（不过我怀疑他们并非刻意追求铺张浮华。他们的诗句之所以看似异常"铺张华丽"，原因在于我们是从"现代的"、20世纪的视角来评判他们。）

除上述著作外，近几年又出现了一些研究清朝中晚期诗人的著作，不过这些研究大都关注当时文坛的特例——怪异的天才、思想深刻的改革者、激进的革命者、自诩忠于传统之士以及传统文化的代表等。我的这一评价丝毫无意于贬低这些研究成果，或者质疑这些诗人作为历史和文化人物或文学创新者的重要性。我的建议是，我们应该首先努力考察当时的诗作，看看发生了什么样的变革；如果有变革的话，就将其与有关清末诗界其他派系的论断进行比较。我的观点是，早在梁启超（1873—1929）等批评家呼吁实行，或黄遵宪（1848—1905）等诗人有意推行"诗界革命"之前，中国诗界已经有一种"微妙的革命"在萌动了。[2] 这是一场

---

[1] 见罗郁正与翁聆雨（Ramon L. Y. Woon）合著文章《中华最后一个帝国的诗人和诗》（"Poets and Poetry of China's Last Empire"），载《东西方文学》，第9卷（1965年），第4期，第331—361页。

[2] 蒲地典子注意到，"黄遵宪在1897年前后开始称自己的诗为新派诗"，见蒲地典子材料丰富的历史研究著作《中国的改革：黄遵宪与日本模式》（*Reform in China: Huang Tsun-hsien and the Japanese Model*），麻省剑桥：哈佛大学出版社，1981年，第307页。按照仓田的说法，夏曾佑（1863—1924）、谭嗣同（1865—1898）与梁启超是"诗界革命"的最早倡导者（1896—1897），见仓田贞美著作，第247页。施密特（J. D. Schmidt）认为梁启超发明了"诗界革命"一词，但时间是在1899年，见施密特著《人境庐内：黄遵宪其人其诗考》（*Within the Human Realm: The Poetry of Huang Zunxian*），麻省剑桥：剑桥大学出版社，1994年，第47页，又见我为该书写的书评，载《哈佛亚洲研究学报》，第58卷（1998年），第1期，第273—282页。

自发的革命，或者毋宁说，是一场由时代自身推动的革命，我们可以在当时一些并未有意识推行革命的文学艺术家的诗作中实实在在地发现这场革命的萌芽。我相信，要想理解旧体诗在五四运动以后，甚至在今天对写作者以及读者依然有着如此强大的影响力的原因，有必要进行一种考察——考察一下旧体诗如何成为一种适用于现代的文学形式。

衰弱腐败、奄奄一息、本身已经腐朽不堪，在西方列强［与日本］入侵之前已经挣扎在崩溃的边缘，这是大家普遍认同的晚清中国的形象。鲁迅曾写道：

> ［中国］屹然出中央而无校雠，则其益自尊大，宝自有而傲睨万物，固人情所宜然，亦非甚背于理极者矣。虽然，惟无校雠故，则宴安日久，苓落以胎，迫拶不来，上征亦辍，使人茶，使人屯，其极为见善而不思式。有新国林起于西，以其殊异之方术来向，一施吹拂，块然踣僵，人心始自危，而轾才小慧之徒，于是竞言武事。[1]

鲁迅以其对中国社会的严厉批评著称，然而西方关于中国这一时期的论述并不比鲁迅宽容。在西方人看来，此时的中国已经"停滞不前"，需要强大的外部力量的"刺激"，才能从"昏睡"

---

[1] 引自鲁迅1908年发表的《文化偏至论》，见《鲁迅全集》，第1卷，第44—45页。鲁迅写作这篇文章时，已经在日本学习多年，这对其观察中国的视角的影响不应忽视。见刘禾《跨语际实践：文学，民族文化与被译介的现代性（中国，1900—1937）》(*Translingual Practice: Literature, National Culture, and Translated Modernity China, 1900—1937*)，斯坦福：斯坦福大学出版社，1995年，第45—76页。

状态中"苏醒"。

尽管上述论断明显有西方人为牟私利自我开脱之嫌，但在当今持中立立场的观察者看来，一些人曾将这种观点大肆应用于中国文学研究领域。[1] 1915年日本帝国铁路组织撰写的《东亚官方指南》关于中国文学的冗长章节中便有如下论述："19世纪中国开始陷入混乱和内战，外国（欧洲）入侵频仍，**这一时期没有出现一部值得注意的文学作品**。这一时期晚期，中国最终觉醒，意识到需要引进现代西方知识。"[2] 罗郁正1974年写于美国的著作在总结中国明清时期诗歌时也采取了相似论调：

> 中国过去六百年出现了很多才能出众的诗人，但是未出现唐宋时期那样的大诗人。明代有不幸的天才诗人高启（1336—1374）以及一些画家兼诗人如沈周（1427—1509）、唐寅（1470—1524）及徐渭（1521—1593）。在满族人建立的清朝治下，中国人竭力摆脱自身古老传统以及外国统治

---

[1] 关于一些权威学者在非西方文化的研究中这样做的动机，爱德华·萨义德（Edward Said, 1935—2003）曾在其引发争论的《东方主义》[*Orientalism*，纽约：万神殿图书公司（Pantheon Books），1978年] 一书中关于欧洲对近东和北非的侵略相关章节讨论过。萨义德的许多论点，尽管仍引发争议并且不无偏见，却亦适用于西方关于东亚的研究。又见拉纳·卡巴尼（Rana Kabbani）《欧洲的东方神话》（*Europe's Myths of Orient*），布卢明顿：印第安纳大学出版社，1986年。

[2] 《中国》，《东亚官方指南》，第4卷，东京：日本帝国铁路，1915年印行（加粗字体系本书作者自加，不过请读者注意本书是如何将引进"现代"西方知识的必要性与中国本土"没有出现一部值得注意的文学作品"并置一处的）。作者急于将入侵中国的罪名扣在"欧洲"头上，但这并不能掩饰他们对于在研究、观念以及技术"西化"方面怠惰不前的中国的蔑视；又见鲁迅《摩罗诗力说》，《鲁迅全集》，第1卷，第63—100页，鲁迅在此文中将文学创造力的缺乏视为文化痼疾的一个表征。

的束缚;清人编纂了大量诗集,创立了许多诗派,他们仿佛在寻求一套可以据以写出伟大诗篇的准则。不过这个循规蹈矩的时代也产生了一些特立独行的天才,如汉化的满族诗人纳兰性德(1655—1685)、书法家兼画家郑燮(1693—1766),还有郁郁不得志的龚自珍(1792—1841)。清末,出现了一些连接我们现时代的过渡诗人,如任职过三大洲的外交家、改良派诗人黄遵宪,南社的创始人之一、主要活跃于20世纪的革命诗人柳亚子(1887—1958),以及让人联想到中国第一位诗人屈原的投湖自沉的悲观学者兼诗人王国维(1877—1927)。这些诗人的作品均展示一种对现代心态的痛苦意识,一种对于中国作为一个政治实体的衰弱无力的深刻意识,以及一种与现代社会的疏离感。[1]

上述分析中,绝大部分明清诗人被描绘成一群可怜的误入歧途的文学炼金术士,他们因蒙昧无知而遭缪斯女神抛弃,却仍徒劳地寻求指引他们得到缪斯女神青睐的道路。只有少数几位眼光不同寻常之人——或谓怪异之士[2]——在漫漫"六百年"时间里写下一些值得一提的文字,而除了顺便提及他们"与现代社会的疏离感"之外,现代性问题几乎未进入这位学者的视野。

---

[1] 《葵晔集:历代诗词曲选集》(*Sunflower Splendor: Three Thousand Years of Chinese Poetry*),纽约:锚碇出版社(Anchor Press),1975年,序言,第22页。
[2] 此处西方学界又一次表现出从中国文化内部寻找怪异的天才来装点自己的个案研究倾向,这个问题值得专门研究。这些怪异之士往往是一些因任性适意或好运气而摆脱自己所处社会的价值观以及各种规范束缚之人。但是对此类人物的过度关注,不免让人怀疑这类研究的方法及目标与意图出了问题。

应该说明的是，十二年后，罗郁正在为他与舒威霖（William Schultz）合编的清代诗歌选集《待麟集》写的引言中修正了上述立场。[1] 而且，还有一点值得一提，在向西方普及清诗方面，罗郁正很可能比其他任何学者做得都多。尽管如此，上面引述的罗早期的观点可以作为 20 世纪 80 年代中期以前普遍存在的对清代（更不必说明代）诗歌的概括性判断的标本。80 年代中期可以说是清代诗歌研究的转折点，这一时期相关出版物激增，出现大量严肃的学术研究论著。

80 年代出版的大批中文著作中，最有意义的当属钱仲联（1908—2003）那本有关清诗的论文集以及他与其子钱学增编注的三种清诗选集（均为一卷本）。[2] 钱仲联曾任江苏师范学院（苏州大学前身）明清诗文研究室主任。[3]

钱仲联的《清诗三百首》在其"前言"中对唐代以后诗歌呈

---

1 《待麟集：清代诗词选》（*Waiting for the Unicorn: Poems and Lyrics of China's Last Dynasty, 1644—1911*），布卢明顿：印第安纳大学出版社，1986 年。这部选集收有 41 位译者的译作，据其中一位译者所言，整部选集的翻译共用了十年时间。选集一共选录了 72 位诗人的作品，这样所选的每位诗人的作品数量就不得不受限制（平均每人五首）。出版费用是由台北的太平洋文化基金会（Pacific Cultural Foundation）资助的，这在一定程度上表明其在"整理"前朝的优秀文学遗产方面的严肃认真态度。
2 钱仲联，《梦苕盦近代文学论集》，济南：齐鲁书社，1983 年。（1949 年前，钱仲联曾以原名"钱萼孙"发表文字，也用过"梦苕盦"，这是他的书斋名。）《清诗三百首》，长沙：岳麓书社，1985 年；《清诗精华录》，济南：齐鲁书社，1987 年；《近代诗三百首》，杭州：浙江古籍出版社，1990 年。第一本篇幅短些（共 419 页），书中声明父亲钱仲联操选政，儿子钱学增做注；而第二本篇幅长得多（共 894 页），为两人共同编辑注释。我猜测钱仲联很可能参加了两本选集的编选与注释。
3 苏州大学明清诗文研究室曾编辑了一本涵盖整个清代文学的论文集，题为《明清诗文论文集》，南京：江苏古籍出版社，1986 年。该出版社还出版过王英志的《清人诗论研究》（1986）。

现颓势这一普遍观念提出了挑战。钱认为这种偏见来源于南宋批评家严羽在《沧浪诗话》中对盛唐诗的过度抬高。钱认为"明七子"[1]在复兴这种褒唐贬宋观念方面负有责任,不过这一观点后来受到其他前现代批评家的反驳。最后,钱仲联认为,在近代人物中,颇有影响力的20世纪文学大家如章炳麟(1869—1936)、鲁迅和王国维应对普及这种唐以后诗歌渐趋衰颓的观点负责;特别是文廷式(1856—1904)与梁启超对清代初、中期诗人所取得的成就的侮蔑之词太过草率,无甚来由。[2]

清代朴学以及清中叶出现的文学批评理论所做出的贡献,如今已广为人知,也被人们广为接受。[3] 全然否定清代卷帙浩繁的诗歌作品,特别是如果考虑到诗人们的渊博学识、清代末年发生的翻天覆地的剧变,以及我们可以从这些诗歌中了解到的背景知识的话,绝对大错特错。[4] 以往的清代文学研究主要关注的是小说的

---

[1] 这一称号指称明代两个不同的文学团体。两个团体均主张"复古",强调在形式上模仿古人(这里指盛唐诗人)。明代"前七子"是李梦阳(1473—1530)、何景明(1483—1521)、徐祯卿(1479—1511)、边贡(1476—1532)、康海(1475—1540)、王九思(1468—1551)、王廷相(1474—1544)。而李攀龙(1514—1570)、谢榛(1495—1575)、梁有誉(1519—1554)、宗臣(1525—1560)、王世贞(1526—1590)、徐中行(1517—1578)、吴国伦(1524—1593)被称为"后七子"。参见《明史·文苑二》。

[2] 参见钱仲联《清诗三百首》前言。

[3] 参见已故刘若愚教授的一篇颇有洞见、令人信服的文章《清代诗说论要》,此文是汉学研讨会论文,载于《香港大学五十周年纪念论文集》,香港:香港大学出版社,1964年,第321—342页。更详尽的讨论,参见吴宏一的著作《清代诗学初探》,台北:牧童出版社,1977年。

[4] 与前朝相比,清代所存诗歌的数量之大和规模之广,令人震惊。这么多诗歌得以流传于世,不仅仅是因为清代离我们的时代较近,而且还因为崛起的商人阶层财力壮大,再加上印刷、图书销售与发行方面技术的改进。民国时期出版的《晚晴簃诗汇》(又名《清诗汇》),是众多清诗集之一,资助此书出版之人绝(转下页)

兴起以及戏曲取得的成就，但是相对而言较"新"的文学形式（如戏曲和小说）的出现与成熟，不一定会阻碍相对较旧的文学形式（此处指诗歌）的发展。[1] 例如，尽管宋代通常被认为是"词"的时代，但今天只有闭塞视听者才会否认"诗"在整个宋代仍有繁荣发展的事实。因此，形式的新旧问题并不能预先决定一种文学表现形式的生命力或有效性。

钱仲联认为，就诗歌遗产的继承与发展而言，清代超过了明代和元代，甚至可以与唐宋媲美。清初的诗论家如钱谦益（1582—1664）、黄宗羲（1610—1695）、王夫之（1619—1692）等反对模仿唐诗，主张学习宋诗，大胆地颠覆了明代诗坛的主流风尚。清代文学发端时期出现的这股疏远唐诗以及"明七子"的文学潮流对清诗的发展起到了关键作用。[2] 总体说来，清代诗人吸取明代拟古派先辈的教训，逐渐发展出自己的"熔铸时代风貌"与万千变化的诗风。[3]

不过，至晚清时期，像钱谦益那样明确区分唐诗与宋诗实质上已经不可能了。被视为"拟古派"[4] 创始人的王闿运与邓辅纶

---

（接上页）非小人物，而是学者兼总统的徐世昌（1855—1939，1918—1922 年任总统），该书出版于 1929 年，收录了 6000 多位诗人的作品的数万首诗——这是《全唐诗》所录诗人数量的三倍。据上文提及的江苏师范学院明清诗文研究室统计，清代单是词集就超过 5000 部。参见罗郁正与舒威霖合编的《待麟集：清代诗词选》，序言第 7 页。

1　此外，中国的小说与戏曲早在清代前数百年便出现了。
2　王士禛（1634—1711）与朱彝尊（1629—1709）稍稍逆此潮流而行，但两人从未达到像"明七子"倡导的那样完全模仿古代（这里指唐代）的程度。
3　钱仲联、钱学增编《清诗精华录》，第 2 页。
4　拟古派，英文有人译作 "neo-classicist school"，但我们一开始就应该注意，这主要是指清末的古体诗( neo-ancient style )。古体诗通常与近体诗相对，近体诗 (转下页)

（1828—1893），既受汉魏六朝诗歌的影响，同时也明显受盛唐诗歌的影响。同样，尽管樊增祥与易顺鼎通常被视为"中晚唐"诗歌传统的承继者，但是在许多方面将二人视为赵翼（1727—1814）、舒位（1765—1816）以及其他一些受唐宋诗影响的清中叶诗人的继承者或许更为准确。宋代诗人陆游是樊增祥最喜欢效仿的诗人之一。而即便像陈三立、陈衍以及郑孝胥这样的宋诗派干将亦曾受到唐诗的深刻影响。这一点，我会在随后讨论其诗作的章节中详加分析。

诗人兼批评家、后来还做过京师大学堂教习的陈衍，可谓清末民初最有影响的文学权威，一直被视为宋诗派的坚决拥护者。[1] 即便如此，陈衍在总结这一时期的诗歌成就时也认为，该时期的文学总体上说是兼收并蓄的（eclectic）：

> 道咸以来，何子贞（何绍基，1799—1873）、祁春圃（祁寯藻，1793—1866）、魏默深（魏源，1794—1857）、曾涤生（曾国藩，1811—1872）、欧阳涧东（欧阳辂，1767—1841）、郑子尹（郑珍，1806—1864）、莫子偲（莫友芝，1811—1871）诸老，始喜言宋诗。何、郑、莫皆出程春海（程恩泽，1785—1837）侍郎门下。湘乡诗文字，皆私淑江西。
>
> 洞庭以南言声韵之学者，稍改故步；而王壬秋（王闿运）

---

（接上页）指的是律诗和绝句。
[1] 后来，陈衍的影响范围之广，甚至连那些最坚定地反对其"形式主义"的人也不得不承认，参见《中国大百科全书·中国文学卷》，北京：中国大百科全书出版社，1988年，第1卷，第77—78页。

则为《骚》《选》,盛唐如故。都下亦变其宗,尚张船山(张问陶,1764—1814)、黄仲则(黄景仁,1749—1783)之风;潘伯寅(潘祖荫,1830—1890)、李莼客(李慈铭,1830—1894)诸公,稍为翁覃溪(翁方纲,1733—1818)。

吾乡林欧斋(林寿图,1821—1897)布政亦不复为张亨甫(张际亮,1799—1843)而学山谷(黄庭坚)。嗣后,樊榭(厉鹗,1692—1752)、定盦(龚自珍),浙派中又分两途矣。[1]……

前清诗学,道光以来一大关捩。略别两派,一派为清苍幽峭。自《古诗十九首》,苏、李、陶、谢、王、孟、韦、柳以下,逮贾岛、姚合,宋之陈师道、陈与义、陈傅良、赵师秀、徐照、徐玑、翁卷、严羽,元之范梈、揭傒斯,明之钟惺、谭元春之伦,洗练而熔铸之,体会渊微,出以精思健笔,蕲水陈太初(陈沆,1785—1826)《简学斋诗存》四卷,《白石山馆遗稿》一卷,字皆人人能识之字,句皆人人能造之句,及积字成句,积句成韵,积韵成章,遂无前人已言之意,已写之景,又皆后人欲言之意,欲写之景。当时嗣响,颇乏其人。魏默深之《清夜斋稿》稍足羽翼,而才气所溢,时出入于他派。此一派近日以郑海藏(郑孝胥)为魁垒,其源合也,而五言佐以东野(孟郊),七言佐以宛陵(梅尧臣)、荆公(王安石)、遗山(元好问),斯其异矣。后来之秀,效

---

[1] 陈衍《石遗室诗话》,上海:商务印书馆,1929年,第1卷,第1页正面第9行至反面第2行。

海藏者直效海藏，未必效海藏所自出也。

其一派，生涩奥衍，自《急就章》《鼓吹词》《铙歌十八曲》以下，逮韩愈、孟郊、樊宗师、卢仝、李贺、黄庭坚、薛季宣、谢翱、杨维桢、倪元璐、黄道周之伦，皆所取法。语必惊人，字忌习见。郑子尹之《巢经巢诗钞》为其弁冕，莫子偲足羽翼之。

近日沈乙盦（沈曾植，1850—1922）、陈散原（陈三立），实其流派。而散原奇字，乙盦益以僻典，又少异焉。其全诗亦不尽然也，其樊榭、定盦两派，樊榭幽秀，本在太初之前，定盦瑰奇，不落子尹之后。然一则喜用冷僻故实而出笔不广。近人惟写经斋（叶大庄）、渐西村舍（袁昶）近焉；一则丽而不质，谐而不涩，才多意广者，人境庐（黄遵宪）、樊山（樊增祥）、琴志（易顺鼎）诸君，时乐为之。[1]

陈衍还说：

丙戌在都门，苏堪（郑孝胥）告余，有嘉兴沈子培（沈曾植）者，能为同光体。同光体者，余与苏堪戏目同光以来诗人不专宗盛唐者也。[2]

关于晚清诗歌，我们能够做出的唯一准确无误的论断是：这

---

[1] 《石遗室诗话》（1929），第3卷，第2页正面第9行至反面第12行。
[2] 《石遗室诗话》（1929），第1卷，第1页反面第3—4行。"同光"指晚清同治和光绪两朝。

一时期各种文学派别林立而有结合的趋势。这里我想重申我的观点:之所以出现这种文学派别林立的局面,是因为诗人们对外在世界秩序的深刻变化以及身边发生的事件异常敏感。文人们自然对受到威胁的传统抱持更加兼收并蓄的态度,不过与此同时,在一个日益陌生和危险的世界上,似乎更需要以文学流派与文学传承作为自我认同的旗帜。诗人和批评家们选择以文化传统中"已有的"名称来标识自己以及他人,因为这样他们可以将自己安置于看似更为有序的过去。

不过,在本书的研究中,我力求避免过度依赖此前的文学史术语,而使用一些更接近晚清现实的名称。例如,本书的第一章题为"王闿运、邓辅纶与清末'拟古派'",而没有用"王闿运:汉魏六朝的追随者"这样的传统描述;我为第二章拟的题目是"樊增祥、易顺鼎与晚清用典派",而没有称他们为"中晚唐派诗人",也是出于上述原因;第三章的题目是"陈衍、陈三立、郑孝胥与'同光体'",因为这是对于晚清帝王年号以及推动这类诗诞生的文学力量的特有称呼,而人们更常用的"宋诗派"则名实不称。

我决定将讨论重点放在这些诗派及其最杰出的代表人物上,是因为与他们同时代的批评家、评论家以及大多数不带偏见的文学史家都将他们视为那个时代文学界的核心人物。然而或者因为先入之见(deterministic reasons),或者纯粹因为政治原因,他们在许多偏见甚深的关于这一时期文学的研究论著中被轻视甚或忽视。例如,王闿运和易顺鼎便因为与袁世凯的关系而被终生钉于耻辱柱上,袁世凯在 1898 年维新变法时向慈禧告密而背叛了光绪帝,取得政权后又妄想称帝而背叛了共和国。实际上,将这两位诗人同袁世凯的政治阴谋联系起来是过于简单化的看法，至少对王闿运来说是如此。[1] 同样的情况也发生在郑孝胥身上，尽管郑曾加入伪满洲国的傀儡政府并担任过"国务总理"，但他一直忠于末代皇帝溥仪，盼望清廷复辟，后来因为失去日本人对他的信任而很快离职（未经溥仪同意），这足以说明他的复杂性。视郑孝胥为卖国贼，并因此将其视为一位无足轻重的糟糕诗人，姑且不论郑在世纪之交数十年文学界的地位，单是按照传统儒家的忠君观念（此为一生之职责），也显然是罔顾事实的错误观点。[2] 这和因为埃兹拉·庞德（Ezra Pound）在"二战"期间曾在意大利发表拥护轴心国的广播讲话，就认为庞德在美国文学中没有地位和影响的观点一样荒谬。对樊增祥和易顺鼎的评价亦有相似的情况，二人因为生活作风"颓废"和"放荡"而被彻底否定。不过，在不久前还厌恶拒斥这些诗人的中国大陆，近期新出版的学术论著大多已倾向于肯定上述诗人的重要地位。

这方面的研究权威首推陈衍。从前面我所引述的他的相当长的论述，可以看出其重要地位。陈之后当属钱基博，钱在20世纪30年代初写道：

---

[1] 参见包华德（Howard L. Boorman）所编英文《中华民国人物传记辞典》（*Biographical Dictionary of Republican China*），纽约：哥伦比亚大学出版社，1967—1979年，第3册，第384页"王闿运"条目。

[2] 陈衍的《石遗室诗话》（1915、1929）中充满了对郑孝胥及其诗歌的溢美之词，在其所编的《近代诗钞》（1923）中，郑的作品占据了足足三十七页（线装筒子页）的篇幅。但在其后活字版的《近代诗钞》（上海：商务印书馆，1935年）中，郑的所有作品均被删除，因此时郑供职伪满洲国已经明朗化。

> 近来诗派大别为三宗，清季王闿运崛起湘潭，与武冈邓辅纶倡为古体，每有作皆五言，力追魏晋，上窥《风》《骚》，不取宋唐歌行近体。[1]

由上述引文可以看出，钱将王闿运视作其所属诗派的领袖。第二派（钱基博称之为"中晚唐诗派"）的代表人物是樊增祥和易顺鼎。钱写道：

> ［樊增祥］早岁崇清诗人袁枚、赵翼；自识之洞，皆悉弃去；从会稽李慈铭游，颇究心于中晚唐；吐语新颖，则其独擅。龙阳易顺鼎，固能为元、白、温、李者。于是流风所播，中晚唐诗极盛！然学者颇多，而佳者卒鲜，何者？盖此体易入而难精也。[2]

在描述第三个诗派，即所谓"宋诗派"的"同光体"时，钱基博几乎照搬了陈衍的相关论述。这里应该注意的是，钱将康有为、梁启超、黄遵宪等人归入"新文学"名下，称之为"新民派"，而根本未将他们视为旧派诗人。

而钱萼孙[3]则将这一时期的诗人分为四派，他指出：

---

[1] 钱基博《现代中国文学史》，长沙：岳麓书社，1986年，第201页（世界书局1936年版，第178页）。

[2] 钱基博《现代中国文学史》，第202页。元稹、白居易、温庭筠、李商隐皆为中晚唐诗人。

[3] 钱萼孙即钱仲联。1949年以前，钱萼孙除在《学衡》上发表了《近代诗评》外，还发表过对黄遵宪诗歌的评论，收入其所编注并广被引用的《人境庐诗（转下页）

诗学之盛，极于晚清，跨元越明，厥途有四。

瓣香北宋，私淑江西，法梅王以炼思，本苏黄以植干。求阙（曾国藩）、经巢（郑珍）、蝯叟（何绍基）振之于先；散原（陈三立）、海藏（郑孝胥）、苍虬（陈曾寿）大之于后。此一派也。

远规两汉，旁绍六朝，振采蜚英，《骚》心《选》理。[1] 白香(邓辅纶)、湘绮(王闿运)，凤鸣于湖衡；伯足(高心夔)、裴邨（刘光第），鹰扬于楚蜀。此一派也。

无分唐宋，并咀英华，要以溥畼为宗，不以苦僻为尚。抱冰（张之洞）一老，领袖群贤；樊、易承之，拓为宏丽。此一派也。

驱役新意，供我篇章，越世高谈，自辟户牖。公度（黄遵宪）、南海（康有为），蔚为大国；复生（谭嗣同）、观云（蒋智由），并足附庸。此一派也。[2]

不过，需要注意的是，第四派是在晚些时候，主要由于其改革派或者虽失败却为人们所惋惜的1898年戊戌变法运动的政治领袖身份，方呈隆显之势的。由于上述理由，我所关注的是前三个诗派。要想真正了解19世纪末旧体诗领域发生的事情，这几派应该是研究的最基础的部分。

---

（接上页）草笺注》，上海：商务印书馆，1936年。
1 指《离骚》和《文选》。
2 《近代诗评》，载《学衡》，第52号，该文第1页。《学衡》不用连续页码，而是每篇文章单编页码。

阐释学提出了我们能否真正理解古人的问题。也许清代研究最迷人之处在于,本书开始写作之时,这个朝代,至少最后两位皇帝统治时期的事情,仍然存于活人的记忆。尽管清代在方方面面均与当今世界迥异,但是从历史角度讲,清代的男男女女仍然是我们的同代人。把他们和他们的故事公公正正地告诉那些不知底细的人们——就像哈姆雷特祈求友人赫瑞修去做的那样[1]——对于更透彻地理解中国的现状以及中国文学至关重要。

---

1 "赫瑞修,我死了,你尚活着。请你把我和我的事业公公正正地解释给那些仍然抱有疑问的人们听。"莎士比亚著《哈姆雷特》,第5幕第2场。

第一章

# 王闿运、邓辅纶与清末"拟古派"

道、咸之交,清代中期的大诗人,如袁枚(字子才,号简斋、随园老人,1716—1798)、赵翼(字耘崧,号瓯北)和舒位(字立人,号铁云)依然备受推崇,颇具影响力。[1] 一般认为他们的诗作注重个体,具有很强的创新性。但他们的诗作对世事较少关心,多为诗人自娱和取悦于有文化的读者而作。在这种文学背景下,加上鸦片战争失败后的形势,王闿运与来自武冈的两兄弟邓辅纶和邓绎(1831—1900)、来自攸县的龙汝霖(生卒不详)和来自长沙的李寿蓉(1825—1895)一起,于1851年组成了兰林诗社。这几位被称为"湘中五子"的诗人,开始致力于复兴近体诗和古体诗,将其作为一种严肃的评论代言方式。据说,在其敌对诗派影响力特别强盛的江西,也有湖口的高心夔(1835—1883)、德化(今九江)的范元亨(1819—1855)和奉新的许振祎(1827—1899),

---

[1] 仓田贞美把吴嵩梁(1766—1834,著有《香苏山馆诗集》)放在赵翼和舒位前面,作为王闿运的前辈诗人。但实际上,吴在那时并没有赵、舒那样杰出。参见仓田贞美著作,第207页。

响应兰林诗社的主张。[1]

王闿运青年时代研究过《离骚》，醉心汉魏六朝诗，对之极为推崇赞美。他认为，明朝的李梦阳（字献吉，号空同）和何景明（字仲默，号大复山人，1483—1521）发动的复古运动只不过是"优孟衣冠"。[2] 王闿运主张诗歌应该更加彻底地使用古典形式。[3] 但王闿运也受盛唐诗人如李白和杜甫的影响，因此，他的主张不应该被简单地视为对唐代诗歌的抵制。

邓辅纶，字弥之，号白香，湖南武冈人，在该诗社同人中年龄最大，后来在声誉上被王闿运超过（邓比王早去世二十三年）。实际上，他大半生穷困潦倒，但与王闿运的友谊深厚持久。他的著作以《白香亭诗集》为名出版，共三卷[4]，其中有若干诗作谴责太平军，颂扬曾国藩等清廷大臣；他的一些作品反映了战乱中普通人民的苦难生活。从形式上看，他的诗歌既受到唐代大诗人杜甫的影响，也受到晋代和宋代诗歌的深刻影响。

尽管邓在1851年取得了副贡生的身份，并升到浙江候补道，

---

1 仓田贞美著作，第207页。仓田写作"兰林诗社"。钱基博《现代中国文学史》，第39页，则作"兰陵诗社"。本书从仓田著作及其他中文专著。

2 王闿运此处用典"优孟衣冠"：春秋时楚国乐人优孟善于滑稽讽谏；楚相孙叔敖死后，其子穷苦无依，乃至于无以为生。优孟于是着叔敖衣冠，仿其神态、动作见楚王。楚王大惊，误为叔敖再世，优孟乃趁机讽谏，遂使叔敖之子得封，保有富贵。参见司马迁著《史记·滑稽列传》，此处用此典含有贬义，表示只是模仿，假装得像真的。

3 参见王闿运《论诗示萧幹》，王去世后，其论诗文章在林语堂所主编的《人间世》杂志"思想"专栏上发表过。《人间世》，第42号，第4页（1935年12月20日）。

4 邓辅纶的著作还被徐世昌收在《晚晴簃诗汇》（第153卷，起于第12页反面第5行，止于第21页反面第5行）和陈衍编《近代诗钞》（1935年，第1册，第297—304页）中。关于后者，这里引用的是1935年的西式三册本。更早的有1923年的线装二十四卷本，引用时将予以说明。

但他并没有任过实职。徐世昌认为,邓辅纶趋近并掌握了杜甫那种沉郁忧愤的诗风。[1] 他的声望一度与王闿运相埒,因此,作为两湖诗派代表人物,他的成就和地位值得再三致意。陈衍如此评论他:

> 弥之(邓辅纶)诗全学选体,多拟古之作。湘潭王壬秋以为时罕有其匹,盖与之笙磬同音也。[2]

他的《听雨轩坐秋》一诗具有一定的代表性。但要注意,这首诗乃五言律诗,并非所谓"选体":

> 文簟泛清光[3],柔飔引玉塘[4]。
> 阴连荷气润,梦坠叶声凉。
> 晚照多为影,闲庭过一香。
> 芙蕖今自可,怜尔阅秋霜。[5]

表面上看,这首诗仅仅在描写自然场景,至多如钱学增所说,"诗末透露了一丝淡淡的伤感之情"。[6] 但这只是一种肤浅的解

---

1 徐世昌编《晚晴簃诗汇》,第 153 卷,第 12 页反面第 9 行。
2 陈衍本人并不十分赞赏邓辅纶的诗。上引一段话后面他还评论称"千诗一面,没有印象",见陈衍编《近代诗钞》(1935),第 1 册,第 297 页。
3 文簟指有花纹的竹席,意即阳光映在竹席上。
4 柔飔指柔和的凉风。玉塘形容洁净的水塘。
5 芙蕖即荷花。阅为经历。见钱仲联选,钱学增注《清诗三百首》,第 248 页。
6 见钱仲联选,钱学增注《清诗三百首》,第 249 页。

读。考虑到诗歌写作的时代背景,这首诗很可能有象征含义,可以从多个层面进行探讨。本诗貌似浅显,实则具有古诗特有的隐含意义。前两句透露诗人坐在门外静思时的心情;第三句将荷花与外在环境关联起来,写外在环境影响下的荷花之态;紧接着第四句开头,突然引出"梦坠"二字,带来了一种震动。[1] "晚照多为影",第五句中,明亮清晰已然不再,诗人营造出朦胧昏暗的情景;接下来,穿过"闲庭"的香气又使读者回味起适才直接欣赏到的美。读者在其后的第七句里得知,荷花此时依然美好,诗人却因为它即将经历秋霜而哀伤。诗人用第二人称的"尔"直接称呼荷花。

荷花通常被用来作为污浊腐化的世界上纯洁和正直的象征。北宋新儒学思想家周敦颐曾撰《爱莲说》,赞颂荷花是"花之君子者",因为它"亭亭净植",并且"出淤泥而不染"。[2] 因为心中有了这样的楷模,邓辅纶的诗至少可以被解释为对纯洁的呼唤,无论是关乎理想还是关乎价值,无论残缺抑或濒危。但我以为他心中可能有更为特殊的东西,那就是清帝国的衰微和整个文化所濒临的绝境,或者至少是他(他是士绅阶层的一员)和他的读者所习惯的一种生活方式的结束。中国文学中常以"秋"作为大规模死亡的象征,本诗也取此意,不过在晚清,这种联想的直接性

---

1 梦坠:亦可解读为梦想坠落,而非诗人跌落,此处"梦坠"不一定为倒装语序。
2 白居易也有莲花诗《京兆府新栽莲》:"污沟贮浊水,水上叶田田。我来一长叹,知是东溪莲。下有清污泥,馨香无复全。上有红尘扑,颜色不得鲜。物性犹如此,人事亦宜然。托根非其所,不如遭弃捐。昔在溪中日,花叶媚清涟。今来不得地,憔悴府门前。"英译见白之教授编《中国文学作品选集》(纽约:树林出版社,1965年)第1册,第269—270页。

更为明显。¹ 因为颇受章炳麟的影响，鲁迅早期的文言文章《摩罗诗力说》有意模仿魏晋文风²，开头就写道：

> 人有读古国文化史者，循代而下，至于卷末，必凄以有所觉，如脱春温而入于秋肃，勾萌绝朕，枯槁在前，吾无以名，姑谓之萧条而止。³

秋天，树叶枯萎，凋零，腐烂，最终消失，也是邓辅纶诗歌世界的常见意象。问题是，我们能否合乎逻辑地从诗歌的内部世界跨入大的文化世界？因为跨这一步，可以在解释多数晚清的所谓旧派或者在当时的诗坛有一定地位的诗人时，给他们的象征以生命力，在他们所用的典故中注入浓厚的现代性，从而在文化上，使其对读者的影响比模仿西方诗歌的作品更为有效。让我们尝试从王闿运的作品中找到一些更明显的例证。因为王不但是这

---

1 人们会很快联想到年轻的女革命家秋瑾（1875—1907）所写的那句诗"秋风秋雨愁煞人"。秋天是传统的执行死刑的季节，空气里弥漫着死亡的气息——不管是她自己，还是她决心要推翻的那个王朝。她临终的悲伤和壮烈牺牲的悲剧，被时间渲染得更为浓重。见山木《秋瑾传》，台北：国际文化事业有限公司，1989年，第171—172页。山木说，这行诗借用了同光时代陶宗亮的一首长诗中的诗句。
2 鲁迅在《坟》的题记说，他在1906—1909年"又喜欢做怪句子和写古字，这是受了当时的《民报》的影响"。见《鲁迅全集》，第1卷，第3页。又在《集外集》序中说："以后又受了章太炎先生的影响，古了起来。"见《鲁迅全集》，第7卷，第4页。但胡适老强调章炳麟的古文"及身而绝"，没有继承者。见《五十年来中国之文学》，台北：远流出版公司，1986年，第67页。鲁迅既然在1926年如此说，他后来的白话文不能说没有受到章太炎的影响。
3 《鲁迅全集》，第1卷，第63页。本书作者有英译注，见寇志明：《精神界之战士：鲁迅早期文言论文》（*Warriors of the Spirit*），伯克利：加州大学东亚学院，中国研究丛书。

一派关键人物,而且有关他的生平的史料相对而言更充分一些。

王闿运字壬秋,又字壬父,号湘绮,被有些论者视为晚清最保守和最具复古倾向的诗派的代表人物,生前即获得杰出诗人和优秀古典文学学者的盛名。他是湖南省湘潭人,生于道光十二年(1832)[1],在北京度过一段漫长、颇有争议的时间后,他返回故乡,于1916年以八十四岁高龄去世。他一生经历了晚清的所有重大事件,在许多点上与那个时代的历史交织在一起。

王闿运早孤,他的亲戚收养了他,视如己出。他对读书抱有一种严肃认真的态度。1852年,年仅二十岁、还在长沙城南书院学习的王闿运就中了举。尽管他进京应考,没有通过进士考试,但因城南书院的一位朋友的介绍,他很得当时的总管内务府大臣爱新觉罗·肃顺(1816—1861)的赏识。肃顺让他担任教读,但为期不长。

1860年他返回湖南,途中经停安徽祁门,很可能得力于肃顺的介绍,他拜见了曾国藩。那时,曾国藩是民间武装湘军的主帅。这支军队后来在镇压太平军、捻军和苗民叛乱中发挥了重要作用。这次会见开始了两人之间的一种联系,这一联系后来在王闿运的一生中至关重要,因为他最终承担了撰写《湘军志》的任务,记述了曾国藩军队的作战史。尽管一开始他与曾国藩相处颇洽,但二人最终分道扬镳,而王闿运撰写的《湘军志》(一直到1881年

---

[1] 此说见《中国大百科全书》,及《简明中国文学词典》,南昌:江西人民出版社,1983年。《清诗三百首》和《清诗精华录》说王闿运的生年是1832年,而罗郁正和舒威霖合编英文《待麟集》,第309页,与包华德所编英文《中华民国人物传记辞典》,第3册,第384页"王闿运"条目,著录为1833年1月19日。后一种说法来自王闿运的长子王代功所编《湘绮府君年谱》,1923年初版,台北:文海出版社,1970年重印(近代中国史料丛刊之一,第596号),第1页。

才出版）遭到曾国藩的弟弟曾国荃的责难，认为它未能恰如其分地表彰曾国藩和左宗棠为朝廷所建的军功。王闿运的五言组诗《发祁门杂诗二十二首寄曾总督国藩兼呈同行诸君子》，作于1862年，就是以这一时期为背景的。我们来看看其中的一首（其三），它可以为我们提供王闿运对曾国藩正在进行的军事努力的思考：

> 群盗纵横日，长沙子弟兵。
> 但能通大义，不废用书生。
> 地尽耕耘力，人惊壁垒精。
> 后来司马法，应见寓农情。[1]

1861年11月，肃顺因咸丰帝去世后在阻止两宫太后（慈安，孝贞或东太后，1837—1881；慈禧，孝钦或西太后，1835—1908）掌权而实行的联合执政中扮演了主要角色，被慈禧杀害。深受传统道德思想影响的王闿运冒着生命危险，编辑了肃顺的文集，以报答其知遇之恩。该文集于1871年出版。他把所得都交给肃顺贫困的家属。也是这一年，王闿运曾在北京西郊的圆明园遗址上徘徊。这座园林宫殿十一年前（1860年10月）被额尔金勋爵（Lord Elgin）和格罗斯男爵（Baron Gros）率领的英法联军劫毁。这次游览激发了王闿运写出其最脍炙人口的诗篇《圆明园词》。

---

[1] 寓兵于农（指让农民进行一定的军事训练，平时务农，战时参战，以此减轻国家的经济负担）是传统中国军事思想的一个理想，意在敌人入侵或发生暴乱时能够迅速在全国各地集结足够兵力。这里指的是曾国藩治军居官，粹然有儒者风。诗见陈衍编《近代诗钞》（1935），第1册，第349页。

1879年，应前湘军统帅、时任四川总督丁宝桢的邀请，王闿运担任成都尊经书院山长。丁宝桢死后，他于1886年返回湖南，先后担任长沙思贤讲舍、衡州船山书院和南昌高等学堂的主讲[1]。后来，他返回湘潭，在家招徒授课，弟子数千人。他把自己的居所命名为"湘绮楼"。1906年，经湖南巡抚岑春煊推荐，清廷赐他进士及第，并授翰林院检讨。

"不同于其他许多清代士人，"包华德所编英文《中华民国人物传记辞典》的"王闿运"条目中这样写道：

> 1912年，王闿运在北京接受了民国政府的政治任命。他参加了袁世凯于1912年和1914年召开的著名官员和学者的会议。第二次会议结束后，他被任命为国史馆馆长兼参议院参政。1914年底，他参加了一个袁世凯为前清翰林们举办的奢华铺张的集会。但王闿运不久就厌倦了北京的生活，于1914年底返回湖南。1916年10月他在湘潭去世。[2]

大约在这个时候，南社诗人柳亚子写了一首七言绝句，抨击王闿运：

> 少闻曲笔《湘军志》[3]，老负虚名太史公。

---

[1] 据包华德所编英文《中华民国人物传记辞典》，第3册，第384页"王闿运"条目，王闿运1903年被江西巡抚夏时任命为南昌豫章书院的山长。

[2] 据包华德所编英文《中华民国人物传记辞典》，第3册，第384页"王闿运"条目。

[3] 曲笔：史官因为阿谀或有所畏惧而不能根据史实直书。其实王闿运所作相反，因而得罪了曾国藩的亲属。

古色斑斓真意少，吾先无取是王翁。¹

此时，同高旭和柳亚子一起编辑《复报》（1905年创立）并兼任在日本出版的《鹃声》杂志记者的雷昭性（字铁崖，号奢皆，别号蛰节），也写了一首寓意相同的五言诗《咏王壬秋》：

九秩犹干禄，燕云笑此翁²。
鹜³头残白发，豚尾古绳红。
已献新皇颂⁴，偏怀旧主忠。
剧秦嗟不忍，辜负学扬雄。⁵

这些评价与其他一些人对王闿运生平的看法颇有一致之处。但首先，它们都表达了太多的对王闿运毫不掩饰的片面看法（且

---

1 柳亚子《论诗绝句》，见《南社第二十集诗录》，见《南社丛选》，上海：中国文化服务社，1936年，第4册，第597页。
2 这里"燕云"是指首都地区。今天的北京旧时属于燕地，故北京在诗词或古体文中有时也称"燕京"。
3 "鹜"为一种水鸟，长颈赤目，嘴扁直，头上毛秃。此句骂王闿运秃头。
4 这里指扬雄（字子云）歌颂王莽的故事，见《汉书·扬雄传》。扬雄《剧秦美新》序见昭明太子《文选》卷四八。这里很明显是在暗讽王作为一个堕落的文人为袁世凯服务。但雷昭性的比喻有些混乱。他是站在新儒家道德家朱熹一边，谴责扬雄做了王莽的大臣吗？如果是这样，那么保守的袁世凯可以同激进的改革者王莽相比吗？当然，没有哪个人是赞成背叛和卖国的，但雷昭性究竟站在什么立场上——是赞成清王朝呢，还是拥护共和国？
5 《咏王壬秋》，见《南社诗录第十二集》，又见柳亚子编《南社诗集》，上海：中学生书局，1936年，第6卷，第61页。雷昭性是四川富顺人，1903年赴日留学，在东京创办《鹃声》杂志。1910年受聘为槟榔屿《光华日报》主笔。辛亥革命后归国，不久又下南洋从事实业，据说因感慨时事、无端歌哭，终于患精神病去世。见仓田贞美著作，第63—64页。

不说他们都有毫无顾忌的"歧视老人主义"思想），其次，也表现了对王和时事理解不够敏锐[1]。例如，尽管我们知道王闿运在尊经和恪守儒家教义及反对叛乱的意义上是一个"传统主义者"，但他更愿意把帝王对他的臣民的义务而不是臣民对君主的忠诚放在首要地位。在目睹了慈禧太后为除掉肃顺等咸丰帝为同治帝指定的"顾命大臣"使出的残酷手段后，王闿运当然赞成对专制君权实行道德上的约束，这同孟子及其他儒家权威的教导是一致的[2]。

这方面有一个例子见于王闿运的《与曾侍郎言兵事书》，其中说道："盗贼者，贫民之变计也，洪逆之事有明征矣"。他还在《圆明园词》中催促清王朝统治者从自我沉溺中振拔出来，致力于巩固经济基础，改善人民生活——这是一个儒家学者心目中的基本立国原则：

惟应鱼稻资民利，莫教莺柳斗宫花。[3]

---

1　仓田贞美著作，第210页，从这些句子可以看出对王诗隐含的批评。在我看来，只有一个地方包含这种意义，即柳亚子诗的第三句，实际上是说，在王的作品中古色斑斓但缺少"真义"。但王在他的论诗著作中总是强调"义"的价值。柳亚子的批评显得虚假不实，因为他自己在诗中就使用古色古香的词句（也许模仿在这里是最真诚的吹捧形式），到底谁的诗"真义"少，历史自会在二者之间做出判断。
2　"民为贵，社稷次之，君为轻。"语见《孟子·尽心下》。"君行仁政，斯民亲其上，死其长也。"见《孟子·梁惠王下》。"道得众则得国，失众则失国。"见《大学》第十章。"暴其民甚，则身弑国王。"见《孟子·离娄上》。在儒家经典中，这样的思想、论述很明显。王闿运不需要偏离本国传统就能得出这样的结论。然而相反地，很多所谓"进步的"诗人虽然直接受到西方思想的影响，却明显地采取反民主的倾向。康有为和梁启超成为保皇派，黄遵宪则蔑视选举制度，孙中山和他的追随者认为中国人民尚是知识能力弱的、不开化的、自私的民众，不适于民主制度，胡适、梁实秋等终于替蒋介石的专制辩护。
3　陈衍编《近代诗钞》（1935），第1册，第349页。

当然，王闿运不像清末几位最杰出的诗人那样同戊戌变法有直接的联系，因此没有像陈三立和郑孝胥那样把诗的主题过多地放在对命途多舛的光绪皇帝表忠心上。但即便在那些诗人那里，那个主题也主要被用来塑造一个类似屈原的人物形象，通过剖白自己对皇帝的忠诚来抗议当权者。任何历史上的"当权者"都可用以指代当时的慈禧太后、袁世凯、军阀等。士人借失宠受黜的人物发声是一种文学技巧，不能简单地归结为落后保守、消极反动或者利己谋私。

在评价王闿运的时候，还应考虑到他最终返回湖南的时间。当时，袁世凯正在谋划组织一个帮助他登上皇位的机构（筹安会）。如果王闿运留在首都的话，势必要参加这个组织，为其服务。当王闿运接受任命出任国史馆馆长并担任参议院参政时，他把这些荣誉看作对他的学术和文学成就的承认，而非政治任命（他从来不是而且也从来不寻求成为政治人物）。因此，当袁世凯窃位的野心大白于天下时，王闿运迅速与其脱离关系，在文字中采取了讽刺的态度[1]，这在当时相当危险。

王闿运在学术上对儒家经典有浓厚的兴趣，对诸如《尚书》《礼记》《春秋公羊传》《穀梁传》都有研究；他为《庄子》作了注释，并编选了卷帙浩繁的古代诗歌，例如从汉到隋的《八代诗选》，以及《唐七言诗》，这些作品都彰显了他的文学趣味和他的思想倾向。他的学术水平是如此之高，以至于直到现在这些著作

---

[1]《中国大百科全书》，北京：中国大百科全书出版社，1987年，中国文学卷第2卷，第890页。

仍然被研究者们用作参考书。《湘军志》虽然在有关湘军一些特定战役的记述的准确性方面引发过争议，但学者们普遍认为其文风堪称典范。

与柳亚子和雷昭性对王闿运的贬低意见形成鲜明对照的是，举足轻重的改革派烈士谭嗣同——他本人是一个诗人，后来在戊戌政变中被慈禧太后杀害——这样写道：

> 迩者瓣姜[1]先生嗣阮、左之响，白香、湘绮时振王、杨之唱。湖山辉耀，文苑有属。若夫高华凝重，赋丽以则，擎孤掌以障奔流，上飞云而遏细响，四杰不作[2]，舍湘绮其谁与归？佳什深厚，雅近景明《明月》，抱此绝艺，庶几湘绮替人，足以雪前者一县之陋，无任钦服！[3]

谭嗣同还写了一首诗，列为《论艺绝句》之三，给予王闿运和邓辅纶非常高的评价：

> 姜斋微意瓣姜探[4]，王邓[5]翩翩靳共骖。
> 更有长沙[6]病齐已，一时诗思落湖南。

---

1 欧阳中鹄，字节吾，号瓣姜，清湖南浏阳人，谭嗣同的老师。
2 四杰，指7世纪唐朝诗人王勃、杨炯、卢照邻和骆宾王。
3 蔡尚思、方行编《谭嗣同全集》，北京：中华书局，1981年，第2册，第478—479页，《致松芙书》。
4 欧阳中鹄所号"瓣姜"意为"瓣香姜斋"，取景仰王夫之意，故有此句。姜斋是王夫之的号，他是一位明遗民诗人、批评家，生于湖南衡阳。
5 指王闿运和邓辅纶。
6 这里指八指头陀（释敬安，字寄禅，原名黄读山，1850—1912），湘潭人。（转下页）

谭在这首诗后附的注释中说:"论诗于国朝,尤为美不胜收,然皆诗人之诗,无更向上一著者。唯王子之诗,能自达所学,近人欧阳、王、邓庶可抗颜,即寄禅亦当代之秀也。"[1] 事实上,在很久以后,陈锐这样称赞王闿运:"今之王湘绮,殆圣之时者欤。"[2] 徐世昌对他的学术、文章和诗词方面的成就做了如下评价:

> 自曾文正提倡文学,海内靡然从风,经学尊乾嘉,诗派法江西,文章宗桐城。壬秋后起,另树一帜。解经则主简括大义,不务繁征博引,文尚建安典午[3],意在骈散未分。诗拟六代,兼涉初唐,湘蜀之士多宗之,壁垒几为一变。尤长七古,自谓学李东川(李颀),其得意抒写,脱去羁勒,时出入于李杜元白之间,似不得以东川为限。[4]

无论表面上有何分歧,很明显地,王闿运在他那个时代和其后至少一代人中得到了严肃、认真的对待。为明了其中原委,我们需要先来看看他的诗。有几首广为人知的诗足以让我们明了王闿运是如何以古体诗来表现晚清现实的。

---

(接上页)他的著作有新版本《八指头陀诗文集》,长沙:岳麓书社,1984年。
1 这首诗及附注见《谭嗣同全集》,第1册,第77页。
2 见《国粹学报》1908年第5册,第49号《褒碧斋日记说诗选录》,第5页。"圣之时者"原是孟子对孔子的评价。
3 "典午",隐喻司马,代指晋朝。
4 《晚晴簃诗汇》,第155卷,第24页正面。

　　　　晚行湘水作二首

　晚风吹流波,奔影不可寻。
　连冈无断容,重云发归心。
　伫瞻穹隆低[1],坐觉夜气阴。
　鸣钲驻客棹,远灯熹欲沉。
　喧闻众籁杂,静会江底深。
　冥情结真契,秋宵信长吟。
　微词托尊酒,对影且同斟。

　山水但一气,旷望成弥茫。
　乱蛩答岑寂,四野垂寒光。
　天风时横过,涛声送浪浪。
　秋气本寥亮,助之群动鸣。
　夜深转激烈,满舫生孤凉。
　不敢久伫立,寒露侵我裳。
　惊心感节候,拊枕独旁皇。[2]

　　这两首五言古诗均直白而自然,"不受曲折隐晦的典故的束缚",像清末民初任何一位古体诗作者(例如黄遵宪、康有为和南社的大多数诗人)的作品一样。当然,两首诗中有一些成分源自古代伟大的诗人,特别明显的是第一首的结尾句,取法唐朝著

---

[1] 形容晚上天黑了而显得低。
[2] 陈衍编《近代诗钞》(1935),第1册,第340页。

名诗人李白。但重点不在于晚清诗人从古代借用了多少[1]，而在于他们如何用一种有效的方式说话，从情感和艺术两方面向读者讲述时事。

第一首诗的第一句设定了一个傍晚在江上乘船旅行的场景。不过第二句就已经暗示了某种失落感："奔影不可寻"，说明有些东西已经不对劲儿，有些很快到来的事件也许会带来某种麻烦。下面两句，"连冈无断容，重云发归心"，把这层意思说得更清楚了：作者想返回他所从来的地方，因此想就此结束旅行。夜间的山岭模糊朦胧，阴冷怪异。接下来的一联暗示个人在大千世界中的渺小。随后，作者突然告知我们他忧虑的原因："鸣钲驻客棹，远灯熹欲沉。"

原来，战火已经蔓延到这个地区。这是太平军呢，抑或其他军事力量，读者没有被告知详情，而且也不需要知道。这种混乱局面，原来是局限在"边缘"的沿海地区，现在正袭击帝国的中心地带（湘江流经中国腹地的湖南省），那里是诗人的故乡，作品因此进一步提升了感情的高度。尽管世界熙攘忙乱，诗人却停下来思考昼夜不舍的湘水表面下的静谧[2]。从字面意义上，他告诉

---

1 中国诗人从前辈诗人中学习了很多技巧和词汇，这不能理解为剽窃或者缺乏创造力，而毋宁理解为建立高度有价值的文本间性的一种重要的文学手段。见美国华裔学者刘大卫（David Palumbo-Liu）著《挪用的诗学：黄庭坚的文学理论及其写作》（*The Poetics of Appropriation: The Literary Theory and Practice of Huang Tingjian*），斯坦福：斯坦福大学出版社，1993年。
2 讨论湘君及其在早期中国文学中的地位，参见英国学者、《红楼梦》的译者戴维·霍克斯（David Hawkes）关于《楚辞》的专著《南方之歌：屈原和其他楚辞作者作品集》（*The Songs of the South: An Anthology of Ancient Chinese Poems by Qu Yuan and Other Poets*），米德尔塞克斯和纽约：企鹅出版公司，1985年。

我们:"静会江底深"。随后由"静"生发到下一联首句中的"冥"。这里"冥"可以解释为"沉默",还可以有多种含义——黑暗、隐晦、深刻,不能言说、不可言说却大有深意等;而且还同地狱有一定的关联。读者没必要知道这些"沉默的感情"是什么,只要在这些感情基础上形成某种实质的契合就可以了,这很可能是多少有些讽刺口吻的下一句和全诗最后一联的起因。

第二首诗用同一种格式开始,描绘了一个即使不是令人畏惧也是给人深刻印象的场景:

> 山水但一气,旷望成弥茫。
> 乱蛮答岑寂,四野垂寒光。

接下来,作者再一次把变化和不安定的因素引入诗中:

> 天风时横过,涛声送浪浪。

就像在第一首诗的几乎同一位置,我们听到了有生命之物的声音("鸣"的字面意思是"叫喊"或"呼叫")进入一个自然的清明和空洞的境地。随后诗人写出了夜间乘船旅行的危险——

> 夜深转激烈,满舫生孤凉。

而他本人对此的反应是:

> 不敢久伫立，寒露侵我裳。
>
> 惊心感节候，拊枕独旁皇。

帝国正深陷其中的战争和混乱被诗人写了出来。因此，把这艘船看作国家的象征[1]，把这次旅行比作清王朝正走着的危险道路[2]，也就不显得牵强附会了。正如刘鹗的小说《老残游记》中的主人公那样，诗人在这两首诗中道出一个善良的愿望，他真诚地祝愿这艘船不受损伤地走完旅程。但和老残不一样，诗人没有"外国罗盘和指南针"提供给掌舵人（旧诗比起小说毕竟是一种更成熟的文学表现形式）。王闿运在诗中并没有提供解决办法，他没有科学公式或者神奇的万能药来使中国摆脱困境。他开不出新药方来，只有写出"血、汗和眼泪"，尽管那可能是令人不快的。

如果把这首诗的作者视为知识分子的代表的话，诗中对这个群体的前景显然并没有表现乐观的情绪。作者面临的现实越灰暗，其能力就显得越薄弱。出现在最后一句中的"旁皇"（彷徨）一词，六十多年后被鲁迅用作其第二本短篇小说集的题名，并且还曾出现在其旧体诗中[3]。在分析鲁迅时，有学者把这个意象与早

---

1 晚清小说家刘鹗（字铁云，又字云抟，笔名红都百炼生，1857—1909）的《老残游记》的第一回即有此论。济南：齐鲁书社，1981年，第1—12页。英译文见哈罗德·沙迪克（Harold Shadick）译《老残游记》(The Travel of Lao Ts'an)，伊萨卡：康奈尔大学出版社，1952年，第6—11页。

2 杜甫的诗《敬寄族弟唐十八使君》中有一句"我能泛中流"，仇兆鳌说这是泛流出险，因为在河中是危险的，见仇兆鳌《杜诗详注》，北京：中华书局，1979年，第4册，第1845页。

3 见鲁迅旧体诗《题〈彷徨〉》（1933年3月2日）："寂寞新文苑，平安旧战场。两间余一卒，荷戟独彷徨。"其中类似的用法有"独彷徨"三个字，《鲁迅全集》（1991）第7卷，第150页。见英文拙著《诗人鲁迅：以其旧体诗为中心的研究》（转下页）

期现代知识分子体验到的一种特殊的异化感联系起来。如夏志清所说:"他(鲁迅)更像马修·阿诺德,'在两个世界之间徘徊,一个世界已经灭亡,而另一个世界尚无力诞生'。伟大诗人屈原的诗句被鲁迅引用作为《彷徨》的题词,完全肯定了这种情感的存在。"[1] 李欧梵在其《铁屋中的呐喊》中也强调了这一点:

> 这样一来,原来是要表现历史现实的东西,却变成了一种诗意的沉思。如果从积极意义上来解说,诗人可能在"探索"一个新的文化目标,但诗中的失望情绪实际上让人感觉到一种"彷徨"的生存状态:诗人身陷新与旧、传统与现代之间的"无人之地",苦苦寻找意义而不得。鲁迅在著名的《呐喊·自序》中曾把自己比作一个服从五四运动主将"将令"的小卒,但当他把这个自我贬低的政治姿态重新改造成诗的意象时,就扩大为带有"哲学"意味的隐喻了:这个小卒被留下来孤独地在"无物之阵"中奋战,同生命的虚无做斗争。这同他写这首诗时的压抑情绪显然是一致的。[2]

---

(接上页)(*The Lyrical Lu Xun: A Study of His Classical-style Verse*),火奴鲁鲁:夏威夷大学出版社,1996年,第256—259页。

[1] 夏志清(C. T. Hsia)《中国现代小说史》(*A History of Modern Chinese Fiction*),纽黑文:耶鲁大学出版社,1971年英文版,第41—42页。这句诗来自屈原的《离骚》,原文为:"朝发轫于苍梧兮,夕余至乎县圃。欲少留此灵琐兮,日忽忽其将暮。吾令羲和弭节兮,望崦嵫而勿迫。路曼曼其修远兮,吾将上下而求索。"参见陈子展《楚辞直解》,南京:江苏古籍出版社,1988年,第58页。

[2] 见李欧梵(Leo Ou-fan Lee)《铁屋中的呐喊——鲁迅研究》(*Voices from the Iron House: A Study of Lu Xun*),布卢明顿:印第安纳大学出版社,1987年,第43页。

这种充分放大了的现代孤独感是否可以用来描述晚清的知识分子，尚待讨论。我这里只是想提出，现代化为第三世界带来曙光的同时也带来许多现代性困境或曰"存在危机"（Existential Crisis）——如果我们一定要用这个词的话。在直面"恐怖"的过程中，包括第一代在内的非西方的［尽管重视传统的］知识分子成为——如爱默生所说的——真正的"现代人"。[1]

王闿运在他的《论作诗法答萧玉衡》中，道出了他选择古体形式的部分原因：

> 不失古格而出新意，其魏［源］、邓［辅纶］乎。两君并出邵阳，殆地灵也。零陵作者，三百年来，前有船山[2]，后有魏、邓。鄙人资之，殆兼其长。……诗必法古，自然之理也。……古人之诗，尽美尽善矣，典型不远，又何加焉。[3]

很明显，王闿运的选择不但是美学上的，而且是由其对本乡本土的文学传统的认同所决定的，这些本乡文学家既因准确性，又因其对所处时代的关心而知名。魏源不但是一位优秀的古典学者和历史学家，而且还是一位经济和政治事务专家、中国第一部介绍

---

[1] "伟大的人物，伟大的民族国家，自来不是虚夸的人和小丑，而是人生的恐惧的认知者，并且让他们自己去面对这恐惧。"爱默生（Ralph Waldo Emerson）《命运》（"Fate"），见《生活规范》（*The Conduct of Life*, 1860），收入《爱默生选集》，纽约：企鹅出版公司，1982年，第362页。

[2] 船山，即王夫之（字而农，号姜斋），明末衡阳人。其学以汉儒为门户，以宋五子为堂奥，而推陈出新，论多创辟，身遭明亡之恸，又富种族思想，后人编有《船山遗书》。

[3] 在他去世后由上海的《人间世》杂志发表，见第42号（1935年12月20日）第5页。

西方国家的著作《海国图志》(该书后来被翻译成日文)的编纂者。明末清初的诗人王夫之是一位杰出的文学批评家和历史学家,像王闿运一样,是《庄子》研究权威,也是他那个时代的编年史家。王夫之论诗,强调"情景融合"以及诗以意(诗人的想法或思想)为主:"意至而言随"是他的名言。当王闿运坚持不能牺牲"辞"来强调"意"的时候¹,他应该是在否认王夫之关于"意"的理论。仓田贞美把这一点看作王闿运倾向于"形式主义"的证据。²但这又是后世的妄断。当然,在诗歌中,书写语言的美学效果应该被赋予应有的地位;否则,其所作就不是诗,至少不是严格意义上的诗,像王闿运和他的大多数同时代人所定义的那样的诗。但对王闿运来说,他的主要关注点,是仍然像魏、邓那样"不失古格而出新意"。

我已经引述了王闿运的《发祁门杂诗》的第三首,显示了他对曾国藩的军事成就的思考。但诗中描绘的他的内心的混乱,及其与当时中国所处困境之间的关系使这些诗作更有价值。让我们看看这组诗的第一首——请记住,这组诗写于1862年。

其一

已作三年客,愁登万里台³。

---

1 《论诗示萧幹》,《人间世》,第42号,第4—5页。
2 仓田贞美著作,第209页。
3 陈衍认为这首诗的前两句借调于杜甫的《登高》诗:"万里悲秋常作客,百年多病独登台。"见《石遗室诗话》(1929),第17卷,第11页正面第1行。原诗见仇兆鳌《杜诗详注》,第4册,第1776页。钱学增也持此说,但也试图将王闿运诗中的意象描绘成传统的"思乡",见钱仲联选,钱学增注《清诗三百首》,第251页。我不同意钱学增的结论。

> 异乡惊落叶,斜日过空槐。
> 雾湿旌旗敛,烟昏鼓吹开[1]。
> 独惭携短剑,真为看山来。[2]

  这首诗也是王闿运诗作入选《清诗三百首》(第251页)者之一。钱学增的注释认为最后一句表明王闿运原意是要在曾国藩的军队中谋职立功从而扬名,但因为他的这种意图没有得到曾国藩认可,因此其祁门之行变成一次山水之游,没有多大意义了。这是一种肤浅的解读。我们知道,王闿运同曾国藩的确有一些不和,但他将这些不和直接写入寄给曾的诗中,并寄希望曾有一天能看到,这一点颇为可疑。狄葆贤(又名狄平子,1873—1941)说这首诗是他最喜爱的两首诗之一[3],而陈衍则称这首诗展示了超绝的艺术技巧[4]。这说明,它蕴含的意义远远多于一个烦恼的求职者含蓄的抱怨。

  该组诗名为"发祁门杂诗二十二首寄曾总督国藩兼呈同行诸君子"。第一首的最后一句当然含有讽刺意味,但我更倾向于认为,这句诗可以有更深远的含义,而不仅仅是王闿运本人的抱负

---

1 钱学增对这首诗的注释(《清诗三百首》,第251页)认为这两句指的是1860年那场特殊的战役,当时李世贤率领的太平军(这里用"雾"来指代)在祁门包围了曾国藩的军队。后来,得知清军已来驰援,李世贤撤军了。
2 陈衍编《近代诗钞》(1935),第1册,第349页。
3 "湘潭王壬秋先生,遗荣遁世,文学司马子长(司马迁),诗学老杜。沈著闲雅中,时露英爽之气。著有湘绮楼集。余最爱其祁门二首云:'已作三年客,愁登万里台⋯⋯'又'寂寂重阳菊,飘飘异国蓬⋯⋯'"见狄葆贤《平等阁诗话》(共2卷),上海:有正书局,1917年,第1卷,第34页正面。
4 "有《祁门》五言律二十二首之一,最工。"《石遗室诗话》(1929),第17卷,第10页反面。

不展的哀伤叹息。放在当时的环境看，这首诗的结尾透露士绅阶层因没有能力采取实际的、有意义的行动来改善国家的处境而产生的烦恼。让我们看看这组诗中的第十首：

其十

恸哭勤王诏，其如社稷[1]何？

至今忧国少，真悔养官多。

四海[2]空传檄，书生岂荷戈？

萧萧易水[3]上，立马望山河。[4]

很明显，首诗可以被解读为不仅是关于王闿运自己的命运，而且指代一个民族国家的命运，指明士绅阶层无力帮助国家摆脱困境。第十五首也有相同的含义：

其十五

寂寂重阳菊[5]，飘飘异国蓬[6]。

孤吟人事外，残梦水声中。

书卷千年在，亲知四海空。

---

1 社稷可以用来比喻国与社会。
2 四海指中国。
3 易水（河名）有中易、北易、南易之分，其源皆出河北省易县。
4 陈衍编《近代诗钞》(1935)，第1册，第350页。
5 九为阳数中最大、最尊者，故俗称旧历九月九日为重阳节。民俗于此日相率登高辟邪，故又称登高节。秋天已到，人们有时会在此时此刻回忆、反省过去的生活。
6 蓬，比喻无根地飞来飞去，或散乱的感觉。

莫嫌村酒浊，醒醉与君同。[1]

　　这些写于秋天的沉思诗句，透露对于人事努力的徒劳的哀伤。其中的哲理意味，既表现了作者本人的沉思默想状态，又是就生存的大问题与一个朋友（和读者？）的对话。结尾是对友谊的肯定，将其颂为一种真实的和有持久价值的东西。但要注意第五句和第六句展现的迷人效果："书卷千年在，亲知四海空。"从某个层面说，这完全可以被解释为中国传统文化和文学中存在的危机：文学被迫面对一种全新的、与以往迥然不同的现实。如果这一点在第十五首本身难以看到的话，那么在接下来的两首（第十八首和第二十首）中就看得更清晰一些：

其十八
乱后山仍在，舟行客自如。
推篷惊宿鸟，烧桂煮溪鱼。
人语岚光外，渔灯暮色余。
军书三日断，已似武陵居。[2]

其二十
平波千顷[3]秋，吟望水天浮[4]。

---

1　陈衍编《近代诗钞》(1935)，第 1 册，第 350 页。最后一句有讽刺意义。
2　陈衍编《近代诗钞》(1935)，第 1 册，第 350 页。武陵是一个虚构的地名，是陶渊明《桃花源记》中描绘的隐居地。
3　一顷为一百亩。
4　水天浮：水一直涨到天上，形容水涨得非常高。

> 隔浦帆如马，扁舟夜傍鸥。
> 昏昏云拍岸，惨惨雾蒸流。
> 独羡随阳雁，年年万里游。[1]

在第十八首中，第一句即明确地将国家的生存问题提出来，"乱后山仍在"，几乎每一个中国读者，都能从这句诗中听到杜甫的名句"国破山河在"的回响[2]。"客"的"自如"，只不过是冲突间隙的沉寂、台风眼处的安宁而已，即便是这短暂的沉寂也为前行途中出现在周围的鸟的惊叫所威胁（第二句）。桂之被焚，很难说是一个吉兆：在《楚辞》中，椒和桂指代高尚有德之人。[3] 也许，这是在表明，从人的角度而言，损失已经太大了。接下来的一联是：

> 人语岚光外，渔灯暮色余。

这是对一种有些怪异的、短暂的美景的描绘。[4] 随后，突然，我们被诗人想象中逃离战争的消息惊醒：

---

1　陈衍编《近代诗钞》（1935），第1册，第350页。
2　见《春望》，仇兆鳌《杜诗详注》，北京：中华书局，1979年，第1册，第320页。
3　见《楚辞·九章·悲回风》，第21—24行。参见陈子展《楚辞直解》，南京：江苏古籍出版社，1988年，第234页。英译文见戴维·霍克斯《南方之歌：屈原和其他楚辞作者作品集》，米德尔塞克斯和纽约：企鹅出版公司，1985年。另见鲁迅作于1931年的《送O. E. 君携兰归国》一诗，可见英文拙著《诗人鲁迅：以其旧体诗为中心的研究》，第142—146页。
4　"岚光"指的是太阳的光通过山雾的反射，经常出现在诗中，但在罗隐的《巫山高》诗中，用意是预示危险和描写愤怒："岚光双双雷隐隐，愁为衣裳恨为鬓。"见《中文大词典》，台北：中华学术苑，1976年，第3卷，第4433页。

军书三日断，已似武陵居。

诗人引导读者质疑短暂的、和平的虚幻性。旅行者的船下一站要停泊在哪里？它的最终目的地是哪儿？如果我们把船比作一个国家，那么就可以问：朝廷的前途、中国的前途会怎么样？

第二十首诗一开始呈现一种虚假的平静，但诗人忧郁的情绪在最后两联中浮现：

昏昏云拍岸，惨惨雾蒸流。
独羡随阳雁，年年万里游。

云的黑暗（用重复的"昏昏"来表示）及雾的惨淡（惨惨）之类自然现象，不会是什么好的征兆。唯有雁这一动物王国的成员，因为在飞行中享受非凡的自由而成为人们羡慕的对象。一般而言，在中国传统诗歌中，野雁是为相距遥远的人们传送信件的使者。在这样的比喻中，它们差不多可以说是人类的奴仆。但在这首诗中，它们被转化成一种其活动自由为人类所艳羡的对象，这就造成一种现代性的侵入，或者至少可以说，是现代情景渗入古典诗歌。王闿运在这二者之间进行的微妙处理，使他的诗在他的时代和其后一段时期很受评论家的青睐。[1] 钱基博写道：

---

[1] 请比较杜甫的诗《同诸公登慈恩寺塔》，其中有"君看随阳雁，各有稻粱谋"之句，完全可以把这里的意象解释为相同的情绪，诗人站在那里看着雁飞去，而自己却不能回家。确实，王闿运当时心里想的可能就是这两句诗。见仇兆鳌《杜诗详注》，第1卷，第103—107页。但冯·扎赫对杜诗做了德文直译式的解读：Sehet dort wilden Gaense, die der Sonne（d.i. dem Kaiser）folgen, alle denken nur an ihr（转下页）

诗才尤牢罩一世，各体皆高绝。而七言近体则早岁尤擅场者。……雅健雄深，颇似陈卧子（子龙），有明七子之声调而去其庸肤，此其所以不可及也。……而七言古最著者，莫如所作《圆明园词》一篇，韵律调新，风情宛然，乃学唐元稹之《连昌宫词》，不为高古，于《湘绮集》为变格，然要其归引之于节俭，而以鉴戒规讽终其篇，以仿元稹《连昌宫词》之体也。[1]

吴宓对《圆明园词》赞扬有加：

最近诗人能将新材料入旧格律者，王闿运湘绮也。樊樊山《彩云曲》尤其矫矫者。[2]

无疑，《圆明园词》是王闿运的杰作。该诗作于同治十年（1871）夏，[3] 那年有几天时间，王闿运在北京西郊海淀附近的圆明园的废墟上徘徊。前面已经提到，这个园子在十一年前被额尔金勋爵和格罗斯男爵共同指挥的英法联军劫毁，[4] 从多个角度看，《圆

---

（接上页）Futter.［看啊！那边跟随太阳（象征皇帝）的雁，每一只只会想到食物（禄）。］参见艾文·冯·扎赫（Erwin von Zach），《杜甫的诗》（*Tu Fus Gedichte*），麻省剑桥：哈佛大学出版社，1952年，第1卷，第28页。

1　钱基博《现代中国文学史》，第49—50页。
2　参见吴宓《论今日文学创造之正法》，载《吴宓诗集》，上海：中华书局，1935年，末卷，第75页。
3　见《湘绮楼日记》，第3册，同治十年四月初十、十一日；同治十年六月十三日。
4　他们原来打算毁北京，但后来决定只毁圆明园。澳大利亚学者白杰明（Geremie R. Barme）著有学术论文《圆明园：废墟中的生命》（"The Garden of Perfect Brightness: A Life in Ruins"）说明这段历史背景。参见澳大利亚国立大学（转下页）

明园词》是当时的诗人们与其读者之间用古典诗歌方式进行交流的典范。因为这个原因,我要首先将这首七言古诗的全文抄在下面,然后讨论它的特点。

圆明园词[1]

宜春苑[2]中萤火飞,建章长乐柳十围[3]。

离宫从来奉游豫,皇居那复在郊圻?

旧池澄绿流燕蓟[4],洗马高梁[5]游牧地[6]。

北藩[7]本镇故元都,西山[8]自拥兴王气。

---

(接上页)的学报《东亚历史》(*East Asian History*),第11卷(1996年6月),第111—158页(尤其是第131—133页)。

1 陈衍编《近代诗钞》(1935),第1册,第347—349页;也见陈衍编《近代诗钞》(1935),第5册,第27—28页。钱仲联选、钱学增详注《清诗三百首》,第187—198页;钱仲联编《近代诗三百首》,第110—121页。后者比前者详细。

2 宜春苑:秦代宫苑,故址在今陕西长安县南。下句诗中的建章、长乐为汉宫名。此处以中国史上三处著名宫苑借指清代圆明园("圆满无缺""明光普照"之园),见钱仲联编《近代诗三百首》,第113页。

3 在昔日宏伟壮观的圆明园中如今却只见点点萤火和粗壮的柳树(柳亦是离别的象征),诗人此处通过对比告诉读者曾经无比壮观的圆明园现在已是一片废墟。"围",旧为计算圆周的量词,指两臂合围起来的长度。"围"亦可指树的年轮,树一年增一围。

4 旧池:指圆明园的"西湖",圆明园前临西山,环以西湖。郦道元《水经注》称其为"燕之旧池"。蓟:蓟城,春秋战国时燕国的都城,位于今北京城西南角。"燕蓟"犹今人言燕京,指北京。

5 洗马、高梁:水名,即洗马沟及高梁河,在北京西郊,旧池之水东流入此。见钱仲联编《近代诗三百首》,第114页。本诗另一注释版(日文),见近藤光雄《清诗选》,第22卷,汉诗大系,东京:集英社,1967年。

6 游牧地,圆明园建园之前,这里本是游牧之地,1860年圆明园被英法联军焚毁之后,大片土地复归游牧地或被农民开垦成一块块农田。

7 北京原是北方的藩镇,元代曾建都。

8 西山:北京郊外的西山,为燕山余脉。

九衢尘起暗连天[1],辰极星移北斗边[2]。
沟洫填淤成斥卤,宫廷映带觅泉原。
渟泓稍见丹棱沜,陂陀先起畅春园[3]。
畅春风光秀南苑[4],霓旌凤盖[5]长游宴。
地灵不惜邕山[6]期,天题更创圆明殿。
圆明始赐在潜龙[7],因回邸第作郊宫。
十八篱门随曲涧,七楹正殿倚乔松。
轩堂四十皆依水,山石参差尽亚风。
甘泉[8]避暑因留跸[9],长杨[10]扈从且弢弓。
纯皇[11]缵业当全盛,江海无波[12]待游幸[13]。
行所留连赏四园,画师写放开双境[14]。

---

1 这里描述了 1644 年明朝覆灭前的战乱景象。
2 辰极星:北极星,旧时传说是帝王之星。"辰极星移北斗边",意指皇权北移。
3 此句及之前三句写圆明园建园之前,康熙帝首先(于 1684 年开始)在这里填土导泉,筑起畅春园。这里提及建园对土地的影响,目的是烘托建造规模的宏大。
4 南苑:宫苑名,位于今北京市永定门外,明永乐年间建成,是皇家游猎场。见钱仲联编《近代诗三百首》,第 114 页。
5 "霓旌"与"凤盖"为古代帝王出行时的仪仗。
6 邕山:即今北京玉泉山,北京西郊著名景点。
7 "潜龙"旧称隐而未出的圣人,此处指康熙帝的四皇子,后来的雍正皇帝胤禛。康熙帝命人在畅春园西南建园,作为四皇子的读书之所,并赐名为"圆明园"。
8 "甘泉"为汉武帝时的宫苑名,之前曾为秦代离宫。
9 跸:皇帝的车驾。"留跸"即指皇帝在甘泉宫居留。
10 长杨:汉代宫苑名,为皇帝游猎之所,此处借指圆明园。
11 纯皇:清高宗乾隆帝的谥号。
12 喻指国家和平安定。
13 等着皇帝驾到。
14 康熙帝和乾隆帝都曾南游,凡江南名胜,均命画师绘图,而后在圆明园中仿建。

谁道江南风景佳,移天缩地在君怀[1]。
当时只拟成灵囿,小费何曾数露台[2]。
殷勤毋佚箴骄念,岂意元皇失恭俭。
秋狝俄闻罢木兰[3],妖氛暗已传离坎[4]。
吏治陵迟民困痡,长鲸[5]跋浪海波枯。
始惊计吏忧财赋,欲卖行宫助转输。
沉吟五十年前事,厝火薪边然已至[6]。
揭竿敢欲犯阿房[7],探丸早见诛文吏[8]。

---

1 以圆明园为题材的著作至今仍常常引用"谁道江南风景佳,移天缩地在君怀"这两句诗,也许因为这两句诗不仅反衬出圆明园之殇的悲剧性,而且带有反讽的含义。
2 灵囿:原为周文王蓄养动物的园林的名称。此处表面可能指满族人更偏爱蓄养野生动物的园林,而非汉人那种人工设计的传统园林。灵囿即灵(有生之物的灵魂)被蓄养于"园林"(囿)内。见《孟子·梁惠王上》:"孟子见梁惠王,王立于沼上,顾鸿雁麋鹿,曰:'贤者亦乐此乎?'孟子对曰:贤者而后乐此,不贤者虽有此,不乐也。《诗》云:'经始灵台,经之营之,庶民攻之。……王在灵囿,麀鹿濯濯。……'文王以民力为台为沼,而民欢乐之,谓其台曰'灵台'。……古之人与民偕乐,顾能乐也。《汤誓》曰:'时日曷丧,予及女偕亡'。民欲与之偕亡,虽有台池鸟兽,岂能独乐哉?"桀是古代暴君。与这句有互文关系,暗指清廷奢靡铺张、独裁专政。露台:汉文帝欲建露台,召匠计之,计费百金,为十家之产,乃辍。
3 木兰:皇家狩猎围场名,位于今河北省境内。清代皇帝常于每年秋季到木兰围场围猎习武,称为"木兰秋狝"。然而,1813年,嘉庆帝出巡木兰期间,林清率众在京起事,攻入皇宫,迫使嘉庆帝罢秋狝而归。钱仲联编《近代诗三百首》,第116页。此处暗指贫苦百姓起事的部分原因是不满皇家的奢靡铺张。
4 起事首领林清曾自称道教真人,掌管《易经》八卦之第二卦坎卦。坎卦主"水"或"陷溺",主"险"。
5 "长鲸"喻指外国列强之战舰,可引申指鸦片贸易、第一次鸦片战争及其后类似事件。
6 该句语出《汉书·贾谊传》:"夫抱火厝之积薪之下,而寝其上,火未及燃,因谓之安。"比喻潜伏着巨大的危机。厝:安放。然:同"燃"。
7 阿房:阿房宫,为短命的秦朝的宫殿名。该句以秦末陈胜、吴广揭竿起义借指1851年太平军金田起义。钱仲联编《近代诗三百首》,第116页。诗人以此贬斥清王朝。
8 "探丸"语出《汉书·酷吏传》:"长安(当时的都城)中奸猾浸多,闾里少(转下页)

此时先帝¹见忧危²,诏选三臣³出视师。

宣室无人侍前席⁴,郊坛有恨哭遗黎⁵。

年年辇路看春草,处处伤心对花鸟。

玉女投壶⁶强笑歌,金杯掷酒连昏晓。

四时景物爱郊居,玄冬入内望春初。

袅袅四春⁷随凤辇,沉沉五夜递铜鱼⁸。

内装颇学崔家髻⁹,讽谏频除姜后珥¹⁰。

---

（接上页）年群辈杀吏,受赇报仇,相与探丸为弹,得赤丸者斫武吏,得黑丸者斫文吏,白者主治丧。"钱仲联编《近代诗三百首》,第116页。此句意指百姓对贪官污吏的不满蓄积已久。

1　本诗作于同治帝时,故先帝应指咸丰帝。
2　即太平天国起义。
3　三臣指曾国藩、胜保、袁甲三。
4　钱仲联在《近代诗三百首》第116页中指出,此句语出《史记·贾生传》:"孝文帝方受釐（举行过祭祀,接受神的福佑）,坐宣室（汉未央宫殿名,为皇帝斋戒之所）。上因感鬼神事,而问鬼神之本。贾生因具道所以然之状。至夜半,文帝前席（移坐而前）。既罢,曰:'吾久不见贾生,自以为过之,今不及也。'"此处用此典记咸丰帝事。咸丰九年（1859）冬,咸丰帝郊宿于斋宫,内忧外患,至夜失声痛哭,大考翰詹时以贾生宣室事发题,稍以慰藉。我认为此句意指当今皇帝身边缺少如贾谊之类的良臣顾问。
5　意即郊外的寺院与祭坛内满是饱经战乱浩劫、祈求神明保佑的贫苦百姓。
6　投壶为古代宴饮时的一种游戏。其制设一壶,宾主依次投矢壶中,不中者饮酒。
7　四春即咸丰帝的四位妃子,分居圆明园中各亭馆。
8　铜鱼指铜鱼符,为铜制鱼形之符。为唐代官员证明身份、征调军旅的凭证。唐高祖为避祖父李虎讳改虎符为鱼符。
9　崔氏,汉妇,曾入宫为乳姆。
10　此句用周宣王之贤德皇后姜后之典。据《列女传·周宣姜后》:"宣王尝早卧晏起,后夫人不出房。姜后脱簪珥,戴罪于永巷,使其傅母通言于王曰:'妾之不才,妾之淫心见矣,至使君王失礼而晏朝。……敢请婢子之罪。'王曰:'寡人不德,实自生过,非夫人之罪也。'遂复姜后,而勤于政事。早朝晏退,卒成中兴之名。"作者用此典写咸丰帝后慈安曾多次劝帝于国家危难之时勤于朝政。钱仲联编《近代诗三百首》,第118页。

玉路旋悲车毂鸣[1]，金銮[2]莫问残灯事[3]。
鼎湖[4]弓剑恨空还，郊垒风烟一炬间[5]。
玉泉悲咽昆明塞[6]，惟有铜犀守荆棘。
青芝岫里狐夜啼[7]，绣漪桥下鱼空泣[8]。
何人老监福园门，曾缀朝班奉至尊。
昔日喧阗厌朝贵，于今寂寞喜游人。
游人朝贵殊喧寂，偶来无复金闺客。
贤良门[9]闭有残砖，光明殿[10]毁寻颓壁。
文宗新构清辉堂，为近前湖纳晓光[11]。
妖梦林神辞二品[12]，佛城舍卫散诸方[13]。

---

1 此处"玉路"一词可指专为帝王车辇所修连接今北京海淀与西直门的一段大路，也可能暗示英法联军进逼北京时，皇帝仓皇逃奔热河。
2 "銮"通"鸾"，传说中凤凰一类的神鸟，在此可能借指皇帝。金銮：唐宫殿名。
3 换言之，宵游夜宴之类话题因宫中日益阴郁的气氛而无人再提。
4 "鼎湖"为传说中黄帝升天之处，此处指咸丰帝于1861年崩逝于热河。
5 面对不断进逼的英法联军，护卫圆明园的防御工事毫无用处，不堪一击。
6 此句及下几句描绘了遭外国军队洗劫、焚毁后的圆明园。
7 "青芝岫"为圆明园中的观赏石。今移置颐和园东乐寿堂庭院中。"狐啼"象征劫后圆明园中的破败与荒凉。
8 "鱼泣"暗指残石瓦砾已经阻塞水道。
9 "贤良门"为圆明园中宫门名，上题"出入贤良"。
10 "光明殿"为圆明园内遭焚毁之宫殿之一，原位于贤良门北。钱仲联编《近代诗三百首》，第119页。
11 清辉堂内部曝于日光之下，意即该堂亦遭焚毁。
12 诗人自注云："园宫未焚前一岁，妖传上坐寝殿，见白须老翁自称园神，请辞而去。上梦中加神二品阶，明日至祠，谕祠之。未一期而园毁。"园毁：此处指外国入侵及焚毁圆明园。
13 舍卫：古印度佛教圣地，传为释迦牟尼居留说法处。此处指圆明园中仿舍卫城而筑之古印度主题建筑群。经英法联军之劫后，佛像多被掠走，故云"散诸方"。钱仲联编《近代诗三百首》，第119页。

湖中蒲稗依依长，阶前蒿艾萧萧响[1]。

枯树重抽盗作薪，游鳞暂跃惊逢网[2]。

别有开云镂月台[3]，太平三圣昔同来[4]。

宁知乱竹侵苔出，不见春风泣露开。

平湖西去轩亭在[5]，题壁银钩连倒薤[6]。

金梯步步度莲花[7]，绿窗处处留螺黛[8]。

当时仓卒动铃驼[9]，守宫上直余嫔娥。

芦笳短吹随秋月，豆粥长饥望热河[10]。

上东门[11]开胡雏过，正有王公班道左[12]。

敌兵未爇雍门荻，牧童已见骊山火[13]。

---

1 "蒿"与"艾"均为蒿属植物，蒿有毒，因此有时亦可引申为恶毒之人或恶势力。不过此处似只意在呈现圆明园遭劫后杂草丛生的荒凉景象。
2 这两句意指劫后的圆明园因无守卫而屡遭偷盗、偷捕，园内古树亦被砍伐做烧柴。
3 开云镂月台："镂月开云"，圆明园中一处景观名。
4 清世宗为皇子时，曾于赏花时节迎圣祖至赐园，世宗之子高宗年十二，以皇孙召侍左右，三天子集于一堂，故称"三圣"。
5 旧日的轩亭依旧矗立。
6 此句描述轩亭壁上的书法，曲折多姿，遒劲有力。"倒薤"，钱仲联《近代诗三百首》释为篆书之一体，王兴康则认为指"韭叶篆"或"倒薤书"（见王兴康选释《近代诗三百首新译》，台北：建安出版社，1998年，第160页）。
7 "莲花"指嫔妃们的"三寸金莲"，意即嫔妃们曾轻移莲步，走过华美的楼阁阶梯。
8 "螺黛"指古代女子用以画眉的一种青黑色矿物颜料。
9 此句写咸丰帝在英法联军攻陷天津后率随从逃离北京时的仓促情景。
10 咸丰帝率众仓皇逃往热河（今承德），次年咸丰帝在热河崩逝。
11 "上东门"为古都洛阳城门名，此处借指北京城。
12 意即英法联军一攻入北京城，一些王公大臣便争相投敌卖国。
13 "骊山"为秦始皇陵附近的一处山脉。这两句暗指焚毁圆明园之火恐为国人自己点燃。诗人自注曰："夷人入京，遂至宫园。见陈设巨丽，相戒勿入，云恐以失物索偿也。及夷人出，而贵族穷者倡率奸民假夷为名，遂先纵火。夷人还而大掠矣。"见钱基博《现代中国文学史》，第53页。

应怜蓬岛一孤臣[1],欲持高洁比灵均[2]。

丞相避兵生取节,徒人拒寇死当门。

即今福海冤如海[3],谁信神州尚有神[4]。

百年成毁何匆促,四海[5]荒残如在目。

丹城紫禁犹可归,岂闻江燕巢林木[6]?

废宇倾基君[7]好看,艰危始识中兴难[8]。

已惩御史言修复[9],休遣中官织锦纴[10]。

锦纴枉竭江南赋,鸳文龙爪新还故[11]。

---

1 据徐树钧《圆明园词序》载:英法联军至圆明园时,"管园大臣文丰当门说止之,夷兵已去,文都统知奸民当起,环问守卫禁兵,一无在者,索马还内,投福海死"。蓬岛:指圆明园福海中的"蓬莱瑶台",文丰在此处投水自尽。
2 "灵均"是大诗人、政治家屈原之字。屈原忠事楚王,但被佞臣诽谤陷害,遭楚王疏远流放。楚终被秦灭,屈原投汨罗江而死。
3 此句一语双关,语带讽刺。"福海"(管园大臣文丰自尽之处)本义为"福如东海",而今却福海沉冤,冤深如海:福海本是为皇帝、为王朝、为整个国家聚福之地,而今却成为忠贞之臣葬身之地。
4 "神州"为中国之雅称。此句意思不言自明:谁还会相信神州有主持正义与公道之"神"?如果有"神"在,什么"神"会允许如此不公与冤案发生?此句另贬清朝,还用反讽措辞质疑传统的世界观。
5 "四海"指整个帝国领土,乃至天下。《中庸》有句云:"尊为天子,富有四海之内。"《论语》亦有:"四海之内皆兄弟也"。此处王闿运将充满战争与背叛的现实同"四海"的理想并置一处,充满讽刺意味。
6 钱仲联认为这两句语出《资治通鉴》:公元451年,"魏破宋六州,所过赤地,春燕归,巢于林木"。这两句意在对比经历战争浩劫后贵族王侯与平民百姓的不同命运。
7 诗人此处所用"君"字是对读者的敬称,也可能暗指皇帝——王朝的掌权者或者贵族统治阶层。
8 中兴当然指国家之复兴。
9 圆明园被焚毁后,同治初年,御史德泰提奏复修圆明园。诸大臣斥其过度奢侈,请旨切责谪戍,德泰愤愤而死。但后来慈禧修了颐和园。
10 同治八年、九年,为备办穆宗大婚,动用巨额国库库银。此句为诗人的讽谏之词。
11 "新还故",此处指衣服的纹饰,意即不管锦衣上采新纹还是用旧饰,此等铺张都会给国家造成灾难性影响。这两句暗含诗人对时政的批评。

总饶结彩大宫门,何如旧日西湖路[1]?

西湖地薄比郇瑕[2],武清[3]暂住已倾家。

惟应鱼稻资民利,莫教莺柳斗宫花[4]。

词臣讵解论都赋[5],挽辂难移幸辎车[6]。

相如[7]徒有上林颂,不遇良时空自嗟[8]。

  这首诗的头两句间接地描绘了圆明园如今(1871 年前后)的荒凉——只见萤火虫的微光,不见皇亲贵族的身影,劫后十年柳生十围(通过"十围",说明时间为十年)。第 3—34 句叙述宫殿的自然美和历史,特别是它同北方少数民族政权的关系,又特别

---

[1] 此句仍强调圆明园被焚毁后,在别处举行的庆典的索然无味。清朝最宏伟华丽的的园林——圆明园不在了,一切庆祝活动似乎都了无意义。此句及下句中的"西湖"指环绕圆明园的西湖,而非今杭州西湖。

[2] 郇、瑕,泛指今山西临猗一带古晋国故地,据《左传·成公六年》载,郇、瑕"土薄水浅",且为盐碱地,故不宜为都城。

[3] "武清"指明武清侯李伟,其宅第为圆明园前身。此句一语双关,暗指清代军事力量的衰落。

[4] 喻指沉湎于歌舞的淫乐生活。

[5] 东汉班固著《两都赋》,盛赞建都洛阳(都城本为西京长安,故此得名《两都赋》)。当时的"西土耆老"主张复都长安,反对建都洛阳。王闿运此处似乎着意说明,国家危难之时,诸如是否将都城由北京迁往内陆的西安(清朝末年曾议迁都之事)之事均属小事,应暂且搁置,因为有许多重要得多的劝诫之言仍有待听取采纳(见下句)。另参见钱仲联编《近代诗三百首》第 121 页:"诗人也认为北京'地利竭矣',应迁都,但因为皇帝不让议论此事,只得作罢。"

[6] "幸辎车"为皇帝的车驾,引申指皇帝、朝廷及整个王朝。

[7] "相如"指司马相如,西汉著名文人,著《上林赋》,大肆铺陈汉天子上林苑之宏美,天子射猎之壮观。最后主张修明政治,提倡节俭,喻讽谏之意。上林:古都长安外一处皇家狩猎园。此处王闿运似以上林比圆明园,委婉劝谏清朝皇帝应勤俭、节约及自律。

[8] 诗人暗指当今非良时,根本无人听取忠贞贤良之臣的劝谏之言。

强调了几位清代帝王与豪华奢侈的宫殿的关系，这些样式各异的奢华的宫殿和花园就是奉这几位皇帝之旨建造的。

从这里，诗在第35—36句快速转换场景，预示着骄奢淫逸将引来灾难。第37—38句清楚地标识了王朝命运的变化，在第40句里，我们见到了西方的军舰开到了中国沿海：

殷勤毋佚箴骄念，岂意元皇失恭俭。（35—36）
秋狝俄闻罢木兰，妖氛暗已传离坎。（37—38）
吏治陵迟民困痡，长鲸跋浪海波枯。（39—40）

这里，又显出王闿运作为儒家学者的传统观点，贪腐霸道会失民心，从而失去天下。但第35句也透露对当前的统治者的讽刺，正如第36句清楚地指向以前的嘉庆皇帝。

诗的其余部分，一半多的篇幅是描绘王朝的衰落命运和外国军队对圆明园的抢劫。诗人在注释第100句时，把园子的焚毁归咎于中国同谋者。[1] 我们暂时把这个说法的准确性放在一边，它表明诗人有意识地探索更深层的原因。王闿运作为一个诗人和学者，此时站出来，以传统文化为武器，应对新形势。从文学角度讲，这正是晚清高雅文学呈现出的悲剧美的关键：

敌兵未爇雍门荻，牧童已见骊山火。（99—100）

---

[1] 王闿运因为这样做，受到国民党和共产党批评家的谴责。如《中国大百科全书》中国文学卷，1986年，第2卷，第890页。

应怜蓬岛一孤臣，欲持高洁比灵均。（101—102）
丞相避兵生取节，徒人拒寇死当门。（103—104）
即今福海冤如海，谁信神州尚有神。（105—106）
百年成毁何匆促，四海荒残如在目。（107—108）
丹城紫禁犹可归，岂闻江燕巢林木？（109—110）
废宇倾基君好看，艰危始识中兴难。（111—112）

第101—106句，普通人和下层官员的忠诚与上层统治者的诡诈和怯懦形成了对照。尽管是用一系列历史典故来间接表现的，但考虑到诗的创作日期距事件发生的时间并不远，这仍然算得上严厉的措辞。在富有情感的第102句中，作者把管园大臣文丰的死同屈原的死做了类比，而在第105句中，讽刺意味也相当明显。典故对有历史知识修养的士绅阶层读者而言加强了感情的力度，而王闿运的诗正是写给这些读者的。对这个读者群来说，这些典故既不隐晦难懂，又不会成为诗句自然行进的障碍。事实上，它们扩展了文本的深度，增进了诗歌的流畅度，而这在更直接的叙述中是难以体现的。

已惩御史言修复，休遣中官织锦纨。（113—114）
锦纨枉竭江南赋，鸳文龙爪新还故。（115—116）
总饶结彩大宫门，何如旧日西湖路？（117—118）
西湖地薄比邻瑕，武清暂住已倾家。（119—120）
惟应鱼稻资民利，莫教莺柳斗宫花。（121—122）
词臣讵解论都赋，挽辂难移幸雏车。（123—124）

相如徒有上林颂，不遇良时空自嗟。（125—126）

第113—116句讲了国库的空虚，第117—120句强调了繁荣王朝的衰落。前面已经提到，第121—122句开出了加强经济基础改善人民生活这一救世良方，肉食者必须借此使国家重返正道。但结尾的几句（第123—126句）又对在这样的时代能否生出这样的希望表示了怀疑。

胡适在作于1929年的《五十年来中国之文学》中，试图对王闿运的作品做一个总结性的批评，他写道：

> 王闿运为一代诗人，生当这个时代，他的《湘绮楼诗集》卷一至卷六正当太平天国大乱的时代；我们从头读到尾，只看见无数《拟鲍明远》《拟傅玄麻》《拟王元长》《拟曹子建》……一类的假古董；偶然发现一两首"岁月犹多难，干戈罢远游"一类不痛不痒的诗；但竟寻不出一些真正可以纪念这个惨痛时代的诗。这是什么缘故呢？我想这都是因为这些诗人大都是只会做模仿的诗的，他们住的世界还是鲍明远、曹子建的世界，并不是洪秀全、杨秀清的世界；况且鲍明远、曹子建的诗体，若不经一番大解放，决不能用来描写洪秀全、杨秀清时代的惨劫。[1]

---

1　见胡适《五十年来中国之文学》，载《胡适作品集》，台北：远流出版公司，1986年，第8册，第73页。

这种评价，我要称之为很多民国时代的文学批评家和历史家缺少客观性态度的典型观点，他们轻易地抹杀了前一代人的古体诗。首先，这些文学史家武断地认定所有文学应该成为所处时代的"真实的证明"，否则作为一种艺术形式就是没有用处的，这是过分的决定论的态度。借由文学创作，现实（或曰观察到或者想象出来的现实）发生变形，而这些变形的种类和形状是不能指定或者预先设定的。指定这些变形就会否定作者（这里是诗人）运用自己的能力去选择艺术表现的模式，最终导致作品缺乏艺术性。如果王闿运等人觉得用这种风格有艺术性，而他们的目标读者会作出预期的反应的话，那么，无论如何这种艺术形式都没有错。其次，胡适把20世纪的历史观点强加在一个19世纪的诗人的作品之上。考虑到他们的儒家道德教育背景和阶级属性，王闿运和邓辅纶反对太平天国起义的态度也是可以理解的——并且是有道理的。不能期望他们预先知道这么一个结果——有朝一日中国历史学家会为太平天国起义辩护，以20世纪的民族主义的解读方式诅咒清朝统治者和他们的汉族"爪牙"。最后，胡适的论点，如果按字面的意思来理解，纯粹是一个"形式决定内容"的论点。这与他那著名的关于中国文学应该如何、不应该如何的主张并不一致。[1]

仓田贞美总结了有关王闿运在中国诗歌史上地位的争论，并表明了自己的观点道：

---

[1] 第一条就是"须言之有物"，胡适定义"物"为"情感"和"思想"。见他1917年的文章《文学改良刍议》，引自《胡适作品集》，台北：远流出版公司，1986年，第3卷，第5—6页。

因为谭嗣同、陈锐与王闿运的亲密关系——三人是同乡，并且谭、陈师从王闿运，自然给予王闿运好的评价，拒绝在他的作品中寻找缺点。钱基博的评价也有过誉之嫌。在我，很难同意吴宓举《圆明园词》为所谓新派诗的模范作品。不过，像胡适等人那样把他的作品视为"假古董"也是不适当的，尽管王闿运对汉魏六朝的诗歌学习得很透彻，并且显示了明显的模仿倾向。最起码，人们不得不承认，他有丰富的诗歌才能，他的诗歌是"精工"的。而且，也不能忽视他在诗歌史上，在同光时代举起了一面独立的旗帜，强调必须向汉魏六朝和盛唐诗人学习，作为一个"大名鼎鼎的诗人"（胡适本人在《五十年来中国之文学》中就是这么称呼他的）产生了巨大的影响，而那正是曾国藩号召学习江西诗派，而且是宋诗占主导地位的时代。[1]

就其本身而言，这是一个客观的评价，但它没有考虑到王闿运的作品对当时读者产生的效果以及为什么需要"精工"的诗歌来满足这些读者的要求。基于这个原因，我认为，仓田把王闿运视为形式主义者并不准确。[2] 但正如仓田后来证明的（第220—235页），那时代的很多杰出的诗人，特别是湖南和四川（王闿运曾在成都的尊经书院做山长八年）的诗人的作品中都显现了王闿运的影响。他在湖南的弟子有著名的"八指头陀"（释敬安，字

---

[1] 仓田贞美著作，第211—212页。
[2] 仓田贞美著作，第209页。

寄禅，1851—1912）、曾广钧（字重伯，号瘕盦，别号伋安，别署中国之旧民，1866—1929）、陈锐（原名盛菘，字伯弢，1861—1922）、李希圣（字亦元，号卧公，1864—1905），还有著名画家齐白石（1864—1957）。[1] 在四川，有廖平（初名登廷，字旭陵，号四益；继改字季平，改号四译；晚年更号为六译，1852—1932）、杨锐（字叔峤，又字钝叔，1857—1898）、宋育仁（字芸子，号鸥夷逸客，1857—1931），还有吴虞（字又陵，号爱智，别号黎明老人，1872—1949），也被认为是王闿运的弟子。

  清末另外一些重要文学家实质上采用了与王闿运所倡导的相同的古体风格。尽管他们看起来好像是通过自己对古典遗产的融会贯通做出了独立的选择，但不能不说熟悉王闿运及其作品是导致这种有意识选择的一个重要因素。这些人中主要有章炳麟（号太炎）、刘师培（字申叔，号左盦，1884—1919）和南社成员黄节（原名晦闻，1873—1935）。鲁迅在日本时期（1906）曾师从章太炎，早期的文风也近似魏晋南北朝文章的风格，尽管他的诗被认为有

---

[1] "八指头陀"，本章前面论及谭嗣同赞扬王闿运的诗时曾提及此人；曾广钧系曾国藩之孙，1889年中进士，也是一位诗人。他的作品曾发表在《学衡》（第32、35、36号），并且出版过一些单行本诗集。英勇就义的反清女革命志士、著名的诗人秋瑾（1875—1907）就是曾广钧的学生。陈锐的诗收入陈衍编《近代诗钞》，也曾单独出版过五卷本的《裛碧斋古近体诗》。李希圣，1892年进士，以悼念光绪皇帝的诗《望帝》闻名于世，诗中用了蜀王杜宇的悲剧命运的典故。传说中，杜宇的灵魂化为一只杜鹃，鸣叫出血。他还写诗悼念过那倒霉皇帝的最忠诚的嫔妃珍妃，题曰《湘君》。

晚唐大诗人李商隐（字义山）[1]和李贺（字长吉）[2]的风韵。

章炳麟、刘师培和黄节都是带着特别的政治考虑处理风格趋向的问题，亦即"驱除鞑虏"（指推翻满洲政权）和"净化"中华文化（回归更加古老因此也就更加纯粹的汉文化）。在章炳麟那里，这形成一种肯定杜甫之前的诗歌而排斥晚唐和宋代诗风的倾向。鲁迅曾经记述他在20世纪之交作为一个年轻的中国留学生对章炳麟文风的反映。[3]文章展现了他在这种语境对读者和文本之间的交互作用的敏锐的洞察力。

> 我以为先生的业绩，留在革命史上的，实在比在学术史上还要大。回忆三十余年前，木板的《訄书》已经出版了，我读不断，当然也看不懂，恐怕那时的青年，这样的多得很。我的知道中国有太炎先生，并非因为他的经学和小学，是为了他驳斥康有为和作邹容的《革命军》序，竟被监禁于上海的西牢。那时留学日本的浙籍学生，正办杂志《浙江

---

[1] 这种说法最先由林庚白（1897—1941）提出，但鲁迅并不同意。参见鲁迅1934年12月20日给杨霁云的信，《鲁迅全集》（1991年）第12卷，第612页。李商隐被很多人认作象征主义诗人，还被已故的刘若愚称作"巴洛克"诗人。刘若愚指出："李商隐的诗显示了一些特点——是冲突而不是宁静，感觉和精神之间的紧张，追求奇特甚至怪异，力图达到更高的效果，尚雕饰的倾向——假如他是一个西方诗人的话，是很可能被称为巴洛克诗人的。"见刘若愚《李商隐的诗》，芝加哥：芝加哥大学出版社，1969年，第253—255页。关于章炳麟，人们当记得鲁迅现存的旧体诗大多数是在他同章炳麟结识之前不久，或结识之后久写成的，因此就减少了直接受章炳麟影响的机会，这一点在鲁迅的诗歌中也表现得相当明显。
[2] 见李欧梵《铁屋中的呐喊——鲁迅研究》，第42页。在这样比较时，李欧梵强调的是鲁迅和李贺都从《楚辞》中借用鬼魂和巫士（萨满教）的意象。
[3] 见《鲁迅全集》，第6卷，第545—546页。《关于太炎先生二三事》作于1936年10月9日，以纪念这位刚去世的老师。

潮》，其中即载有先生狱中所作诗，却至今并没有忘记，现在抄两首在下面：

狱中赠邹容[1]
邹容吾小弟[2]，被发下瀛洲。
快剪刀除辫，干牛肉作糇。
英雄一入狱，天地亦悲秋。
临命须掺手，乾坤只两头。

狱中闻沈禹希见杀
不见沈生[3]久，江湖[4]知隐沦。
萧萧悲壮士，今在易京门。[5]
螭魅羞争焰[6]，文章总断魂。

---

1 邹容（1885—1905），字蔚丹，反清著作《革命军》的作者，《革命军》发表后，1903 年 7 月，应清廷的要求，英国租界当局逮捕邹容，判其入狱两年，1905 年 4 月在狱中"病逝"。章炳麟做这首诗时，以为他和邹容都会被判处死刑。
2 章比邹大十六岁。
3 比较杜甫致李白诗："不见李生久，佯狂真可哀。"见仇兆鳌《杜诗详注》，北京：中华书局，1979 年，第 2 卷，第 858 页。冯·扎赫如是翻译此句："Schon lange habe ich Lit'aipo nicht gesehen; er, der Wahnsinn vortäuscht, um den Gefahren der Welt zu entkommen, ist wirklich zu beklagen."见艾文·冯·扎赫《杜甫的诗》，剑桥：哈佛大学出版社，1952 年，第 1 卷，第 161 页。李白遇到的危险当然真真切切，不过李不及沈的命运更有悲剧性。
4 "江湖"暗指社会边缘或者政治统治不能触及的地方。第二首诗所歌咏的主人公沈荩（字禹希，1872—1903）1900 年后在京津地区从事反清活动（这便是此处"江湖"所指）。1903 年被捕，在狱中被杖刑二百余下，勒之而死。
5 易京：古代幽州的城市，在易水之北，今有易县。这里是对清朝的首都北京的蔑称。此句取"风萧萧兮易水寒，壮士一去兮不复还"之意。
6 此处用《语林》中记载的嵇康打鬼的故事。一晚，嵇灯下弹琴，一鬼至。嵇（转下页）

中阴当待我，南北几新坟。[1]

这些诗中的古词汇在传达牢狱和死亡的阴森可怕的意象时显得特别有力。报复意识潜藏在诗的语境中，呼唤以革命手段为烈士报仇的意指清晰可见。也就是说，古体诗能够成功地服务于革命事业。王闿运和兰林诗社就想用这种形式，而不是他们上一辈人所倡导的被人们一贯看好的唐代诗风——他们觉得唐诗无法表现现实的严峻。他们这种艺术直觉不仅为他们自己的作品所证明，而且为从事一种新的事业的诗人的作品所证明，尽管他们自己当然并不愿投入这项新事业。

从另一个角度看，王闿运及其诗歌群体在当时主流诗派中也是独特的，他们从来没有在某个主要的政治保护人的羽翼下求生存。尽管王闿运一度入曾国藩幕，但他和曾国藩在诗歌上的趋向明显不同。同为湖南人的曾国藩，在散文方面服膺桐城派，在诗歌方面是"宋诗派"的支持者。同样，张之洞是樊增祥和易顺鼎及其他一些被称为中晚唐诗派诗人的靠山（这一派我们将在接下来的章节中讨论）。尽管宋诗派最终在清末作为"同光体"取得了最高的地位，但拟古派并没有彻底消失。早期将西方诗歌译为

---

（接上页）熟视之，乃将灯吹灭，曰："耻与魑魅争光。"这里的光，指代真理或生命本身。诗人似乎在说，沈荩不能容忍与那些统治者生活在同一个世界上。他如不能改造世界，则宁愿死亡。《章太炎诗文选注》（上海：上海人民出版社，1976年）的注释者（匿名）径直将"魑魅"解释为"清朝统治者"，第1卷，第39页。

[1] 《鲁迅全集》，第6卷，第545—546页。

古体诗的翻译家,如苏曼殊[1]和马君武[2]就主要使用古体形式,20世纪二三十年代有名的学者、翻译家吴宓也是如此。[3]柳亚子本人当然也受其影响。最后,如果翻阅任何一种1976年周恩来去世不久后印行的诗集就会明白,这些诗歌形式甚至一直"坚持"到今天。[4]这种诗体,因为其相对的灵活性(与律诗比较而言),仍然保存着古代的语言和声调,同时又为现代中国人提供一种可与他们的过去建立一种直接的、可以企及的联系的手段,而这种联系是那些即使有最激烈的偶像破坏思想的人也不愿割断的。这就是它的价值所在。

---

1 见《苏曼殊全集》,上海:北新书局,1928—1931年,柳亚子编,柳无忌标点《曼殊大师全集》,香港:正风书店,1953年;《苏曼殊全集》,台北:大中国图书公司,1961年;《苏曼殊诗笺注》,广州:广东人民出版社,1981年。
2 马君武的文集最早的是《马君武诗稿》,上海:文明书店,1914年。
3 关于吴宓,见《吴宓诗集》,上海:中华书局,1935年。
4 见童怀周编《天安门诗文集》,第2册,北京:北京出版社,1979年,又见《天安门革命诗钞》,香港:文化资料供应社,1978年。

第二章

# 樊增祥、易顺鼎与晚清用典派

晚清诗歌中的"形式主义"所引发的问题，至少从理论角度看，在评估像樊增祥和易顺鼎这样的诗人时达到了顶峰。樊与易通常被称为中晚唐诗派，但这并不准确。普遍认为他们的诗言辞华丽，擅长用典，诗中常常充斥着堕落的、无关大局的和乏味无聊的内容。[1]在此我将考察他们的诗词观、诗词作品及其在当时读者中引起的反响，重点讨论"形式主义"问题，探究"形式主义"是否严重阻碍了寻求一种有意义的思考现代问题的文学方式。

以往的中国文学批评家，几乎都把樊增祥和易顺鼎放在一起评述。因为他们二人风格相近，私交甚深，在当时文坛的地位以

---

1 柳亚子曾评论两人道："樊易淫哇乱正声。"该评论常被人引用。见其《论诗六绝句》，收入胡朴安编《南社丛选》，上海：文化服务社，1936年，第4卷，第597页。值得注意的是，这位"革命派"诗人柳亚子竟然自愿做了"正统"诗歌的卫道士。哈佛大学比较文学硕士吴宓（原名吴玉衡）认为樊增祥的诗"多吟咏酒色优伶，吾甚所不取"。但他下面接着写："然如王之《圆明园词》、樊之前后《彩云曲》均极有关系之作，间尝欲专取此类之诗。"也就是说作为一个将新材料融合到旧形式中的典范，这些作品有相当的价值。见《吴宓诗集》（十三卷加卷末），上海：中华书局，1935年，卷末，第75页。

及对时人的影响也颇为相似。[1] 陈衍便曾从这个层面论及樊与易的积极影响："樊山、沈观（周树谟）、实甫（易顺鼎）诸公至都，而楚风大盛，争奇斗巧之作，日有所闻。"[2]

樊增祥（字嘉父，号云门、樊山，别署天琴）是湖北恩施人，易顺鼎来自湖南龙阳（今汉寿县）。第一章论及的王闿运和邓辅纶也来自湖南[3]，这说明湘鄂地区当时已成为中国诗词的轴心地区，其影响并不局限于某一诗派。易顺鼎漫游甚广，以其生动的纪游诗闻名。樊则以善描美人和放浪生活以及弥漫于前、后《彩云曲》中的悲剧美而知名。他们两人都因放荡不羁的生活方式而广受指责，但又因用词精准、对仗工整和善用历史典故描写自己时代的生活而受到高度赞扬。

樊和易都是张之洞（字孝达，号香涛，又号壶公、广雅，晚号抱冰、钜公，谥文襄，祖籍直隶南皮，1837—1909）的学生。张之洞是与曾国藩齐名，深刻影响了晚清诗坛的朝廷重臣。张之洞青年时代便结识了许多著名诗人，如李慈铭、宝廷（1840—1890）、张佩纶（1848—1903）、黄体芳（1832—1899）和陈宝琛（1848—1935）。[4]

鸦片战争失败以后，张之洞同其他几位清廷重臣一道，发起了技术现代化运动。这场运动的本质是把一些西方现代技术引

---

[1] 他们的很多诗是互相唱和的。
[2] 《石遗室诗话》（1929），第16卷，第3页反面第7—8行。
[3] 王和邓均来自湖南，二人一生中许多事件都与这个事实有关。
[4] 参见仓田贞美著作，第141页。注意，闽县的陈宝琛（字伯潜，号弢庵，晚号听水老人）是一位诗人和学者，还以末代皇帝溥仪的帝师闻名。有别于曾任湖南巡抚、诗人陈三立的父亲江西义宁的陈宝箴（字右铭，1831—1900）。

入中国，希望以此保存传统的政治体制。张之洞对中国文学的影响，部分源于他在湖北、四川、陕西、广东和湖南创办的同时设有西学与中国古典经学科目的新式学堂。

张之洞在诗歌领域的嫡传弟子，除了樊增祥和易顺鼎，还包括袁昶（1846—1900）、陈锐、顾印愚（1855—1913）和黄绍箕（1854—1908）。[1] 任职湖广总督期间，张身边笼络了不少诗人，如陈三立、郑孝胥、陈衍、杨守敬（1839—1915）、梁鼎芬（1859—1919）以及程颂万（1865—1932）。他的幕僚配置，比起长他二十多岁的曾国藩的幕僚们，至少也不逊色。与曾国藩一样，张之洞本人也写诗，还曾提出自己的诗歌主张。不过张在文学界的影响显而易见主要是因为他作为官员有奖赏和任用杰出文人的权力。

早在青年时代，张之洞就已经因为科场文章出色而受到关注，成年以后，他经常起草奏章以及其他官方文书函件，因此有理由相信他在诗歌美学上"力求典雅"。但也有人说，他作诗"不尚高古奇崛"。[2] 像张这样身处朝堂，特别是谋求官场进步之人，培养出对典雅、圆滑语言的趣味不足为奇，他不一定欣赏拗口隐晦或者古奥的语言。另一方面，张认为其同时代诗人的诗中一个主要缺点是"以俗语冒为真率"；他也反对"貌袭古而无意"。[3] 张之洞猛烈抨击江西诗派，讥为"江西魔派"，他谴责黄庭坚（字鲁直，号山谷，又号涪翁、双井）和王安石（字介甫，号半山，又号荆公），

---

1　仓田贞美著作，第 141 页。
2　陈衍《石遗室诗话》（1929），第 11 卷，第 2 页正面第 6 行。后者常被用来证明张不赞同陈三立的风格，但我觉得张之洞可能还不喜欢王闿运的风格。
3　张之洞《輶轩语》，第 2 卷，《张文襄公全集》，第 205 卷，第 14—15 页。

在北宋诗人中他只首肯苏轼（字子瞻，号东坡），认为苏东坡的诗"清奇是雅音"。[1] 唐代诗人中他最喜白居易。[2]

张之洞称赞樊增祥道："洞庭南北，得二诗人，壬秋歌行，云门今体，皆绝作也。"[3] 张同樊相识之时，樊刚乡试中举，靠为人做幕僚奉养父母。[4] 时任湖北学政的张之洞在宜昌视学期间读到樊增祥的文章，十分欣赏樊的才华，邀樊正式会面，话题涉及教育主张。张推荐樊担任潜江书院山长，后移主江陵讲席。[5]

1867年同治丁卯年间，张之洞主持浙江乡试。樊增祥入张府做了一段时日的幕僚，其间认识了许多浙省杰出文士，包括年长于他的诗人李慈铭，樊与李建立了亲密的友谊。二人曾计划一同去北京，樊计划跟随李学诗。不过李后来似乎视樊增祥为与自己水平相当之辈，而非他的学生。李慈铭曾写道：

---

1 黄庭坚被视为江西诗派的创始人。陈衍指出，张之洞"不喜江西派，即不满双井，特本渔洋说"。渔洋说即王士祯主张的"神韵说"，区别于江西诗派的重学问。陈衍认为，晚清诗人中，张"于伯严（陈三立）、子培（沈曾植）及门人袁爽秋（袁昶），皆在所不解之列……广雅相国（张之洞）见诗体稍近僻涩者，则归诸西江派"。陈衍认为这种观点"实不十分当意者也"。见《石遗室诗话》（1929），第11卷，第1页反面第8行至第2页正面第11行。
2 清初诗人中张欣赏顾炎武，因顾善在今体诗中用典；基于同样的原因，古体诗诗人中，张赞赏白居易。见陈衍，《近代诗钞》，第1卷，第475页。
3 转引自陶在铭为《樊山续集》所作的序，见《樊山全书》，第7册，第1页正面第2行。这是三篇序中的第一篇，第二篇序为张佩纶所作，第三篇则是樊的自序。
4 根据钱基博的记述，樊增祥的父亲樊燮，承袭一等轻车都尉，曾任湖南永州镇总兵。他酗酒致玩忽职守，被湖南巡抚骆秉章参折弹劾。左宗棠（湘阴人）彼时刚中举，受骆秉章重用管理军务。因惧怕弹劾的后果，樊燮卑躬屈膝请求左宗棠帮助调解，但左宗棠非但不答应还责难他。樊燮虽为顶戴上缀有红翎的总兵，却也遭人辱骂唾弃，接着更遭弹劾，被控贪污军费及乘坐与自己官衔不相称的轿子。据说，被革除职务后，樊燮告诫自己的儿子樊增祥："一举人如此，武官尚可为哉！若不得科第，非吾子也！"钱基博《现代中国文学史》，第202—203页。
5 钱基博《现代中国文学史》，第203页。

> 今世学人能诗者，皆幽邃要窈，取有别趣。若精深华妙，八面受敌而为大家者，老夫与云门不敢多让。[1]

据说樊增祥听后大为吃惊，十分感激李慈铭对他的高度赞扬。李对他说："得失寸心知，子自视宁不佳也？"[2] 至此，樊增祥似乎已经无可争辩地跨入了中国诗坛的主力之列。

1877年樊增祥进京会试，考取了进士。此时，张之洞也由蜀返京。据说，两人久别重逢时，张对樊叹道："子其终为文人乎？事有其大且远者，而日以风雅自命，辜吾望矣。"[3] 樊增祥听了恩师的话深感不安，便谦逊地问张应该怎样做。之后樊听从张之洞的劝告，放弃了诗文研究，只读所谓"有用之书"。

张和樊此后多次谈学，有时谈至深夜。他们的谈话据说涉猎范围甚广，上至中国历史上的纷争，下到当时的危机。他们的交谈后来结集为《广雅堂问答》出版。[4] 钱基博在论及这段时期张对

---

[1] 转引自钱基博《现代中国文学史》，第203页。这一引文的前半部分似乎指的是陈三立和同光体的其他诗人。李慈铭显然把自己和樊增祥视为"精深华妙"诗风的代表人物，这种诗风亦将为后起诗人诟病。

[2] 钱基博《现代中国文学史》，第203—204页。钱基博有关樊同张之洞和李慈铭的交往的资料，多取自余诚格为《樊山全集》(1913)所作的叙（序文）中，见第1册，第1页正面至第4页反面。余诚格（字寿平，1856—1926）曾是樊的学生和旅伴，他在叙中通篇都称樊增祥为"吾师"或"先生"。他们二人还是姻亲。余诚格1889年中进士，做过道员、编修、侍御、思恩知府等。清末余还担任过湖南巡抚，1911年辛亥革命爆发时，逃离湖南。

[3] 钱基博《现代中国文学史》，第204页。

[4] 在余诚格《樊山全集》叙中讨论过，见《樊山全集》，第1册，第2页正面第9行至反面第4行。

樊的影响时道：

> 增祥纵横有机智。五官并用，笔舌所至，颠倒英豪，雕绘万象，执政畏而恶之！而胜流凤士，推襟送抱，莫不赏其奇逸。时俄事方棘，言者蜂起。增祥亦有论列，益见嫉焉。
> 
> 己卯冬，散馆，试列二等，名与湖南孙宗锡相次；而宗锡在湘序第四，增祥在鄂第三。已而，宗锡留馆得编修；增祥竟改外。时清流方盛，之洞为之盟主，广雅堂中，户屦恒满；而增祥议论雅不附和；之洞疑其将持异同，故荐剡不及。[1]

这次的背运，使樊返回故乡，希望帮助父亲缓解家中的财务困境。一段漫长的等待之后，樊被选任为陕西宜川知县。他还曾在咸宁、富平和长安三县任职。在陕西渭南做知县时，他被公认为公正廉洁的官员，名声颇佳。后来，他官至两江总督治下的江宁布政使。据载，樊每日用过简单的饭菜后，便只拿一杯茶和几张纸，写下几组诗，日夜不辍。陈衍曾写道："樊山生平以诗为茶饭，无日不作，无地不作。"[2] 确实，樊身后留下了大量诗作，竟超过三万首。陈衍评论道：

> 万余首中七律居其七八，次韵、叠韵[3]之作尤多。无非欲

---

[1] 钱基博《现代中国文学史》，第 204 页。
[2] 陈衍编《近代诗钞》（1935），第 2 册，第 719 页。
[3] 次韵：亦称步韵，和诗时所用和韵的一种格式，即用所和诗的原韵作诗。叠韵：两个字或几个字的韵母相同称为叠韵。刘若愚（James J. Y. Liu）将叠韵译为"riming compounds"，见英文《中国诗歌艺术》（*The Art of Chinese Poetry*），伦敦：（转下页）

因难见巧也。安石、碎金、樊榭（厉鹗）、冬心（金农）诸家视之，当羡其沈沈夥颐矣。七言古多转韵。[1]

樊还以词作家而闻名。

樊在《樊山续集》的自序中详细讲述了自己的诗人经历[2]。在这篇写于1902年的序言中，他说自己特别喜欢晚唐诗人温庭筠（812—870）和李商隐（813—858）的诗；而清朝诗人中对他影响最大的是清代中叶的袁枚（1716—1798）和赵翼（1727—1814）。他自称是李慈铭及张之洞的学生，还曾称谭献为他的老师[3]。他与许多杰出诗人如陶方琦（1845—1884）、黄绍箕、沈曾植、盛昱（1850—1899）、袁昶、王懿荣（1845—1900）、易顺鼎、吴庆坻（1848—1924）、左绍佐（1846—1928）、周树谟（1860—1925）都有联系。[4]

余诚格谈道：樊在青年时代已经与陶方琦齐名，人称"陶樊"；中年时期，樊与袁昶齐名，人称"袁樊"；晚年，又与左绍佐及周树谟合称为"楚三老"[5]。这些并举，连同张之洞所做的类

---

（接上页）劳特利奇·保罗和基根·保罗出版社（Routledge & Keegan Paul），1962年，第34—45页。此处叠韵是指一种互文性——重复使用前文的韵，只是所用汉字略有不同。例如《尚书·微子篇》"天毒降灾荒殷国"，《史记·宋微子世家》作"天笃下灾亡殷国"。"亡"与"荒"为叠韵。见《汉语大词典》，第5卷，第850页。

1　转韵：每隔数行转入新韵。此段见陈衍编《近代诗钞》（1935），第2册，第719页。
2　见《樊山全书》续集，第7册，第1页正面至第2页反面。这是三篇序中最后一篇。请注意序言的页码不连续，每篇序均以页码1重新开始。
3　见余诚格《樊山全集》叙，第1册，第4页正面第2行。
4　仓田贞美著作，第157页。
5　王逸塘《今传是楼诗话》，上海：大公报出版社，1933年，第157页。《今传是楼诗话》有新版（沈阳：辽宁教育出版社，2003年）可供参考。

比（张将樊同王闿运并列，认为二人地位相当，只是专长的诗歌领域不同），表明樊的地位在晚清时期持续上升。事实上，清末，樊增祥的名气已超过了上述所有与其同时代的诗人。

余诚格继续写道："先生无他嗜好，以文字友朋为性命。"[1] 的确，在樊的壮年期，诗歌似乎占据了他人生舞台的中心位置。在1922年为金天羽（1874—1947）《天放楼诗续钞》所作序言中，樊反思道：

> 至光绪中叶，新学日昌。士以辞章为无用，而古所谓道性情、体物象、致讽谕、纪治乱之作，见亦罕矣。余既丁兹奇变，又迫衰年，懒见一客，懒举一步。日惟以理咏自娱。近人之以诗鸣者，排印虽多，皆不愿耗吾目力，非敢薄视时贤，诚以彼所言者，皆非吾意中语，读之多所不解，不如勿读也。或又谓："诗为古人说尽，不必复作。"此又无知妄论也。世代递嬗，光景日新而日奇，诗境即因之而生。今吾所读之书，多古人所未读，所见之事，皆古人所未见，但有古人之才之笔，而以彼未读、未见之书与事一一撷其英而纪其实，吾未见今不逮于古所云也。
>
> 向来诗家率墨守一先生之集，其他皆束阁不观，如学杜、韩者必轻长庆，学黄、陈者即屏西昆，讲性灵者则明以前之事不知，尊选体者则唐以后之书不读，不知诗至能传，无论何家，必皆有独到之处。少陵所谓："转益多师是汝

---

[1] 见其《樊山全集》叙，第1册，第2页正面第1行。

师也。"

人所处之境，有台阁，有山林，有愉乐，有忧愤。古人千百家之作，浓、淡、平、奇、洪、纤、华、朴、庄、谐、敛、肆、夷、险、巧、拙：——兼收并蓄，以待天、地、人、物，形形色色之相需，相感，吾即因以付之，此所谓"八面受敌，人不足而我有余也"。所蓄既富，加以虚衷求益，旬煅季炼，而又行路多，更事多，见名人长德多，经历世变多，合千百古人之诗以成吾一家之诗，此则樊山诗法也。

又曰："大抵诗贵有品。无名利心，则诗境必超；无媢嫉心，则诗界必广；无取悦流俗心，则诗格必高；无自欺欺人心，则诗语必人人能解；有性情，则诗必真；有材力，则诗必健；有福泽，则诗必腴；有风趣，则诗必隽。此皆余自道所得而未尝轻以示人者。"[1]

上引樊的论述很有意义，樊在此既评估了他自己的目标和成就，又总结了他对于古典诗词在现代语境的地位与作用的看法。在第一段中，他很有说服力地阐明了自己继续以古典诗词这种经得起时间考验的文学形式写作的理由。诗人告诉我们，世界已经变化，今人应该以（古典诗词这种）真正的艺术形式来为这些变化做艺术的见证。樊为诗歌做"辩护"所用的词汇（见第三段）亦十分有趣，这些词汇显示这个经常被批评家们视为浪荡子的人

---

[1] 金天羽《天放楼诗集》，上海：有正书局，1927 年。樊的序言载于《天放楼诗续钞》，第 3 册，"书后"部分第 1 页。引文始自第 1 页正面第 3—4 行。

居然十分看重道德。的确，从樊的用词可以看出樊的诗以及诗歌主张似乎更接近杜甫，而非许多文学史家认为的晚唐诗人。引用了杜甫之言（"少陵转益多师"）的第二段似乎更能说明我的观点。这段读起来更像一个宣言，而非樊一生著述的总结。该段的要点是，现代语境面对中国传统的唯一正确方法是折中，人们应该摒弃学派之间的界限，尽可能吸取传统文化的精华。

仓田将樊视为这一主张的超群绝伦的践行者[1]，但事实上，对晚清诗坛的许多重要人物和我下面将要论及的绝大部分人物都可以作如是观。仓田对樊的评论如下：

> 樊看重诗的超越性与题材的广泛性，[强调诗歌应该]高尚和脱离低俗趣味，具有实质内容，发人深省，妙趣横生。此外，他引用的代表性诗人既有唐代诗人杜甫、白居易、温庭筠和李商隐，又包括宋代的苏轼、黄庭坚、陈师道和陆游。他还看出欧阳修和王安石的诗作的特色。尽管如此，我们却很难将樊增祥的诗作同上述诗人的作品直接联系起来。虽然樊反对姿媚貌艳，但他并未在所有诗作中都秉持这一观点。此外，樊认为光绪中叶以后诗文越来越被视为无用之物，这一观点也未必正确。事实上，同樊的论断相反，后来涌现了越来越多讽喻及记录动荡时代的作品。无论如何，从《天放楼续集书后》中我们仍然能够约略知道樊对1911年辛亥革命前后中国诗坛的态度。无论樊在后记中怎样说金天羽"其

---

[1] 仓田贞美著作，第159—160页。

诗才、诗学、诗味——与吾夙论相合",他谈论更多的是有关金天羽诗歌的背景,而非其诗歌本身。[1]

仓田的观点,特别是他对樊增祥的"光绪中叶以来"中国诗歌地位开始衰落的观点提出的质疑(仓田认为,事实上,当时并不存在诗歌地位的衰落),很有参考价值。有趣的是,樊对与其同时代的诗人所作的讽喻诗数量不足表示的遗憾,反而凸显他自己作品中这种要素存在的价值。

关于樊增祥诗作的特点,最常被引用的是他对于历史典故的运用以及一些诗句中呈现的勇敢的浪漫主义诗人形象。关于樊的用典,陈衍评论道:

论诗以清新博丽为主,工于隶事,巧于裁对。见人用眼前习见故实则曰"此乳臭小儿耳"。……君于前人诗,颇喜瓯北。此亦瓯北专采放翁对句意也。[2]

这里陈衍告诉我们,樊看到有人引用他人用过的历史典故,便一概称之为刚断奶的婴儿幼稚之作。对于他的前辈诗人,他特别喜爱瓯北(赵翼)的诗,这可能是因为瓯北的诗作与放翁(陆游)的诗作在运用对句的方式上极其相似。换言之,对于诗歌,樊主要关心的是艺术的整体,而不仅仅是某些诗句体现的娴熟技巧。

---

[1] 仓田贞美著作,第160页。
[2] 陈衍编《近代诗钞》(1935),第2册,第719页。

至于诗人的形象，现代评论家阿苏在一篇发表于 1935 年的文章中指出：

> 樊樊山似是小说中心人物，他具有中国式的才子风度——正因他是才子，啊！才子是应如何地罗曼的啊！……然而，樊樊山之所以是罗曼主义者，最少也有相当原动力。他看不过许多后生小子们在政治舞台上鬼混——但不能够指摘他们，甚或指摘，也会被人斥为迂腐的，因此，他一切行径反而放荡了，这放荡行径乃是一种真情的反射，和辜鸿铭论中国女人是一个道理。……他的诗纯以豪放为主，有些人讥为流俗，然而我却喜欢他的诗，像《题岳庙怀古》《庚子五月都门纪事》都很畅远，是陈宝琛所堆砌不来的。[1]

这听起来更像是李欧梵对"五四"时代知识分子的描写，而非对像樊增祥这样的一些评论家认为的"颓废的封建余孽"的描写。[2] 阿苏提及的两首诗描写的是 19 世纪后期中国的困境，这两首诗说明樊并不单纯是吴宓、柳亚子等评论家认为的只做"酒色优伶"类诗的低俗诗人。事实上，樊的很多诗作都表达了对时事

---

[1] 《人间世》，第 42 号（1935 年 12 月 20 日），第 25 页。
[2] "郁达夫曾经写道：'五四运动最大的成就首先在于个性的发现。'在文学革命后的最初几年里，文学市场上充满了日记、书信和主要是自传体的作品——全都是满纸的顾影自怜和自我陶醉，而且激荡着青春的放纵……五四时期一般知识分子尤其是作家们的特征是一种高度的活力，它给五四文人以更加积极的品德，并将他们与他们那些脆弱的、筋疲力尽的传统主义的对手们区别开来。"李欧梵关于现代中国文学的英文文章载费正清编《剑桥中国历史》(The Cambridge History of China)，剑桥：剑桥大学出版社，1983 年，第 12 卷上，第 476 页。

的焦虑与愤怒。例如,《镜烟堂集》里有许多篇什抒发了樊关于中日战争的感受,据此我们可以看出樊并不是一个逃避现实的诗人。这且不说,一位专事这一时期古体诗词评论的批评家(阿苏的写作时间集中于 20 世纪 30 年代)居然认为"他的诗……是陈宝琛堆砌所不来的"。这可谓从诗歌形式角度对樊的最高评价之一。王逸塘(1877—1948)亦写道:

> 近代诗人,其隶事之精,致力之久,益以过人之天才,盖无逾于樊山者。或疑此老论诗,拘守宗派,与时流标举,各有不同,是皆未知其深者。[1]

阿苏与王逸塘均是活跃于"五四"前后的文学批评家,这也证明了诗人樊增祥的影响力并不局限于晚清,而是延续至民初及国民党统治时期。在 1934 年的一篇文章中,鲁迅甚至还以不无赞赏的口吻讲述了樊的一件逸事。[2]

---

[1] 王逸塘《今传是楼诗话》,第 157—158 页。王逸塘,谱名志洋,字慎吾、什公,后更名赓,字一堂,号揖唐、逸塘、今传是楼主人,安徽合肥人。1904 年中进士,曾赴日留学,后来做了军事顾问、议员、内阁首脑,民国初年担任过红十字会的领袖。他同徐世昌、袁世凯和段祺瑞私交甚笃,曾在他们的政府中任职。他本人是一位诗人(他的作品曾以《逸唐诗存》《庚辰东游诗草》为题出版)。在《今传是楼诗话》中,王主要评论了张之洞、徐树铮、李慈铭、樊增祥以及郑孝胥的诗。1937—1945 年,王被任命为"赈济部总长",后来做了日本傀儡华北政府"政务委员会委员长"。战争结束后被捕,1948 年以叛国罪被国民党政府枪决。

[2] 在杂文《洋服的没落》中,鲁迅讲了樊樊山的一件逸事:"那时(辛亥革命以后。——引者注)听说竟有人去责问樊山老人,问他为什么要穿满洲的衣裳。樊山回问道:'你穿的是哪里的服饰呢?'少年答道:'我穿的是外国服。'樊山道:'我穿的也是外国服。'"见《鲁迅全集》,1991 年,第 5 卷,第 454—456 页。有趣的是,易宗夔(1874—1925)曾讲过的一则关于王闿运的故事与此几乎一模一(转下页)

关于樊的诗歌还有许多诗话体的评论。这些评论将樊同前朝的文学大家进行比较。不过这些评论大都模糊不清，有时甚至晦涩难懂，因此其当代价值十分有限。下面我将选取樊的一些诗作，考察其文学特点以及读者对诗作的接受情况。下面所引前三首诗是樊在旅行中写下的，为其纪游诗的典型作品，值得与易顺鼎的同类诗作进行比较，易的诗作本章后面将会论及。

送人赴襄阳[1]

汉水[2]东流去，西行欲断魂。

江山三楚[3]尽，耆旧几人存。

有泪思羊傅[4]，无家住鹿门[5]。

花时一为别，寂寞负清樽。[6]

---

（接上页）样：" 王壬甫硕学耆老，性好诙谑。辛亥之冬，民国成立，士夫争剪发辫，改用西式衣冠。适公八十初度，贺者盈门，公仍用前清冠服，客笑问之。公曰：'予之冠服，固外国式；君辈衣服，讵中国式耶？若能优孟衣冠，方为光复汉族矣。'客亦无以难之。" 见《新世说·言语》（1918 年初版，台北：文海出版社，1968 年重印），第 63 页（原版第 215 页正面第 7—10 行）。

1　襄阳城是清代湖北襄阳府所在地。
2　长江的一个支流，发源于陕西，向东流经湖北省。
3　楚国原本分为南楚、东楚和西楚。
4　"羊傅"即羊祜，是一位颇受百姓爱戴的襄阳驻军将军，去世后当地百姓为了纪念他建庙立碑，碑名 "堕泪碑"。
5　"鹿门"即鹿门山，在今湖北襄阳市东南。山名来源于古时山上的一座寺庙门口摆放的两个石鹿。汉朝末年，据说庞德公到这座山中采药，再没回来。唐朝诗人孟浩然出生于襄阳，青年时代在这里做过隐士。
6　陈衍编《近代诗钞》（1935），第 2 册，第 720 页。

泊枝江[1]

朝辞夷陵渡[2],暮与石尤[3]期。

一雁啼秋水,双枫阁酒旗。

寒深烟外柝,吟瘦雨中诗。

应是离乡苦,扁舟独去迟。[4]

度岭竹枝词(五首选二)

其三

早涉汾流[5]见月明,却于岭半看云生。

竹竿坂下濛濛雨,到得夫妻庙口晴。

其五

天险桥边驻碧油,北台小憩唤茶瓯。

莫将马力全驱使,尚有逍遥在后头。[6]

赋得可怜九月初三夜得怜字

月到初三绝可怜,玉弓斜挂影娟娟。

依然露似珍珠夜,又是云横玳瑁天。

远信威迟霜雁后,瘦人徙倚菊花前。

---

1 "枝江"位于今湖北枝江市西部。
2 古时有城名为夷陵,位于今湖北宜昌市,是楚王陵墓所在地。
3 "石尤"即石尤风,指打头风。
4 陈衍编《近代诗钞》(1935),第2册,第720页。
5 "汾"即汾河,黄河支流,发源于山西省宁武县西南部。
6 陈衍编《近代诗钞》(1935),第2册,第721页。

重阳近也无风雨，捡点萸囊忆去年。[1]

上引第一首五言律诗，描写了诗人在古楚国所在地湖北的旅行。尽管可能有旅伴同行，但诗人在情感上仍觉非常孤独。"耆旧几人存""花时一为别"等诗句，虽生动感人，却是常见的诗句。这首诗之所以为好诗，部分归因于诗人巧妙地将地理元素引入诗中，实现了感情的升华。发源于北方（古时的秦地）、蜿蜒向南向东流经楚地的汉江，可以视为中国国家政权的象征。楚国古代曾是与北方文化不相上下的南方文化的中心，其艺术成就甚至军事力量，一度超过北方。汉江东流还象征着时间的流逝，亦可引申为历史的逝去。[2] 逝去的时光不会再来，亦无可挽回。诗人一路向西，行进方向与水流方向相反，内心充满孤寂与烦忧。这烦忧部分源自与老友的分离，同时亦来源于与俗世的疏离（"欲断魂"，即便用于诗中，仍是程度颇重的词语）。第三句用了双关语，"江山"是国家的象征，"江山三楚尽"可以理解为楚国的江山已走到了尽头。第二句里的"西行"，使人"欲断魂"的"西行"，如我上面所说，可以指诗人自己的旅行，但也可以用来指代清朝皇帝在外国军队到来时的西逃。这样，我们读这首诗时，就可以像读邓辅纶和王闿运的许多诗一样，将其视为诗人目睹自己的国家日趋衰落时内心痛苦的一种艺术表现。无论如何，樊增祥都不

---

1　陈衍编《近代诗钞》（1935），第 2 册，第 736 页。
2　此后大约五十年，鲁迅曾在一首旧体诗中写下相似的句子"大江日夜向东流"，《鲁迅全集》，第 7 卷，第 428 页。我对这首作于 1931 年 6 月 14 日的无题诗的解析，见英文拙著《诗人鲁迅：以其旧体诗为中心的研究》，第 168—173 页。

是只知对一众颓废观众吟唱靡靡之音，或者百无聊赖地炫耀自己如何博学多才之人。这一点从本诗便可看出。

我选的第二首（《泊枝江》）和第三、第四首诗（《度岭竹枝词》（五首选二））是樊的纪游诗代表作，从这两首诗中读出寓意或引申意并非易事。两首诗中总有一种挥之不去的孤独甚至隔绝的情绪。例如，在第二首诗中，野雁在秋水边鸣叫以及寒冷的深秋云雾外传来的更柝声便渲染出这种氛围。诗的结尾一联"应是离乡苦，扁舟独去迟"更是直接告诉我们诗人的感受。第四首诗的结尾一句"尚有逍遥在后头"也表明险阻与挑战无处不在。这里并不是说这些诗中表达的孤独或者隔绝的情绪同古代诗人表达的这类情绪有什么本质性的区别，而只是指出这种情绪在樊诗和古诗中都存在，而产生这种情绪的历史语境却大相径庭。

第五首诗是七律，描写的是阴历九月三日夜的月亮。其中第三句"依然露似珍珠夜"让人想起李商隐的名联"沧海月明珠有泪，蓝田日暖玉生烟"。[1]而且，像李商隐的诗一样，这样的意象可能有多种不同的解读，很难下定论。但是在樊诗中，接下来的一联包含着一个更具体，也更切近的（就本诗的时间而言）所指，比李商隐诗中的任何意象都具体——来自远方的书信久待不至。在本诗的语境，那封信几乎肯定是给诗人的，因此读者就需要思考一下书信迟到的原因：是因为外在的环境如战争、灾荒、兵匪、

---

[1] 这首诗全文如下："锦瑟无端五十弦，一弦一柱思华年。庄生晓梦迷蝴蝶，望帝春心托杜鹃。沧海月明珠有泪，蓝田日暖玉生烟。此情可待成追忆，只是当时已惘然。"原文见《全唐诗》（1781年16卷本，台北1961年重印）第3235页。刘若愚在其英文专著《李商隐的诗》（*The Poetry of Li Shangyin*）中详细分析过此诗，芝加哥：芝加哥大学出版社，1969年，第44—57页。

邮差不可靠，抑或只是诗人运气不佳？接下来，我们便看到这样的环境对人（"瘦人"）与物（经受了环境或者时间侵蚀的脆弱的秋菊）的影响。最后，该诗以重阳（我在第一章讲象征，提过重阳以及重阳时节反思人生的必要性）将至，风雨皆无（这里风雨可能代表生气），诗人一边回忆过去，一边捡拾山茱萸收尾，再次说明这首诗至少触及，乃至以讽喻的手法描述了个人以外的外在大环境。

从这个角度入手，另外一首七言绝句也值得一读。这首绝句也许称得上樊增祥最著名的短诗，王逸塘盛赞"樊山'柳色黄于陌上尘'一绝，脍炙人口久矣"[1]。这首诗题[2]为《八月六日过灞桥口占》[3]，作于丁亥年（1887）：

> 柳色黄于陌上尘，秋来长是翠眉颦[4]。
> 一弯月更黄于柳，愁煞桥南系马人[5]。

乍一看，很容易将这首诗视为一首无甚意义的即兴之作，没有什么持久的文学价值；但有趣的是，谭嗣同在《论艺绝句》中

---

[1] 王逸塘《今传是楼诗话》，第319页。
[2] 又名《灞桥口旅店题壁》。
[3] 原文可参钱仲联选，钱学增注《清诗三百首》，第403页。其他很多选本也收录了这首诗。我用的是《明清诗文研究资料集》中的题目，上海：上海古籍出版社，1986年，第1卷，第92页。灞桥位于西安（原唐代都城长安）东面的灞河之上。从汉初开始，人们离别时在这里折柳留念。柳与"留"谐音，故"折柳相送"有挽留之意。
[4] "翠眉"是用青黛画出的眉毛。在文学作品中是美丽女子的代称。晋代崔豹《古今注》中载："魏宫人好画长眉，今多作翠眉惊鹤髻。""颦"形容忧虑、烦恼或忧伤。
[5] "系马人"通常视为诗人本人。

独选这首诗，赞其代表了文学的最高成就。谭写道："往见灞桥旅壁，尘封隐然，若有墨迹，拂拭谛辨，其辞曰：……（上引樊诗）"谭继续写道："读竟狂喜，以谓所见新乐府，斯为第一，而末未署名，不知谁氏，至今恨恨。"[1]

那么此类作品的强大感染力究竟从何而来？读者接受这些作品的动因是什么？我仍认为主要在于诗歌中一系列承载着丰富的文化密码的意象，这些意象使读者产生共鸣，并为读者提供了一种对于外在环境和个人境遇的解读。

第一句，读者就读到了"离别"与"死亡"的意象，"黄"（像"黄泉"的黄，指阴间），还有田间的小路"陌"和"尘"（"尘"常用来象征死亡）。与西方诗歌一样，中国诗歌里的秋天可以代表死亡（植物的死亡、人的死亡等）。第二句使用了一个不大常用的意象"翠眉颦"。有人会想，如此大胆的妆容可能是道德堕落（或王朝衰落）的象征。是否如此暂且不论。第三句突然将注意力转向深黄色的弯月，第四句则讲秋天的景象对尘世中的人的影响[2]。这最后一句诗，让我们想起秋瑾那句最著名的诗（见第一

---

1 《谭嗣同全集》，第 1 册，第 77—78 页。谭未能知晓本诗的作者这一事实进一步加深了其对于本诗的评论的客观性与可信度。因为，读到谭对于王闿运的称赞时，评论家往往会怀疑他这么做是部分出于对老师的尊敬，同时二人政见相近，又是同乡使然。不过，如果谭所言不虚，则他对本诗的评论纯粹是出于诗本身的价值，而非出于同乡相惜之情。

2 在《元明清诗鉴赏辞典》（钱仲联等编，上海：上海辞书出版社，1994 年，第 1583—1584 页）中，本诗的评论者陈永正认为这是一首伤别诗，眼前的秋景使诗人联想到独自一人守候家中的妻子的孤寂与忧伤。我认为，如此解读过于局限，因为题壁诗常常展现诗人的公共关怀，诗人往往借壁诗批判社会，抒发其对重大历史事件的看法。见美国学者蔡九迪（Judith Zeitlin）2001 年 3 月 12 日在斯坦福大学东亚研究中心发表的文章《正在消失的诗：元以来的题壁诗与迷（转下页）

章)"秋风秋雨愁煞人",两句诗都以"愁煞"二字开始,伤悼秋天(虽然樊诗里"秋"的象征意味不如秋瑾诗里那样明显)对人产生的影响;此外,两句诗性质上也有差别,秋瑾的诗句写于1907年慷慨就义前夕,而樊的诗作于二十年前其立于桥边、"无风无雨"时节。(这里我得强调一下,大多数读者会认为"桥南系马人"便是诗中的说话人,亦可引申为诗人本人。)尽管如此,相同的悲秋情绪和意象弥漫在两首诗中,这告诉了我们什么?

19世纪80年代,在今越南和中国台湾地区进行的抵抗法国入侵的战争进一步消耗了清帝国的财力。至1887年秋,法国已占领越南,成为越南的殖民宗主国,总督驻扎河内。在樊增祥的眼前,整个帝国的秩序已经被打乱,而樊虽然是有一定地位的官员,但官衔太低,对时事没有任何发言权,因此,樊将自己的情绪通过诗宣泄。这并不是说,诗人创作这首诗及其他此类诗的唯一动机是政治抗议,而是要说明即便诗人的动机是伤悼时间的流逝或个人的损失,当时的读者仍会将诗中的意象同当时的社会环境联系起来。这一点不但对于那些自诩为严肃正经题材的诗是如此,而且对那些纯娱乐性质的诗也如此。关于这一点下文即将讨论的樊增祥的《彩云曲》(此诗问世不久便成为樊最著名的诗作,而且至今如此)便是例证。

《彩云曲》是一首长篇叙事诗,分为前曲和后曲两部分。前曲并序写于1899年,讲述了赛金花(又名傅彩云,1864—1936)[1]

---

(接上页)失的焦虑》("Disappearing Verses: Writings on Walls and Anxieties of Loss in Late Imperial China")。
[1] 关于赛金花的生平年表,我采用的是瑜寿(张慧剑)著《赛金花故事编年》(转下页)

传奇一生的早年时光，内容包括她幼岁时因家道中落而堕入风尘，13 岁时幸运地嫁与清廷高官为妾，弃娼从良。这位高官名为洪钧，年长彩云 25 岁。洪钧（1839—1893）1868 年状元及第，1887 年被任命为中国驻德国、俄国、奥匈帝国和荷兰四国公使。洪的原配夫人当时身体欠佳，遂允许彩云以正妻身份陪同洪出使外国。洪钧先去了圣彼得堡，又去了伦敦和巴黎，后来常驻柏林，以上所述基本上基于历史事实。

依传说（以下所述并无史实根据），傅彩云在柏林开始学习德语。她的迷人风姿使她在柏林社交界脱颖而出。当她的丈夫研习经典或参加国务活动时，她积极参加社交活动，甚至有传言说她与一位在柏林动物园结识的德国军官有染[1]。前《彩云曲》结尾时彩云与丈夫从欧洲返回中国，不久洪钧去世，彩云的境况随之急转直下。后《彩云曲》描写了八国联军进入北京，镇压了反洋人的义和团运动。慈禧太后与光绪皇帝（当时实际上被太后囚禁）逃往西安。阿尔弗雷德·格拉夫·冯·瓦德西（Alfred Graf von Waldersee，1832—1904）伯爵被任命为八国联军最高统帅。据说瓦德西数年前在柏林便与彩云有过交往，此次进京后便立即派人去接赛金花。两人一起在紫禁城住了数月，过着皇帝和皇后般的生活。

这期间彩云曾数次说服瓦德西不要滥杀无辜。当时德皇命令

---

（接上页）中的年表（选自刘半农等著，吴德铎编辑整理的《赛金花本事》，长沙：岳麓书社，1985 年，第 109 页）。刘半农等传记作家，根据赛金花晚年的自述，将赛的出生年份定于 1874 年，这样赛的年龄就又小了十岁，这再一次印证了赛一生的扑朔迷离（见《赛金花本事》，第 52 页）。

1 事实上赛不太可能被允许独自参加中国相关外事活动之外的其他社交活动。

瓦德西率领德军在中国"杀出一条血路"以报义和团杀死德国公使（克林德男爵）和一些外国人以及基督教教民之仇。赛金花劝说瓦德西不要执行这一命令。最终和平协议得以签订，这部分有赖于彩云在谈判出现僵局时的巧妙斡旋¹。之后瓦德西返回德国，因

---

1 当时被杀的德国公使的遗孀要求光绪皇帝亲自出面道歉，慈禧太后断然拒绝，认为这严重违背了中国礼制，谈判因此陷入僵局。最后，彩云应李鸿章本人之请，从中协调。彩云提议清廷在克林德被义和团杀害地附近建一牌楼，后又提议中国皇帝本人题写碑铭，终获德公使夫人的同意。克林德碑的铭文，以中文、德文和拉丁文书写："德国使臣男爵克林德，驻华以来，办理交涉，朕甚倚任。乃光绪二十六年五月拳匪作乱，该使臣于是月二十四日遇害，朕甚悼焉。特于死事地方，敕建石坊，以彰令名，并表朕旌善恶恶之意。凡我臣民，其各惩前毖后，无忘朕命。"此牌楼在1918年"一战"结束后被拆除，当时还为此举行了一个特别的仪式（纪念京城大街上少了一个中国受外国侮辱的证据）。令人难以置信的是，彩云当时和一些民国政府要员一起受邀出席仪式并讲话。她在讲话中回顾了自己在谈判过程中发挥的作用。参见亨利·麦克里维（Henry McAleavy）的英文著作《那个中国女子：赛金花的一生 1874—1936》(*That Chinese Woman: The Life of Sai-Chin-Hua 1874-1936*)，纽约：托马斯·克罗韦尔公司（Thomas Crowell），1959年，第208—215页。麦克里维言及其书译自虞龘醉髯著《赛金花传》（上海，1935年），但我没有见到该书而且吴德铎编的《赛金花本事》（长沙：岳麓书社，1985年）第92—93页中关于此事的记述与上述内容有所不同。据《赛金花本事》载，在接受曾繁的采访时，赛说该牌坊立于东单，1918年移至中央公园，改称"公理战胜牌坊"，以纪念第一次世界大战中中国为联军的胜利做出的贡献。她并没有提及自己在仪式上讲话，只说参加了仪式，"段祺瑞诸先生都有演说"，而她只同一些使节一起照相。"相片里立在前排的一个中国小女子，便是当日名满九城的赛金花。"显然赛金花的自述以及不同版本的民间传说之间有矛盾之处。实际上，魏绍昌一开始就致力于证明赛金花同瓦德西的故事自始至终都是一个"弥天大谎"。见魏绍昌的文章《关于赛瓦公案的真相》，载于日本学术期刊《清末小说研究》，1980年，第4期，第429—446页。夏志清在一篇名为《关于赛金花－瓦德西公案》的短文中支持这一观点，文章发表在台北《传记文学》，第52卷（1988年）第3号上，第57页。尽管如此，这一"传说"却一直是文学创作的灵感源泉，其影响力从未因其真实性存疑而减弱丝毫。在中国有曾朴（1872—1935）的《孽海花》及多本《孽海花》续作，包括发行1936年的话剧《赛金花》，熊佛西1937年的话剧《赛金花》以及支持这一"传说"的部分内容并进行广泛研究的赵淑侠所著《赛金花与瓦德西》，《传记文学》，第51卷（1987年）第6期，第102—106页。后来她著有长篇小说《赛金花》（台北：九歌出版社，1990年；台北：酿出版（转下页）

在中国期间行为失检受到德皇的训斥和惩戒。而彩云也受到同胞的谴责。许多人并未念及她在阻止外国占领军的暴行和保护北京城免遭浩劫方面所起的积极作用，而是一味谴责她与瓦德西媾和。

《彩云曲》前后曲均为七言，前曲共 104 句，外加一句三字的感叹句。后曲共 112 句。两曲最显著的风格特点之一是常常使用对仗。两曲前均有作者自序，我将在注释中对其进行解析。

前《彩云曲》[1]

姑苏[2]男子多美人，姑苏女子如琼英[3]。

---

（接上页）社，2014 年再版）。在美国这个故事至少激发了两部华人作家的英文小说：一是张歆海（Chang Hsin-hai）的《传奇的姨太太》(*The Fabulous Concubine*)，纽约：西蒙和舒斯特公司（Simon and Schuster），1956 年，一是黎锦杨（C. Y. Lee）著《赛金花》(*Madame Goldenflower*)，纽约：法拉尔、斯特劳斯和库达依公司（Farrar, Straus and Cudahy），1960 年。但美国的媒体似乎没有注意到，因为没有找到当时的评论文章。此外还有斯蒂芬·冯·米顿（Stephan von Minden）的德文学术著作《赛金花的光辉历史》(*Die Merkwürdige Geschichte der Sai Jinhua*)，斯图加特：弗朗茨·施泰纳出版社（Franz Steiner Verlag），1994 年。关于后者，我发表过提出质疑的书评，见《澳大利亚东方研究会学报》(*Journal of the Oriental Society of Australia*)，第 32—33 卷（合订本），2000—2001 年，第 185—193 页。

1 我参考的第一个版本是《樊山全书》(1913 年) 第 8 册《续集九》，第 3 页反面至第 4 页反面，但只有前曲。前后《彩云曲》的中文简体字版再版于钱仲联编的《明清诗文研究资料集》（上海：上海古籍出版社，1986 年），第 1 辑，第 95—99 页。钱基博在《现代中国文学史》(1935 年和 1986 年) 中援引的版本与此略有出入。繁体字版本参见周锡䪖著《闲话孽海花》（香港：中华书局，1989 年），第 134—137 页。仓田贞美只收前曲，未收后曲。前后《彩云曲》最新的繁体字版本见《樊樊山诗集》（共三册），上海：上海古籍出版社，2004 年，第三册，第 2040—2043 页，与其他版本略有出入。

2 "姑苏"原是江苏省吴县西南的一座山名，这里指代彩云的出生地。不过关于历史人物赛金花的出生地却存有争议。一些研究者认为她祖籍安徽。见周锡䪖在《闲话孽海花》中对各种观点的讨论，第 21 页。

3 "琼"是玛瑙的一种，泛指美玉。不过"琼英"亦可指冬季盛开的梅花，进而象征身处逆境时坚忍不拔的性格。

水上桃花[1]如性格，湖中秋藕[2]比聪明[3]。

自从西子湖船住[4]，女贞尽化垂杨树[5]。

可怜宰相尚吴绵[6]，何论红红兼素素？

山塘[7]女伴访春申[8]，名字偷来五色云；

楼上玉人吹玉管，波头桃叶[9]倚桃根。

约略鸦鬟十三四[10]，未遣金刀破瓜字[11]。

---

1　"桃花"象征少女的美丽容颜。这一意象也可能暗示红颜易老，或举止轻佻，有时甚至可指淫乱滥交。

2　藕的特点是鲜脆却不易折断，因为折断的藕中仍然有丝连着。秋天的湖面一片衰败的景象，唯有带藕的莲花依然挺立。"湖中"2004年版作"湖水"。今从1913年版和钱仲联（1986年）第95页。

3　正是因为有了藕的支撑，莲方能韧劲十足，克服恶劣的环境，在淤泥中奋起。

4　"西子"是西施的别称。西施是春秋时期倾国倾城的美女，诗中代指彩云。西子湖是杭州西湖的别称，取西湖以及湖周围的自然美景堪比美丽非凡的西施之意。

5　此处一语双关。"女贞"既是一种常青乔木的名字，同时又可理解为"女子的贞节"。"女贞尽"即"女子的贞洁没了"。西湖上的"花船"（实为移动的妓院）在当时可谓世界闻名，因此这两行诗句指彩云堕入风尘。"垂杨树"可能象征"水面上浮动的杨柳花"，即妓女们。

6　"宰相"指洪钧。"吴"是三国时期的一个古国，地处长江中下游地区，远至东南沿海。此处暗示吴地的美女在中国是最受赞誉的，并将她们陶瓷般光洁白皙的肌肤比作洁白的柳绵。

7　"山塘"是江苏省吴县西南地区一条河的名字，借指彩云的故乡。

8　"春申"是春江的别称，流经上海。这里指彩云迁至上海。

9　"桃叶"是晋代王献之的妾。王曾作《桃叶歌》，促桃叶渡江与自己相会。此后，桃叶便成为美丽的风尘女子的代名词。这里代指彩云。见《全唐诗典故辞典》（武汉：湖北辞书出版社，1989年），下册，第1604—1605页。

10　2004年版"鬟"字（形容头发美）有注曰"一作'鬓'"。丫鬟指年轻女仆（诗中人物彩云）。"十三四岁"，相当于西方的十二三岁。这是按照赛金花自己说的年龄，但比赛实在的年龄小十岁。

11　"字"此处取"待字闺中"，待嫁之意。"破瓜"：一种解释是喻女子破身，另一种解释是"瓜"字拆开便是两个"八"字，即二八之年，故"破瓜"指女子十六岁。无论哪种说法都说明彩云年龄尚小。该诗句意在说明彩云还没到十六岁便早早嫁人了。

歌舞常先菊部头¹，钗梳早入妆楼记²。

北门学士³素衣人，暂踏毬场访玉真⁴。

直为丽华轻故剑⁵，况兼苏小⁶是乡亲。

海棠聘后寒梅喜，侍君居外⁷明诗礼。

两见泷冈⁸墓草青，鸳鸯弦上春风⁹起。

画鹢¹⁰东乘海上潮，凤凰城¹¹里并吹箫。

---

1　此处援引菊夫人的典故。宋高宗时期有一位菊夫人以能歌善舞著称。之后，诗歌中便以"菊部"作为戏班的泛称。又因菊夫人为乐工伶人所在的仙韶院之首，所以被称为"菊部头"。见《汉语大词典》（上海：汉语大词典出版社，1986—1994年），第9卷，第448页。
2　"钗梳"代指女孩或女孩的名字。该句意指这个女孩成为在册妓女。
3　"北门学士"意即在朝为官，这里指洪钧。《彩云曲》中从未直接提及洪的名字。"素衣"代指丧服。洪钧的母亲那时刚刚去世。
4　此处也是用典。"玉真"既是仙姑的名字，又是道观的名字。见《汉语大词典》，第4卷，第492页。另见《辞源（合订本）》（北京：商务印书馆，1988年），第1101页。"玉真"还可以引申为道姑居住的道观本身，间接指妓院。见王键（Jan W. Walls）的博士论文《鱼玄机诗歌：翻译、注释、解说和评论》（*The Poetry of Yü Hsuan-chi: A Translation, Annotation, Commentary and Critique*，印第安纳大学，1972年），第42页。这两句暗指洪钧来到此处寻找一位非同一般的艺伎。
5　"故剑"是文学作品中对原配妻子的称呼，相对"新人"而言。"丽华"是隋文帝的一个妃子，姓杨，此处象征洪钧的新爱人。
6　"苏小"：苏小小，是南齐时期钱塘的名妓。
7　因为洪钧仍然在为母亲服丧，所以不能如愿与彩云立即成婚，而是不得不为了体面将其安置在外宅。"侍君"2004年版作"侍中"。《樊山全书·续集九》（1913）作"待年"。
8　"泷冈"位于今江西省，是欧阳修父亲的墓地所在地。这里可能影射洪钧在其母去世一年后的服丧期间，便与恋人相会。
9　"春风"指夫妻间的欢爱。
10　"画鹢"指船头上画有鹢的船，即洪钧和彩云离开上海时乘坐的船。
11　清朝时期，凤凰城是直隶厅（今河北省）所在地。这里也许象征洪钧与彩云一起返回京城。在洪钧受命出使外国前，他们曾在京城小住了一段时间。

安排银鹿[1]娱迟暮[2]，打叠金貂护早朝[3]。
深宫欲得皇华使，才地容斋[4]最清异。
梦入天骄帐殿游[5]，阏氏[6]含笑听和议。
博望[7]仙槎万里通，霓旌[8]难得彩鸾同[9]。
词赋环球知绣虎[10]，钗钿[11]横海照惊鸿[12]。

---

1 "银鹿"是唐朝颜真卿的家童和终生侍从，见《辞源》，第1732页。这里可能指洪钧的一名家仆。
2 "迟暮"比喻晚年。洪钧1886年46岁时在苏州遇见彩云并一见倾心。古时中国男子一过40岁便自认老矣。彩云可能生于1864年，当时是22岁（或23岁），而非12岁。次年（1887年）她嫁给了洪钧，见《赛金花本事》，第109、116页。
3 意即洪钧被请去京城觐见圣上。
4 此处诗人将洪钧比作学识渊博的洪迈（1123—1202），《容斋随笔》的作者。洪迈是南宋著名的富于创新精神的文学家、史学家和考据学家。曾受命出使金国，面对威胁，毫不屈服。但回国后，洪迈因为"使金辱命"而被弹劾。这个典故也许旨在预示洪钧1890年回国后的命运。
5 "天骄"即"天之骄子"，汉时匈奴人用以自称，之后亦泛指所有中国周边的强大民族，这里指德国或所有西方列强。
6 "阏氏"是汉代匈奴单于之妻以及诸王妻的统称，见《汉语大词典》，第12卷，第128页。此处"阏氏"显然指代一位西方女性，也许是德国皇后，也可能是德国公使克林德的遗孀。一些读者认为也可能指英女王维多利亚。
7 汉武帝封张骞为博望侯，在张成功出使西域（古代中国对新疆大部及中亚部分地区的称呼）各国后赐以封地。见《汉语大词典》，第1卷，第912页。传说博望侯有一"仙槎"，能助其瞬间飞至天宫。
8 "霓旌"是古时帝王仪仗所用的一种旗帜，此处象征出使外国。
9 表面上看，此处是对洪钧的描述，实则"彩鸾同"一语双关，暗指彩云参与此次出使任务的不寻常。
10 "绣虎"原是曹植的绰号，"绣"谓其文辞优美，"虎"谓其才气过人，见《汉语大词典》，第9卷，第1037页。此处指洪钧。
11 "钗钿"是妇女发饰的通称。"钗"是一种装饰性的发饰，"钿"是一种镶嵌贝壳的首饰。
12 "惊鸿"形容美丽女子的轻盈体态。

女君维亚¹乔松寿²，夫人城阙花如绣。

河上蛟龙尽外孙³，房中鹦鹉称天后。

使节西来娄奉春⁴，锦车冯嫽⁵亦倾城⁶。

冕旒七毦瞻繁露⁷，盘敦双龙赠宝星⁸。

双成⁹雅得君王意，出入椒庭整环佩¹⁰。

---

1 许多读者倾向于将句中的"维亚"理解为英国女王维多利亚。据说赛金花曾与维多利亚女王合照了一张照片，尽管洪钧从未出使过英国。另一广为流传的说法是德国皇后最初以"维亚太太"的名义接待了赛金花，之后方告知赛金花自己的真实身份。见亨利·麦克里维著《那个中国女子：赛金花的一生 1874—1936》，第 17 页。据麦克里维所写，赛金花曾出示一张自己与德国皇后的合照，不过有中国学者认为照片是伪造的。

2 "乔松寿"指生日或者 1887 年举行的维多利亚女王登基五十周年庆典。

3 这里似乎是将皇室成员比作中国传说中的龙宫里的人物。"外孙"指女儿所生的孩子。除了女儿——德国的腓特烈皇后（Empress Frederick，原名 Victoria Adelaide，1840—1901）之外，还有一些欧洲皇室成员也是英国维多利亚女王的后裔。此处"外孙"还有可能指来自各海外殖民地的权贵或代表。

4 "娄奉春"（"春"一作"章"）原是汉高祖时期出使匈奴的使节刘敬的名字。他针对匈奴提出双管齐下的政策：将公主嫁与匈奴单于和亲，同时迁六国贵族后代及豪强大族入关中，守护边界，见《汉语大词典》，第 4 卷，第 371 页。

5 "冯嫽"（"嫽"一作"缭"）在此代指洪钧的妾（彩云）。

6 "倾城"指女子容貌极其美丽，甚至能够迷惑君主，倾覆邦国，见《汉语大词典》，第 1 卷，第 1646—1647 页。该词最早见于《诗经·大雅·瞻卬》："哲夫成城，哲妇倾城。"英译本见高本汉（Bernhard Karlgren）译《诗经》（The Book of Odes），斯德哥尔摩：东亚博物馆，1950 年，第 237 页。

7 此处是以中文习惯用语描述西方服饰的典例。"旒"是古代帝王礼帽上悬垂的玉串。"毦"是古代宫廷服装上装饰性的珍贵羽毛或皮毛（如貂皮）。"繁露"，指玉串貌。

8 "盘敦"是古代诸侯订立盟约时使用的器具。"敦"是食器，"盘"是盛满兽血的容器。此处代指一次铺张奢华的宴席。清政府设计有"御赐双龙宝星"勋章，分五等。此处当指洪钧分赠大清勋章。

9 据《汉武帝内传》，"双成"是古代神话中西王母的侍女。在白居易的《长恨歌》中也有一仙子名"双成"。此处指彩云。"君王"2004 年版作"西王"。

10 "环佩"：古人系于腰间的佩玉，后多指女子所佩的玉饰。"整环佩"暗指在公共场合卖弄风情的不检行为。

妃主¹青禽²时往来，初三下九³同游戏。

妆束潜将西俗娇，语言总爱吴娃媚⁴。

侍食偏能餍海鲜，报书亦解翻英字。

凤纸宣来⁵镜殿寒⁶，玻璃取影⁷御床宽⁸。

谁知坤媪山河貌，只与杨枝⁹一例看。

三年海外双飞俊，还朝未几相如病¹⁰。

---

1 "妃主"极有可能指德国皇后。
2 "青禽"即《山海经·西山经》中的青鸟，是为西王母传信的神鸟，这里用"青禽"是出于平仄考虑。
3 古时选奇数日（如某月的初三和十九）作为女性社交集会的吉日。
4 "妆束潜将西俗娇"1913 年版作"妆束潜随夷俗更"。"吴"此处指彩云的故乡，同时也是春秋时期的美女西施的故里。在现代汉语中，"吴娃"常指上海女孩。吴语被视为一种轻柔优美、极具诱惑力的语言。
5 "凤纸"是唐朝时期绘有金凤的名纸，见《汉语大词典》，第 12 卷，第 1059 页。这里引申指皇后的私人信笺。
6 本句诗中的"镜殿"描写的可能是柏林的皇宫，以及年轻的彩云初进皇宫面见德国皇后时对这座神秘的皇宫发出的惊叹，见《孽海花》（上海：上海古籍出版社，1980 年），第 101 页。书中描述镜子背后藏有暗门。另一种较为合理的解释是"镜殿"可能指彩云的华丽富贵的卧房，已经因缺乏丈夫的关心而"寒"。据《北史·齐本纪下》载，齐太子建"镜殿"等供其深爱的嫔妃居住，这座"镜殿"是当时（公元 6 世纪）的一大奇迹，见《汉语大词典》，第 11 卷，第 1384 页。
7 "取"是动词，"玻璃取影"的字面意思是"玻璃收集到的影像"，此处也许指彩云的那张传说与德国皇后的合照所使用的技术。例如，马修·布雷迪（Matthew Brady，1832—1896）拍摄的美国内战的照片就用了玻璃底片。不过"玻璃取影"描绘的也可能是映在西式宫殿或庄园的玻璃窗上的影像。
8 "御床宽"描写的可能是二人单独坐在长榻上合影这一事实，或者彩云将来独守空房的寂寞。钱仲联的版本中以"林"代"床"，见《明清诗文研究资料集》（上海：上海古籍出版社，1986 年），第 1 卷，第 96 页。
9 "杨枝"可理解为"杨柳枝"，隐喻歌伎或娼妓，见《汉语大词典》，第 4 卷，第 1173、1174 页。此处同时以美人与花枝分别隐喻洪钧与彩云的命运：从桃花到杨柳枝，是所有美人的命运⋯⋯（又见本诗第 93 句开始的结语。）
10 司马相如是汉朝著名辞赋家，他与卓文君私奔成就的美好爱情故事千古流传，正因如此，文学作品中常以他的名字指代与美丽女子私奔的文人。

香息常教韩寿¹闻，花头²每与秦宫³并。

春光漏泄⁴柳条轻⁵，郎主空嗔梁玉清⁶。

只许丈夫驱便了⁷，不教琴客⁸别宜城⁹。

从此罗帏怨离索，云蓝小袖知谁托¹⁰。

---

1　韩寿是西晋时一位风度翩翩的风流公子，他的名字后来被用来借称出入歌楼舞榭的风流子弟，见《汉语大词典》，第 12 卷，第 681 页。晋朝大臣贾充的女儿对韩寿一见倾心，将晋武帝赏赐给贾充的西域奇香偷偷赠给韩寿。贾充发现香料被偷后，知晓了女儿与韩寿的恋情，便将她嫁与韩寿。

2　此处故意使用"花头"一词，一语双关，因为"花头"除了头上插花的女孩的意思之外，还象征着诡计和欺骗。

3　据《后汉书·梁冀传》载，秦宫原是后汉梁冀将军的嬖奴，后升为侍从，得以频繁出入梁冀府。秦宫后来与梁夫人私通，令将军和将军府蒙羞。另见唐朝诗人李商隐著《可叹》一诗："梁家宅里秦宫入，赵后楼中赤凤来。"见《汉语大词典》，第 8 卷，第 61 页。此处"秦宫"可能指洪钧的男仆阿福，据说此时赛金花已与阿福有染。见樊《前彩云曲序》，引自《赛金花本事》，第 155 页。

4　"春光漏泄"指男女私通的奸情被他人发现。诗中指赛与阿福的奸情曝光。

5　"轻"原本用于修饰"柳条"，此处暗指举止轻浮或调情。

6　这一典故取材于唐代志怪小说《独异志》。《独异志》将神怪之事与人间变化关联起来。《独异志》载，秦国吞并六国后，太白星携织女星（天琴座 α 星）的侍女梁玉清私奔，见《汉语大词典》，第 4 卷，第 499 页。此处"玉清"应指赛金花，"郎主"应指洪钧。

7　"便了"原为汉朝一位寡妇杨惠的童仆，见王褒著《僮约》，见《汉语大词典》，第 1 卷，第 1361 页。此处似乎指赛的情人阿福。

8　"琴"，正如大家在辞赋家司马相如与卓文君私奔的浪漫爱情故事里所见，是象征爱情或激情的乐器。"琴弦"有时隐喻女阴，因此"琴客"也许代表赛金花的另一个情人——戏子孙三。据说赛是回京后听戏时遇到孙三的。见亨利·麦克里维《那个中国女子：赛金花的一生 1874—1936》，第 144—145 页。不过"琴客"也可能指赛金花本人，这样的话，这句诗便仅是说明彩云与阿福奸情暴露之后，洪钧虽然逐走阿福，却无法忍受与心爱的彩云分离。

9　"宜城"今属湖北省襄阳。此处典出清朝诗人汪懋麟的《听隐长老弹琴》一诗中的诗句："枯木无情转有情，何必宜城访琴客。"见《汉语大词典》，第 4 卷，第 589 页。

10　此句诗似乎暗示洪钧将死。"小袖"无疑是彩云的小袖，暗示洪钧死后，她将无人可依靠。彩云的境况后来确实如此，虽然她之后也曾有过几个情人。

红闺[1]何日放金鸡[2]，玉貌一春锁铜雀[3]。

云雨巫山[4]枉见猜，楚襄无意近阳台[5]。

拥衾[6]总怨金龟婿[7]，连臂犹歌赤凤来[8]。

玉棺昼下[9]新宫启，转尘玉郎[10]长已矣。

春风肯坠绿珠楼[11]，香径还思苎萝[12]水。

---

1 "闺"是大户人家女子居住的内室。
2 "金鸡"是与雉类似的鸟，据说此鸟无法在家驯养，此处指代彩云，暗示彩云不适应平淡的家庭生活，即使她被养在家中，也不会安分度日。
3 "铜雀"是"铜雀台"的简称。建安十五年(210)，曹操命人在漳河岸边修建铜雀台，幽禁了许多美女于其中，见《汉语大词典》，第11卷，第1256页。薛爱华(Edward H. Schafer, 1913—1991)在他的《马修斯汉英字典的补充合订本》(Consolidated Supplements to Mathews，伯克利：自行印刷，1987年，第91页)中将"铜雀"翻译成"bronze bird"（青铜鸟）或"phoenix"（凤凰），并附注："古城长安的瞭望台内有两只青铜凤凰，这两只凤凰激发了大量充满浪漫遐想的诗歌，成为诸多建筑的标志，源自乐府诗歌……"该句诗暗示一个美丽的女子像被曹操幽禁在铜雀台内的那些女子一样，被锁禁了整整一个春天，因此错过了人生中最美好的时光。
4 "巫山"在《楚辞》中是萨满、山鬼与神女（情人）相会的神圣之地。
5 "阳台"在宋玉的《高唐赋》中是楚国神话中情人幽会之所，见《汉语大词典》，第11卷，第1073页。这两句诗暗示洪钧与彩云已经感情疏远。
6 "拥衾"指拥被半卧在床。
7 金龟在唐代是高官的佩饰。"金龟婿"指身居高位的夫婿，此处指洪钧。
8 "赤凤来"原为汉代通神灵女所唱歌曲名。灵女们相与连臂，踏地为节。唐代诗人李商隐作《可叹》一诗讽刺汉朝皇后赵飞燕及其妹妹赵合德偷情的不忠行为。此处用这一典故似乎意在批评彩云在丈夫去世后不久便有的不忠行为。见《孽海花》，第二十六回。"赤凤"后来常常喻指情夫，见《汉语大词典》，第9卷，第1171页。
9 洪钧的棺木被从京城运回苏州，好让他得以在自己的故乡安息。
10 "玉郎"是旧时女子对丈夫的爱称，此处以称洪钧。"尘"即"尘世"，佛教指人世间。
11 据《晋书·石崇传》载，晋代有一叫绿珠的女子，是石崇深爱的宠姬，住在崇绮楼。恶霸孙秀是赵王的红人，派人向石崇索要绿珠。石崇拒绝交出绿珠，结果遭孙秀诬陷获罪，被灭族。之后绿珠坠楼自尽，见《汉语大词典》，第9卷，第919页。此处诗人赞扬像绿珠一样宁死不屈的人，而蔡氏与之恰好相反。
12 "香径"是满是落花的小路。"苎萝"是今浙江省境内一座山的名字，是西施的故里，在此代称西施，甚至泛指所有美人，见《汉语大词典》，第9卷，第356（转下页）

一点奴星¹照玉台，樵青婉娈渔童美²，

穗帷尚挂郁金堂³，飞去玳梁双燕子⁴。

那知薄命不由人，御叔子南后先死⁵。

蓬巷难栽⁶北里花⁷，明珠忍换长安米⁸。

身是轻云再出山，琼枝又落平康里⁹。

---

（接上页）页。传说吴王夫差死后，西施并未守节，而是与范蠡乘船离去，这被视为有违传统礼仪道德。同样，赛金花也没有为丈夫守节，而是试图与另一男子远走他乡。

1 "奴星"是一占星术语，此处很可能指代彩云那身份卑贱的情人。周锡馥的繁体字版此处写作"双星"，而钱仲联在《明清诗文研究资料集》，第1卷，第96页中写作"奴星"，此处我取后者。
2 据《新唐书·张志和传》记载，唐肃宗曾赐给著名文人张志和奴、婢各一，称"渔童"和"樵青"。这对奴婢互生爱慕，最终张志和将二人配为夫妻，见《汉语大词典》，第6卷，第96页。此处樊增祥可能暗指赛金花与戏子孙三的情事。
3 "郁金堂"的"郁金"是一种类似姜黄的芳香草本植物。这句诗的意思是"郁金堂"依旧高雅别致，就似主人在世时一般。
4 "玳梁"是画梁的美称，可能时有燕子栖于梁上。燕子双飞去象征赛金花于洪钧去世后不久便与当时的情人（据说是另一个仆人）离开了洪家。关于赛离开洪家的原因，研究者说法不一。一些研究者认为赛可能因为行为不检，招致洪家人反感，终被逐出门。另有一些研究者认为赛是因洪钧的正室欲夺洪留给赛的遗产而被正室及洪钧的儿子无理地赶出家门的（见《清诗纪事》，第18卷，第12641页）。我赞成后者。
5 "由"一作"犹"。此句用典解释前一句诗。"御叔"是鲁国的大夫，被杀。见《左传·昭公二年》评论1，载于哈佛燕京学社《春秋经传引得》，第1册，第215页。"子南"是春秋时期郑国的大夫，为争妻重伤了其堂兄子皙，而后被流放至吴国。见《左传·昭公元年》评论5，载于哈佛燕京学社《春秋经传引得》，第1册，第342页。这两人的不幸遭遇与死亡预示着彩云后来的情人的早逝。
6 "蓬巷"指穷人居住的偏僻穷巷。"蓬"描绘出穷苦百姓的居所的破败凌乱。"栽"一作"糊"。
7 "北里花"，即高级妓女。此句意在表明彩云与其他情人在一起时经济状况不佳。
8 我将本句诗中的"忍"理解为"岂忍"。"忍"在诗歌中常引申为"岂忍"。"明珠"象征价值连城的宝物，"长安米"则象征粗茶淡饭。
9 "琼枝"象征纤弱的美人。"平康里"原为妓院所在地，后亦代指妓院。

绮罗丛里脱青衣[1]，翡翠巢边梦朱邸[2]。

章台依旧柳毵毵[3]，琴操[4]禅心未许参[5]。

杏子衫痕学官样，琵琶门牓[6]换冰衔[7]。

吁嗟乎！情天从古多缘业[8]，旧事烟台[9]那可说？

微时管蒯得恩怜，贵后萱芳都弃捆[10]。

怨曲争传紫玉钗[11]，春游未遇黄衫客[12]。

---

1 "青衣"原指穷人所穿的青色或黑色衣服，也可以指平日穿的素服，与妓女所着色彩艳丽的"绮罗"相对。这句诗的意思是彩云又重操旧业了。

2 "朱邸"原指皇子或贵族的宅邸。这里指高官的居所，"梦朱邸"也可能指彩云对自己曾经在"朱邸"的那段生活的回忆。

3 "章台"是战国时秦国宫殿名，汉代时长安街名，至宋代则以"章台"泛指妓院聚集之地，见《汉语大词典》，第 8 卷，第 385 页。"柳"此处也许象征着赛金花将在上海开的新妓院里做美丽艺伎。

4 "琴操"是宋代一名歌伎，常陪诗人苏轼游杭州，但她晚年削发为尼。此处代指彩云，不过彩云却不满足于如此引退。

5 "禅"的英译采用了日语拼法"Zen"。禅是佛教的一个门派，源于中国，是日本禅宗的前身。

6 "琵琶门"指妓院的大门。"牓"一作"榜"。

7 "冰衔"，此处指代一位诚信正直的高官。"冰"象征品质纯洁，或指贞洁，不乏讽刺意味。"衔"意为"头衔"，见《汉语大词典》，第 2 卷，第 398 页。这里是说彩云重堕风尘后曾以状元洪钧的夫人这一头衔为自己做宣传，打名气。此种做法显然有损洪钧及其家人的名声。

8 "缘业"的意思是"一切皆由业缘而生"，即善业是招乐果的因缘，恶业是招苦果的因缘。

9 据说洪钧当年在烟台时曾背弃与烟花女子李霭如的约定，致使李上吊自杀。洪钧后来见到彩云时觉得她与李极其相像。若彩云是李转世投胎，那么彩云对洪钧的不忠便是对洪钧之前恶业的果报。不过，"烟台"也可能是"烟花之台"的简称（烟花之地指妓院），而前一句诗也可以理解为一切情事的结果都是缘注定的（不受理智控制）。由此，这句诗暗示彩云如今已沦落风尘（亦是早已注定），无法奢望更好的生活。

10 这两句诗对比了不同境况下（"微时"与"贵后"）所倾心之物的不同命运。

11 《紫钗记》是明代汤显祖根据唐代传奇小说《霍小玉传》创作的剧目，讲述了状元李益因遭奸人设局陷害，无法与妻子霍小玉团聚。绝望之际，小玉变卖了贵重的紫玉钗，以寻访丈夫踪迹的故事。

12 "黄衫客"是上注提及的唐代蒋防所著传奇小说《霍小玉传》中的一个神（转下页）

君既负人人负君,散灰扃户知何益[1]?

歌曲休歌《金缕衣》[2],买花休买马䭰枝[3];

彩云易散琉璃脆[4],此是香山[5]悟道诗[6]。

---

(接上页)秘人物。据《霍小玉传》,小玉是霍王庶出之女,温柔美丽,不幸遭薄情郎李十郎抛弃。小玉忧愤成疾。一日,一位黄衫客激于义愤,挟持李,将其送至霍面前,见《汉语大词典》,第12卷,第982页。黄色在这里象征忠诚与忠贞。另见樊增祥为前《彩云曲》所作的序:"先是学士未第时,为人司书记,居烟台,与妓爱珠有啮臂盟。比再至,已魁天下,遽与珠绝,珠冤痛累日,竟不知所终。今学士已矣,若敖鬼馁,燕子楼空,唱《金缕》者,出节度之家,过市门者,指状元之第,得非霍小玉冥报李十郎乎? 余为此曲,亦如元相所云'甚愿知之者不为,而为之者不惑'耳。"当然,元稹此语原带反讽(樊语亦是),见元稹《莺莺传》结语部分(《古代小说鉴赏辞典》,北京:学苑出版社,1989年),第167—170页。

1 "散灰扃户":在地上撒灰,将门户关锁。此典出自《旧唐书·李益传》。李益怀疑妻妾不忠已到病态地步,他猜疑妻妾与其他男子有奸情,为了抓出奸夫,他在紧锁的房门前撒灰,以便查出脚印的痕迹,见《汉语大词典》,第5卷,第475页。诗中也许暗指洪钧已无力阻止彩云与他人私通,或者指洪钧对彩云的高度不信任。

2 《金缕衣》是曲牌名。晚唐诗人杜牧作的《杜秋娘诗》中有云:"秋持玉斝醉,与唱《金缕衣》。"对此有评论道:"劝君莫惜金缕衣,劝君惜取少年时。"但"金缕"一词还可以指柳条,因此可暗指青楼女子,见《汉语大词典》,第11卷,第1189页。

3 "马䭰枝"又名合欢花。那些仍为逝去的恋情伤心的人最好不要买这种花,因为看到此花会让他们忆起过往的欢乐。

4 此句诗出自中唐诗人白居易的《简简吟》,这首小诗描写了一位才貌出众却十三岁便夭折的少女。该诗结句为:"丈人阿母勿悲啼,此女不是凡夫妻。恐是天仙谪人世,只合人间十三岁。大都好物不坚牢,彩云易散琉璃脆。"见《白居易集》(北京:中华书局,1979年),第1卷,第243—244页。

5 白居易晚年退隐于今河南龙门的香山寺。他以寺名作为号,称"香山居士"。因此,"香山"既可以指白居易本人,又可以指白的那些描写人世沧桑、富贵无常的诗。彩云出身低贱,虽曾享有很高的声望与权力,但最终仍旧归于贫困潦倒,落寞凄凉。同样,洪钧这个一度受宠于慈禧太后的状元和公使,最终也因遭遇诋毁而备受冷落,甚至他的妾也对他不忠。

6 "悟道诗"此处很可能指白居易的叙事诗《琵琶行》。《白居易诗选》,香港:三联书店,1985年,第174—183页。又见后《彩云曲》,第94句的注释。

后《彩云曲》

纳兰昔御仪鸾殿[1]，曾以宰官三召见[2]。

画栋朱帘霭御香，金床玉几开宫扇[3]。

明年西幸[4]万人哀，桂观蜚廉[5]委劫灰。

房骑乱穿驿道[6]走，汉宫重见柏梁灾[7]。

白头宫监逢人说，庚子灾年[8]秋七月。

六龙一去[9]万马来，柏林旧帅称魁杰。

---

1 钱仲联［在与我的私人通信中］认为此句诗中的"纳兰"是满族名字"［叶赫］那拉"（慈禧太后的姓氏）的汉语直译。沈维藩也持同样观点，见《元明清诗鉴赏辞典》，第 1590 页。"仪鸾殿"是紫禁城的一部分，是慈禧太后的权力象征。"仪鸾"之名最早见于隋朝。隋大业年间，有两只孔雀飞集宝城朝堂前，有人为奉承皇帝，谎称鸾凤来临，因于其地建仪鸾殿，见《汉语大词典》，第 1 卷，第 1707 页。清代的西苑仪鸾殿位于景山（又称煤山）以西。1900 年义和团起义后不久，仪鸾殿被八国联军占领，后因疏忽失火。

2 1899 年，慈禧太后下旨召樊增祥进京。当时樊只是官位很低的陕西省渭南知县，后升至道府，成为荣禄的幕僚。

3 这两句诗描绘了皇宫的富丽堂皇。

4 "西幸"本指帝王西巡，这里指光绪帝和慈禧太后西逃，联军攻陷北京城后，朝廷迁到了西安。

5 "桂观"和"蜚廉"都是汉武帝建造的宫殿名。

6 "驿道"原是官方邮驿或驿马通行的大道，沿途设有驿站。

7 "柏梁"指汉武帝在长安建的柏梁台，公元前 104 年左右毁于火灾。关于这一名字的由来，不止一位学者认为是因其以香柏为梁，此后便常以柏梁借指宫廷，见《汉语大词典》，第 4 卷，第 918 页。此处以"柏梁灾"象征 19 世纪，尤其是义和团运动之后，外国侵略者在北京城造成的破坏。

8 此处指 1900 年义和团围攻外国使馆，义和团运动达到顶峰。随后八国联军攻占北京，并在紫禁城内成立了司令部。

9 "六龙"：古代天子的车驾为六马，马八尺称龙，故六龙此处指皇帝逃往西安时乘坐的车驾。事实上，从时间上看，当时皇室是在八国联军突破防线之后才逃离北京城的。曾朴在《孽海花》中许是参照了樊的诗句，在时间安排上犯了同样的错误。

红巾蚁附端郡王¹，擅杀德使²董福祥。

愤兵入城恣淫掠，董逃不获池鱼殃³。

瓦酋入据仪鸾座，凤城十家九家破⁴。

武夫好色胜贪财，桂殿⁵清秋少眠卧。

闻道平康⁶有丽人，能操德语工德文；

状元⁷紫诰曾相假，英后珠施并写真。

柏林⁸当日人争看，依稀记得芙蓉面。

隔越蓬山十二年，琼华岛⁹畔邀相见。

---

1 "端郡王"：西方著作中普遍称其为"端王"。他同情义和团，后来成为义和团的主要支持者。红巾包头是义和团的标志之一。

2 就在义和团围攻使馆区前不久，德国公使克林德男爵鲁莽行事，独自从使馆出发，去总理衙门交涉，抗议义和团之前的暴行，结果被当街杀死。董福祥是清军统领，与端郡王一起被指控为义和团"首凶"。

3 "恣"2004年版作"肆"。"池鱼"是受累遭殃担责的无辜旁人，而主要罪犯却逃之夭夭。这一典故源自《吕氏春秋·必己》："宋桓司马有宝珠，抵罪出亡，王使人问珠之所在，曰：'投入池中。'于是竭池而求之，无得，鱼死焉。"关于"池鱼"的另一种解释源自东魏时期杜弼的《檄梁文》，其中有句："城门失火，殃及池鱼。"意即城门着火，大家都到护城河里取水救火，水用完了，鱼也都死了。见《汉语大词典》，第5卷，第938页。不论取哪种说法，最终倒霉的都是"池鱼"。

4 "座"2004年版作"殿"。樊增祥此处以"凤城"指代都城北京。杜甫和其他唐代诗人也曾以"凤城"指代都城。"凤"指皇后或女皇，此处指慈禧。

5 "桂殿"形容宫殿的辉煌与华丽。

6 "平康"一词前文曾出现过，指妓院所在地。

7 科举考试殿试第一名称为"状元"。相关英文介绍可参贺凯（Charles O. Hucker）著《中国历代官名辞典》（*A Dictionary of Official Titles in Imperial China*），斯坦福：斯坦福大学出版社，1985年，第187页（第1515号）。英国学者有时将"状元"译为"Chief Wrangler"（原指剑桥大学数学考试成绩最优异的毕业生）。

8 "柏林"一作"柏灵"。

9 琼华岛"是北京北海中央的一座小岛，毗邻紫禁城。岛上有座白塔，位于岛的中心位置，有主宰全岛之势。"琼"还可指美人。这句诗暗示瓦德西现在坐拥北京城与美人。"琼"2004年版作"瑶"。

隔水疑通银汉槎[1]，催妆还用天山箭[2]。
彩云此际泥秋衾[3]，云雨巫山[4]何处寻？
忽报将军亲折简，自来花下问青禽。
徐娘[5]虽老犹风致，巧换西装称人意。
百环螺髻满簪花，金[6]匹鲛绡长拂地；
雅娘催上七香车[7]，豹尾[8]银枪两行侍。
细马遥遵辇路来，罗袜果踏金莲[9]至。
历乱宫帷飞野鸡[10]，荒唐[11]御座拥狐狸。

---

1 此典故源自牛郎织女的神话故事。传说织女逃离天宫与牛郎结为夫妇，但因此举触犯天条，两人被王母娘娘分隔在银河两岸，从此两人每年只能在鹊鸟搭起的鹊桥上相会一次。"银"2004年版作"云"。
2 天山位于中国西部。古时皇帝命人执行特殊任务时常授予其银箭令牌作为通行凭证。此处也许指瓦德西已经接手皇宫。
3 此句暗示彩云已到中年。
4 "云雨巫山"有时象征男女欢爱。据传说，楚怀王游历巫山时曾在山中睡了一觉，梦中巫山神女与其欢好。神女离别时告诉怀王她"旦为朝云，暮为行雨"。这句诗是问："这样的云和雨该到哪里去找？"暗示往日的激情已重燃无望，不过显然欲望仍存。
5 "徐娘"原是南北朝时期梁元帝的后妃，她人至中年时风韵犹存，见《汉语大词典》，第3卷，第980—981页。
6 "金"2004年版作"全"。
7 "雅"一作"鸦"。"上"一作"下"。从字面上看，"七香"指散发浓郁香气的多种香料。"香车"指一辆华美的车，暗示所载的是一位女客。
8 这里指普鲁士卫兵的制服。
9 "细马"2004年版作"细车"。南朝齐国第六代君主萧宝卷曾命人将金箔裁作莲花，遍铺地上，让潘妃裸足徐行而过。萧誉之为步步生莲花。之后裹足妇女的小脚便被比作金莲。
10 "野鸡"古时指"雉"。"宫帷飞野鸡"这一意象征不寻常的或意外的事件，比如叛乱或自然灾害等等。然而此处实为双关语，野鸡也可以指低等妓女，见《汉语大词典》，第10卷，第413、415页。将此句与下句连起来看，这层意思便更明显了。"狐狸"显然指媚感，狡猾之人（参下一句，不过诗人此处可能只是戏谑之语）。
11 "荒唐"英文可译成"preposterous"，这里包含强烈的贬义。

将军携手瑶阶下，未上迷楼[1]心已迷[2]。
骂贼翻嗤毛惜惜[3]，入宫自诩李师师[4]。
言和言战纷纭久，乱杀平人及鸡狗。
彩云一点菩提心，操纵夷獠在纤手。
胠箧[5]休探赤仄钱[6]，操刀莫逼红颜妇[7]。
始信倾城哲妇言，强于辩士仪秦[8]口。

---

1 "迷楼"一词借自隋炀帝花费大量财力建造的如迷宫般的行宫名。据说，这座行宫从上到下都由金玉装饰而成，千门万户，复道连绵，可谓名副其实的迷宫。一不小心，漫步者便会迷失于其中。此处"迷楼"可能隐喻瓦德西将军在紫禁城中的私人居所。

2 "心"2004年版作"意"。这说明他已经被她迷住。虽然"意"可能存于脑中，也可能存于心中，但此处显然是后者。

3 这是倒装句，字面意思是："她还不咒骂贼人，反而讥笑毛惜惜太天真。"毛惜惜是南宋时期的名妓。端平二年（1235），荣全在高邮起兵叛乱。一日，荣全与同党王安饮宴时，毛惜惜不服趋侍。当遭王安斥责时，惜惜答道："妾虽贱妓，不曾服事反臣。"众人大怒，将她寸磔。直到死前最后一刻，她一直在咒骂叛臣。事后，她被封为"英烈夫人"。见《中国人名大辞典》，台北：商务印书馆，1974年再版，第70页。彩云的行为则与毛惜惜的舍生取义行为截然相反。"翻"2004年版作"还"。

4 动词"诩"字面意思是"夸自己为……"，但我觉得这句诗语带讽刺，所以我将其解为"自称为……"。李师师是北宋时期汴京城里的名妓。宋徽宗与李私会数次，并誉其为"绝妓"。

5 "胠箧"是偷窃的隐晦说法。

6 这句诗中的"赤仄"（一作"赤侧"）是汉代铸造的外边为赤铜的钱币，这样的钱币易于辨认。

7 此处暗示枪炮武器的力量敌不过美人的心机。

8 张仪和苏秦是战国时期著名的纵横家，以高超的外交手段闻名于世。见何建章编《战国策注释》（北京：中华书局，1990年）中的《秦策》，第1册，第74—113页。此处"仪秦"代指与八国联军进行谈判交涉的清朝官员，包括名臣李鸿章。

　　　　后来虐婢如虺蝮[1]，此日能言赛鹦鹉[2]。
　　　　较量功罪相折除，侥幸他年免缳首[3]。
　　　　将军七十虬髯白，四十秋娘盛钗泽。
　　　　普法战罢又经年，枕席行师老无力。
　　　　女闾中有女登徒[4]，笑捋虎须亲虎额。
　　　　不随槃瓠[5]卧花单，那得驯狐集金阙？
　　　　谁知九庙[6]神灵怒，夜半瑶台生紫雾。
　　　　火马飞驰过凤楼[7]，金蛇毯礴[8]燔鸡树[9]。

---

1　之后，赛金花自己开了一家小书寓。据说赛逼迫一位叫凤铃的歌伎为娼，结果在遭"夫人"（赛金花）打骂后凤铃服毒自杀。赛金花旋即遭到指控并被逮捕。这案子按理说并非要案，但她在政府内的敌人称其与敌军指挥官瓦德西有染，使民族蒙羞，因此对赛从重处理。
2　此句赞誉了赛金花的口才。同时"赛鹦鹉"（鹦鹉学舌）可能是形容赛的出色外语学习能力。
3　指在苏州进行的歌伎凤铃自杀一案的审理。"缳首"一作"环首"。
4　"女闾"原是春秋时齐桓公在宫中设置的淫乐场所，后世以其指称妓院。登徒子是战国时期楚国人，宋玉曾作《登徒子好色赋》来讽刺他的好色。赋中描述了登徒子如何娶了一位奇丑无比的妻子，并与其以惊人的速度生儿育女，见《汉语大词典》，第8卷，第532页。在此樊增祥称彩云为"女登徒"，明显是对瓦德西的相貌和彩云的淫乱行为的双重抨击。
5　"槃瓠"是远古传说中五帝之一喾帝（高辛氏，圣君尧的父亲）畜养的神犬，其毛有五种颜色。当时高辛氏与西戎常有战事，西戎有一吴将军甚强，高辛氏多次讨伐未果，于是下令若有人能斩下吴将军首级，便将公主嫁与他。结果槃瓠咬下吴将军首级而归。高辛氏不得已，将女儿许配给槃瓠。公主与槃瓠生六子六女，自相配偶，繁衍子孙。这一传说有不同版本，如《搜神记》第14卷与《后汉书·南蛮传》。
6　"九庙"此处象征中华民族的共同祖先——远古传说中的黄帝。《汉书·王莽传下》中指出原为七庙，后又加上黄帝和禹帝，故成九庙。从此以后，历朝天子均在这些宗庙里举行祭祀。
7　"火马"形容跳跃的、越烧越旺的火焰。"凤楼"指皇宫中女子的居所。
8　"毯礴"（吐舌貌），形容宫殿及其周围建筑均被"火舌"包围。
9　"鸡树"据说是一种鸡会栖息其上的树，载于《三国志·魏书·刘芳传》，（转下页）

此时锦帐双鸳鸯，皓躯¹惊起无襦绔。

小家女记入抱时²，夜度娘寻凿坏处³。

撞破烟楼闪电窗，釜鱼笼鸟⁴求生路。

一霎秦灰楚炬空⁵，依然别馆离宫住。

朝云暮雨⁶秋复春，坐见珠槃⁷和议成。

一闻红海班师诏，可有青楼惜别情⁸？

从此茫茫隔云海，将军颇有连波悔⁹。

君王神武不可欺，遥识军中妇人在。

有罪无功损国威，金符铁券趋销毁¹⁰。

---

（接上页）象征无常世界里的永恒与稳定。沈维藩则认为"鸡树"是中书省的别称，此处指宫内官署，见《元明清诗鉴赏辞典》，第1591页。
1 "皓躯"指瓦德西。据一流传甚广的说法，仪鸾殿着火时瓦德西是抱着赛金花逃出火场的。不过樊增祥在接下来的两句诗中似乎对这一说法持怀疑态度。"绔"一作"裤"。
2 字面意思为"她记起当年依偎在母亲怀中的时光"。
3 意即灾难来临之时，一个已经阅尽世间百态的"夜度娘"（娼妓或歌伎）会首先自救。此句无疑讲的是大火之时，彩云如何逃出她与瓦德西居住的宫殿。
4 即那些陷入绝境的人。
5 此句是说一切都在大火中化为灰烬。该句用了西楚霸王项羽烧掉秦始皇的宫殿的典故，见《史记·项羽本纪》。
6 "朝云暮雨"此处仍指男女欢爱，不禁让人想起千年前巫山神女给楚怀王的承诺——可以在"朝云暮雨"中寻到她。
7 此处"珠槃"一词指代月亮，类似英语中所说的"crystal orb [ that rules the night ]"（[支配夜的] 水晶球）。沈维藩将"珠槃"释为古时会盟用的器皿，见《元明清诗鉴赏辞典》，第1591页。
8 "青楼"既可以指显贵人家女子的居所，又是"妓院"的委婉语。
9 据中国流传甚广的一种说法，瓦德西回国后因在中国期间与彩云有染，行为失检而被德皇撤职。其实这种说法并不属实。瓦德西于1901年被重新任命为汉诺威总督参谋。尽管此次并非升职，但是鉴于瓦时年已69岁，恐怕亦很难视其为降职。
10 古时的"金符"也称"虎符"，是皇帝授予臣下兵权和调发军队的信物，劈为两半，右半由皇帝保存，左半交给统兵的将帅。调发军队时需持符验对，符合方可调兵遣将。"铁券"是古时皇帝赐予功臣的一种奖赏性质的凭证，允许所赐之（转下页）

太息联邦虎将才¹，终为旧院蛾眉累²。

蛾眉³终落教坊司⁴，已是琵琶弹破时⁵。

白门⁶沦落归乡里，绿草依稀见狱词⁷。

世人有情多不达⁸，明明祸水褰裳涉⁹。

玉堂鹓鹭¹⁰愆羽仪，碧海鲸鱼¹¹丧鳞甲。

---

（接上页）臣及其后世子孙享有免死权。券文刻于铁器之上，以示永久。此处的"金符"和"铁券"大概类似于当时德国的蓝色马克斯勋章（Blue Max）和铁十字勋章（Iron Cross）。"趋"2004年版作"趣"。

1. "联邦"即当时的北德意志联邦（North German Confederation）。北德意志联邦由以柏林霍亨索伦家族（Hohenzollern house）统治的普鲁士为首的德国北部新教诸邦于1867年成立，之后于1871年建立了统一的德意志帝国（与维也纳天主教诸邦组成的哈普斯堡奥匈帝国相对）。
2. "旧院"指妓院。不过此处将其与"联邦"并置，还有可能以"旧院"讽喻中国。
3. "蛾眉"比喻美人的秀眉像蚕蛾的触须一样细长弯曲，也喻指美女。
4. "教坊司"原为唐朝时掌管宫廷音乐教习的官署。此处可能只是指妓院，或引申为歌伎习练音乐的地方，因为清初雍正年间便废除了"教坊司"。至清朝中业，宫中已无此类官署。
5. 因为弹奏琵琶时将琵琶置于腿上，双臂环抱住琵琶，因此"琵琶"可能暗喻妓女。白居易被贬至江西时曾作《琵琶行》一诗，描述一位被抛弃的歌伎的悲惨命运。本句诗暗指彩云"完成使命"之后即遭抛弃的命运。
6. 樊增祥此处以古代称西南方的"白门"一词来指称南京附近的城市。该词载于《淮南子·地形训》，见《汉语大词典》，第8卷，第182页。
7. 这里指1903年在苏州进行的对赛金花的审判。"见"1913年版作"具"。
8. "多不达"即世人大多不理解或不知道，见援引了白居易的"悟道诗"（《琵琶行》）的前《彩云曲》结句。
9. "褰"即把衣服提起来。这句描绘了一种将洪水视为小河或小水坑，手提衣裳便要涉水的莽撞行为。此处可能指《诗经·郑风·褰裳》中痛斥的淫乱行为。原诗为："子惠思我，褰裳涉溱。子不思我，岂无他人？狂童之狂也且！子惠思我，褰裳涉洧。子不思我，岂无他士？狂童之狂也且！"此诗英译文见高本汉译《诗经》，第57—58页。
10. "玉堂"既可指皇帝的宫殿（进而代指朝廷），也可指豪贵人家的府邸。"鹓"（古代传说中一种像凤凰的鸟）和"鹭"（白鹭）往往都是结群而飞，飞时遵循某种特定的顺序。因此，此处"鹓鹭"可能隐喻依官衔等级排列的满朝文武官员。
11. "鲸鱼"此处很可能指代19世纪八九十年代中华帝国的海军在附近海域抵（转下页）

何限人间将相家，墙茨不扫伤门阀。

乐府休歌《杨柳枝》[1]，星家最忌桃花煞。

今者株林[2]一老妇，青裙来往春申浦[3]。

北门学士[4]最关渠，西幸丛谈亦及汝[5]。

古人诗贵达事情，事有阙遗须拾补。

不然落溷[6]退红花，白发摩登何足数[7]。

---

（接上页）御西方和日本入侵的战役中损失的战船。沈维藩则认为此处"鲸鱼"指武官，与上句"鹓鹭"指代的文官相对，见《元明清诗鉴赏辞典》，第1591页。我认为沈的解释有些牵强。

1 《杨柳枝》是汉乐府曲名，暗示离别。
2 《诗经·陈风》中有一篇《株林》。"株林"是春秋时期陈国的封地名，位于今河南省。我认为此处"株林"泛指中国南部地区，而非特指某个城镇。此诗英译文见高本汉译《诗经》，第91页。传统评论认为该诗讽刺了陈灵公与夏御叔的遗孀夏姬在株林幽会的淫乱行为。虽然汉学家阿瑟·韦利（Arthur Waley）并不同意这种评论，不过樊增祥此处用"株林"一词似乎语带讽刺，与传统评论相近。此诗英译文见阿瑟·韦利翻译的《诗经》（*The Book of Songs*），纽约：格鲁夫出版社（Grove Press），1960年，第208页。
3 "青裙"这一意象使人联想到贫穷、困窘。此处指彩云穷困潦倒，生活拮据。"春申浦"又名春申江，上海市境内称为"黄浦江"，诗歌中常以该词指上海。
4 "北门"一词可追溯到《诗经》，一直被视为忠臣才士怀才不遇、不获重用的象征。《北门》是《诗经·邶风》中一首诗的名字，英译文见高本汉译《诗经》，第26页。正如《毛诗序》中所说："《北门》，刺仕不得志也。言卫之忠臣不得其志尔。"贺凯（Charles O. Hucker）认为"北门学士"是"旧时对翰林院的非正式称呼"，见《中国历代官名辞典》，第372页。沈维藩则认为此处"北门学士"是樊增祥自称，因樊曾"在慈溪西走西安时，任起草诏敕之职"，见《元明清诗鉴赏辞典》，第1591页。沈认为"北门学士"原指唐武则天时的亲幸之士。若真如此，我认为樊更不可能在此直接以该词自指了。
5 此处指彩云在使慈禧太后和道光皇帝得以返回北京的和平谈判中所起的作用。
6 "溷"既可指实际的肮脏地（如猪圈或茅厕），又可指事件混乱糟糕的状态。
7 此处樊增祥出色地使用了来自英文的"摩登"（modern）一词表示"时尚"。郑逸梅、曾繁等中国评论家也注意到了这一点。有学者认为这是中国文学中第一次使用"摩登"这一词语，见《清诗纪事》，第18卷，第12643页。沈维藩（第1591页）认为"摩登"即"摩登伽女"，是佛经中引诱阿难（释迦弟子）淫乐的女子。沈的解释不乏新意，不过大不可能是正确的。

钱基博在《现代中国文学史》中论及《彩云曲》时说：

> 读者至以比清初吴伟业之《圆圆歌》[1]；而"后曲"有当诗史，剧胜"前曲"，嘉兴沈曾植以为的是香山，不只梅村者也。[2]

与吴伟业同一时期的评论家称《圆圆曲》为"诗史"[3]。《圆圆曲》中以历史事件、古时的地名和人名喻指时人时事，这与《彩云曲》所运用的手法基本相同。此外，两篇作品均为长篇叙事诗，歌咏的皆是动荡年代来自姑苏（苏州）的貌美色艳的名妓。不过二者的相似性仅止于此。《圆圆曲》缺乏《彩云曲》中显而易见的现代性元素。

从情节上看，圆圆的盛名来自她符合时代所需的绝世美貌[4]；彩云则不然，她之所以享有盛名，根据樊增祥在《彩云曲》中所述，并非因为她的容貌美丽（当然彩云也貌美），而是因为她天资聪慧，拥有掌控复杂局势，包括时人认为特别棘手的外交事务的过人能力。从语言上看，《圆圆曲》使用了许多平淡无奇的比

---

1 通常称为《圆圆曲》。此诗的英译本见罗郁正与舒威霖合编的《待麟集：清代诗词选》，布卢明顿：印第安纳大学出版社，1986年，第46—49页。此诗的中文版载于英文《待麟集》的中文姊妹篇，布卢明顿：印第安纳大学出版社，1987年，第29页。又参王涛编《吴梅村诗选》的注释版，香港：三联书店，1987年，第161—176页。
2 钱基博《现代中国文学史》，第211页。
3 《待麟集》，第46页。
4 此处指圆圆可能［可悲地］被明朝廷利用来引诱吴三桂联合清军抵御李自成，当时明朝廷误将李自成视作其最大的威胁。

喻和陈旧老套的词汇,例如:"旧巢共是衔泥燕,飞上枝头变凤凰"(喻指圆圆的命运),"长向尊前悲老大,有人夫婿擅侯王",或者"全家白骨成灰土,一代红妆照汗青"等。与之相反,《彩云曲》中几乎看不到此类仅仅使用习见词语,没有任何转折变化,也不带任何嘲讽、诘问或暗讽的诗句。《圆圆曲》的确讲述了一个有趣的故事,但它缺乏樊诗体现的那种对人物及其行事动机的深刻洞察。《彩云曲》中彩云所扮演的重要角色以及她对错综复杂局势的掌控能力反映了当时人们对女子在社会和文学中所发挥的作用的一种新态度。[1] 这一点,如果说完成于 1899 年的"前曲"没有充分显现的话,那么完成于 1904 年的"后曲"则完全表现了。

前文已经讲过,樊增祥的叙述者在《彩云曲》中对彩云并非总持赞成态度。[2] 不过像"后曲"第 65、67、69 句("女闾中有女登徒""不随槃瓠卧花单""谁知九庙神灵怒")等诗句完全可以理解为对彩云张扬自己的女性性魅力之举的不赞成。而这种不赞成的态度,特别是在当时那种非同寻常的环境,可以说是必需

---

[1] 在《重读鸳鸯蝴蝶派:对"后现代"境况的回应》("Rereading Mandarin Ducks and Butterflies: A Response to the 'Postmodern' Condition")一文中,周蕾(Rey Chow)指出,中国的鸳鸯蝴蝶派小说发端时期(与《彩云曲》的创作时间大致相同),"占主导地位的儒家文化逐渐女性化",男子在社会中的中心地位不断被削弱甚至颠覆。周继续写道:"这种女性化既表现在对传统中国社会礼教束缚下女性所受到的压迫提出质疑,又表现在压迫与解放或者传统与现代之间二元对立的划分开始逐渐失效。"(《文化评论》,第 5 期,1986—1987 年冬,第 76 页)另参李欧梵关于文学趋势的讨论。李指出 20 世纪 10 年代初引入中国文言小说的婚姻自由等主题反映了当时社会的一些其他重大事件,如妇女解放、妇女教育等。见《剑桥中国史》(The Cambridge History of China,剑桥:剑桥大学出版社,1983 年),第 12 卷,第 461—464、467 页。

[2] 后《彩云曲》第 43—44 句("历乱宫帷飞野鸡,荒唐御座拥狐狸")是对彩云最为严厉的批评。

的。这样一来,这些诗句就不足以充当诗人社会洞察力不足的证据,而仅仅是在当时的社会习俗制约下,论及性以及华洋联姻这类颇具争议的主题时诗人必须表明的批评否定态度。而异族联姻当时即使在西方也是一个争论不休的话题,甚至在美国一些州属于非法。出于同样的原因,樊增祥在为"前曲"写的序中宣称:"余为此曲,亦如元相[1]所云,甚愿知之者不为,而为之者不惑耳。"这个声明只是诗人为了证明自己的诗作具有道德教化意义,进而可以合理存在与流传而使用的一种手段。不过这首诗真正吸引读者的远不在它的道德教化[2]。

对现代西方读者来说,前后《彩云曲》最显而易见的特点在于其独特的叙事方式:几乎整个故事都是间接地借助历史人物的典故来叙述。该诗的非凡之处在于它为处于世纪之交的中国读者揭示了这个国家的过去与现在之间一直存在的、有时甚至颇具讽刺意味的密切联系。当然,对于那些并未浸淫于中国文化的读者,不论是初读注解满篇的英译本的外国读者,还是主要接受西学教育的现代华人读者来说,理解并欣赏这样一种独特而又富含文化底蕴的叙事方式并非易事。但是当时(清末)的读者可以轻松地读出字里行间的深意。[3]

---

1 元稹是唐传奇《莺莺传》的作者,著名元曲《西厢记》就是据此创作的。
2 如果仅从字面意思层面接受这一"警告",那便误解了本诗以及元稹在传奇结尾处所说的"免责声明"。事实上这一段与李渔的《肉蒲团》所包含的道德框架类似。见韩南(Patrick Hanan)的英译本,火奴鲁鲁:夏威夷大学出版社,1996年,特别是第5—9页。
3 周锡馥(《闲话孽海花》,第40页)称这两首诗"被广泛阅读,流传甚广"。时人对两首诗的更多评论与接受可参钱仲联编《清诗纪事》,第18卷,第12634—12637、12640—12643页。值得一提的是,钱仲联认同所谓的"宋诗派"或晚清的(转下页)

例如,"前曲"第 25 句以"画鹢"一词指代一艘现代远洋航船,这便是用古代文学意象来描摹现代事物的典型例证。古代的船只常画鹢鸟(传说中一种似鹭的白色水鸟,据说此鸟不怕大风大浪)于船头,以求平安吉利。因此,"画鹢"这一意象描绘了一艘可以平安行远如驶近旅的现代航船。"前曲"第 33 句借传说中汉代博望侯(张骞的封号)的仙槎来强调当时的外交活动的政治和文化意义,同时再一次言及 19 世纪西方在交通运输与通信方面所取得的巨大进步。与上面两个例子相比,第 35 句"词赋环球知绣虎"的含义也许并不那样明确而直接。"绣虎"原指诗人曹植,此处当然指代洪钧;不过洪钧的文学才能究竟是否"环球知"却未可知。当时洪钧从事的主要是学术活动,除了元史研究,就是编辑校勘中俄边界地图的中文版,而后者最终给他惹下很大麻烦。[1] 相比之下,第 52 句对彩云的德文水平成就称赞有加,似乎反映了当时社会新兴的对于熟练掌握西方语文的重视。

"前曲"第 49 句提到对于服装风格的一种新态度("装束潜将西俗娇")。这种新态度区别于更易接受男子先于女子改穿洋服的传统社会惯例,体现了对于服饰审美的一种文化态度上的让步。"后曲"第 36 句("巧换西装称人意")再次言及这种新态度。但"前曲"第 31—32 句("梦入天骄帐殿游,阏氏含笑听和议")

---

(接上页)"同光体诗派",而非樊增祥一派。
[1] 该俄制中俄边界地图本不代表洪钧的个人观点。但是,弹劾洪钧的官员认为洪钧的中译本地图在中俄争界案中帮了俄国人,这是对洪钧的诽谤。参见亨利·麦克里维关于此事的描述,《那个中国女子:赛金花的一生 1874—1936》,第 149—151 页。又参恒慕义(Arthur Hummel)编《清代名人传略》(*Eminent Chinese of the Qing Period*),华盛顿:美国政府印刷局,1943 年,第 1 册,第 360—361 页。

更加复杂，因为我们从这一句中能读出多层不同的含义：诗人将外国人（这里指德国人）与古代的匈奴进行了有趣的类比——他们都是军力强大的民族，但人口数量相对较少，很难抵挡强大的中华文化的诱惑。或许这一句还能让读者联想到古时嫁与匈奴单于为妻的王昭君[1]——中国人认为昭君出塞和亲起到了教化匈奴的作用——进而预示了彩云同瓦德西伯爵的关系。如此一来，便须将洪钧与彩云的经历视作假想的梦中事，因为在传统中国的文化语境，柏林和圣彼得堡所代表的那个现实世界是不存在的；但是洪钧与彩云实际上去过那里这一事实（读者也会认为这是真实的）以及另一不同于中国现实的存在，反过来会加强对传统诗歌"托梦"这一技巧的反讽。为什么一定要为这一非传统存在（西方诸国）构建一个修辞性的"梦幻"假想框架呢？这就是我所说的互文指涉（intertextual reference）中永存于过去与现在之间的对立，也正是这种张力将这首诗与吴伟业等前辈诗人的诗作区别开来。

"后曲"第7—8句（"虏骑乱穿驿道走，汉宫重见柏梁灾"）很动情地描写了中国旧有的秩序已经被打破，正在经受新的世界秩序冲击的痛苦。"虏"字原指外族的俘虏或奴仆，而非得胜后任意劫掠的骑兵。"驿"与"道"本是中国过去物质文明成就的象征，这里却颇具讽刺性地成为为入侵者提供了便利的通道。如前所述，"柏梁"本是汉武帝在长安建造的楼台，后毁于火灾。"重见柏梁灾"极有可能象征19世纪末外国入侵与劫掠给京城及

---

[1] 昭君据传是汉元帝时期的一名宫女。有许多关于她的民间文学作品，如敦煌本《王昭君变文》，以及各类戏剧、诗歌等，见杨家骆编《敦煌变文》，台北：世界书局，1969年重印版，第98—108页。

其周边地区造成的破坏。这个典故的力量，通过"虏骑"与"汉宫"两词的对比而进一步加强。

同样，"后曲"的第39—44句也颇具讽刺色彩：

> 雅娘催上七香车，豹尾银枪两行侍。
> 细马遥遵辇路来，罗袜果踏金莲至。
> 历乱宫帷飞野鸡，荒唐御座拥狐狸。

诗人将"辇路"的古代用途（原是仅供皇帝车驾行走的道路，是古老帝国的权力象征）同其现代用途进行了对比（如今成为被住在紫禁城里的欧洲将军召来娱乐的歌伎所走的道路）。"豹尾银枪"指闯入纯粹中国场景的德国军队。第42句中的"金莲"当然是指彩云[1]。第43—44句再次借用历史典故对比过去与如今污秽不堪的现实，叙事的语调在此变得尤为尖锐和讽刺。正因如此，《彩云曲》在反语的运用以及对中国面临的现代困境的特殊性的关注两方面都超过了王闿运作于1871年的《圆明园词》。

尽管易顺鼎（字实甫，又字中硕，号眉伽，晚号哭庵，别署忏绮斋、琴志）最著名的诗作没有一首像《彩云曲》或《圆明园词》那样长的，也挑不出一首像《彩云曲》或《圆明园词》那样著名的，但易的作品在今天仍有考察的价值。这不但是因为易作为诗人生前曾获得高度评价，而且其诗作同样反映了变革时期中国传统文化存在的重大问题。易顺鼎出生于湖南龙阳（今汉寿县）。黄宗

---

[1] 此处将彩云比作《金瓶梅》中的潘金莲，暗示其放荡堕落、道德沦丧。

泰（Timothy C. Wong）如是描绘他："易在现代很少有人知道，很少有人研究；但易在世时曾被公认为一位才能卓越的诗人，他去世时留给世人近万首诗。他在世时诗作已流传全国并享有盛誉。"[1]事实上，易幼年便被誉为诗歌神童；十几岁便出版了系列诗集，刚刚成年便被公认为诗歌大师了。[2]

易顺鼎1875年中举，1894中日甲午战争期间自告奋勇前往台湾做刘永福（1837—1917）的幕僚[3]，为其出谋划策；易还做过袁世凯政府的印铸局代局长[4]。即使算不上无可争议的中晚唐诗派领袖的易顺鼎在诗坛的影响力不那么突出，但至少得承认，易把握住了他所处时代的文学主潮流的脉搏。[5]不过，后世的文学史家往往轻视易顺鼎，认为他几乎集中体现了晚清诗坛的所有问题。例如，陈衍评论易时便暗含批评：

> 古体务为恣肆，无不可说之事，无不可用之典；近体尤惟以裁对鲜新工整为主，则好奇之过，古人所谓君患才多也。[6]

钱基博在评价易时也毫不客气：

---

1 《待麟集》，第369页。
2 陈衍编《近代诗钞》（1935），第2册，第664页。
3 在晚清时期，易顺鼎曾官至广西右江道，后遭岑春煊弹劾后辞官。见仓田贞美著作，第169页。
4 这一官职常被授予博学多才之人，因此这是对易顺鼎才能的肯定。不过易是否应该在自封的洪宪皇帝朝中做官仍是一个问题。
5 见仓田贞美著作，第179—180页。诗人顾印愚（字印伯，1855—1913）、黄绍箕及其弟弟黄绍第（1855—1914）、王以敏（1855—1921）等人的诗中均呈现与易诗明显相似的特点。
6 《石遗室诗话》（1929），第1卷，第8页正面第11—12行。

……盖高自标置,誉不容口如此。然唐言寡实,又不检于行。其在仕途,颇工逢迎之术,惟有类饥鹰,饱即扬去;又恃宠而骄,以是见赏如张之洞,亦鲜克有终。……中年以往,日以诗词写其牢骚;然诲淫之作,居什之八九。顺鼎自以为玩世不恭;或俳优畜之,而顺鼎弥轶荡自喜。[1]

与钱基博一样自诩客观的文学史家胡怀琛竟然说易顺鼎"专作滑稽诗"。[2]

陈炳堃则对易顺鼎有几分理解同情:"他的作品并不能充分地表现他才情的狂热,他所自鸣得意的,乃在他的冷趣。"陈进一步解释道:"他的诗确有许多能够表现他所说的'冷趣''幽想'。"[3] 陈炳堃引用易顺鼎的《秋怀诗》之一作为例证,[4] 又引用《舟中望雪短歌》[5]作为易顺鼎短诗代表作,还从《天童山中月夜独坐》[6]中挑出两首五言绝句加以评论:

---

[1] 钱基博《现代中国文学史》,第 224 页。
[2] 见胡怀琛的文章《中国诗学史的大略》第二部分,收入《新诗概说》,上海:商务印书馆,1935 年,第 41 页。
[3] 陈炳堃《最近三十年中国文学史》,上海:太平洋书店,1931 年,第 36 页。
[4] 陈衍编《近代诗钞》(1935),第 2 册,第 668 页。陈炳堃的版本中第 13 句和第 16 句与此略有不同。易以"秋怀诗"为题的诗不止一首,陈炳堃明确指出他只引用其中一首。
[5] 本章后面将论及此诗,见陈衍编《近代诗钞》(1935),第 2 册,第 674 页。
[6] 第一首:"青山无一尘,青天无一云。天上惟一月,山中惟一人。"第二首是:"此时闻松声,此时闻钟声,此时闻涧声,此时闻虫声。"又见陈衍编《近代诗钞》(1935),第 2 册,第 704 页。请注意,陈炳堃省略的另外四首诗,陈衍编《近代诗钞》中亦未提及。这四首诗见《琴志楼丛书》,第 24 册;《琴志楼游山诗集》第 8 卷《天童集》,第 5 页反面第 7 行至第 6 页正面第 7 行。

这虽不算是什么好诗，但他专朝这个方向走去，未尝不可以成个"冥想诗人"[1]。无如他到了晚年与樊增祥一班人旅居北京，颠倒歌场酒肆，常常做所谓"捧角诗"。他少壮时期的狂热竟压不住了，乘老年精神的衰惫不能自制，乃冲决而出，淫滥的"捧角诗"便成了他晚年生活上最重要的记录。这也许是他晚年的一种悲哀！[2]

但是我认为，综观易顺鼎的诗作，那些被批评家认为有违道德的作品，从数量上看，仅占其全部作品的很小一部分。如果一味关注此类作品，而忽略那些助其成名的前期诗作，未免有失公允。因此，我们有必要考察一下易顺鼎的其他一些更有代表性的作品，这样有助于理解他何以成为那个时代一位富有活力的诗人。

易顺鼎十五岁时出版了第一本诗集《眉心室悔存稿》（共一卷，包括诗和词），后来又陆续出版了许多诗集，以至陈衍惊呼道："盖足迹及十数行省，一地一集也。"[3]1920年易顺鼎去世那一年，这些诗集被汇编成册，取名《琴志楼丛书》，共二十六册（1882—1920），主要包括《哭庵丛书》六册（1895—1901）、《琴志楼游山诗集》二册，以及《琴志楼编年诗录》二册（1920），其中的《四魂集》（1896年初版）被仓田贞美誉为易顺鼎最具"代

---

1 "冥想"指玄妙的沉思与默祷。
2 陈炳堃《最近三十年中国文学史》，第37页。
3 陈衍编《近代诗钞》（1935），第2册，第665页。

表性"的作品。[1]

在《琴志楼摘句诗话》中,易顺鼎阐述自己的诗歌创作原则如下:

> 余所刻《四魂集》,誉之者满天下,毁之者亦满天下。湘绮、樊山皆极口毁之者也。然文章千古事,得失寸心知。余自信此集为空前绝后、少二寡双之作。盖毁余者皆以好用巧对为病,即张文襄(张之洞)亦屡言之。不知以对属为工乃诗之正宗,凡开国盛时之诗无不讲对属者,如唐之初盛、宋之西昆、明之高(高启)刘(刘基)皆然。自作诗者不讲对属,而诗衰。诗衰而其世亦衰矣。杜诗亦讲巧对……况余诗对仗皆用成语,且不喜用僻典,而所用皆人人所知之典,又皆寓慷慨悲歌、喜笑怒骂于工巧浑成之中。自有诗家以来,要自余始独开此一派矣。
>
> 《四魂集》中属对之极工者试举数联,如"城郭人民丁令鹤,楼台冠剑子卿羊""云汝衣裳龙鸟往,风其臣妾马牛奔"……此皆无一字无来历,又无一字用僻典,又无一字稍杂凑而不浑成。必如此方可以讲对仗也……
>
> 《四魂集》中凡用古人名,非属对甚工者不用,如:"竟

---

[1] 仓田贞美著作,第169页。《四魂集》如题所示分为四部分。易甲午年(1894)阴历七月到十一月的作品收入《魂北集》中,从甲午年十二月到乙未年(1895)四月的作品收入《魂东集》中,乙未年五月到九月的作品收入《魂南集》中,乙未年十月到丙申年(1896)一月的作品收入《归魂集》中。《四魂集》1896年初版,但也收入易的其他诗集,如《琴志楼丛书》和《哭庵丛书》中。

同鹏举¹死冤狱，无怪马迁²修谤书""唤女惟闻木兰³父，哭夫不顾杞梁妻⁴"……此皆属对极工巧而用典隶事又极精切，所以可贵耳。余尝有一"推倒一时豪杰"之论，云无工巧浑成对仗竟可以不必作诗。盖尘羹土饭、人云亦云之语，虽数十万首亦作不完，何必千手雷同、徒费纸墨乎？

《四魂集》不仅以属对工巧为尚也，其隶事之精切、设色之奇丽、用意之新颖，皆兼而有之。如"殿脚至今多妇女，露筋前代有神人""海上鱼龙真跋扈，淮南鸡犬岂平安？"……何其隶事之精切也！"雌凤雄龙曾北走，铜驼金狄有东迁"……"白龙鳞甲为刀柄，翠凤毛翎作帚叉"……何其设色之奇丽也！"紧急春寒如战事，迟延花信似家书"……"军书竟日如经读，诗卷他年作史看"……何其用意之新颖也！

其实皆人人眼前语，皆人人意中语。他人或眼前有之而意中无之，或意中有之而笔下无之。我不过取他人之眼前者，意中者而出之于我笔下耳。⁵

易顺鼎引用的例证在今天看来浅显易懂也好，艰深晦涩也

---

1 岳飞是至今仍受中国民众敬仰的南宋时期的民族英雄，据说因遭秦桧陷害而死，其实可能就是当时皇帝或统治阶层一小撮人的意思。
2 此处讲的是司马迁修《史记》的情形。
3 即女扮男装，替年迈体弱的父亲从军的花木兰。
4 传说孟姜女在丈夫去世后哭得非常伤心，将长城都哭倒了。
5 见《庸言》（当时刊物上加英文名"The Justice"）杂志，"艺谈三"，第1卷（1913年），第16号，第5—8页。该杂志在天津日租界出版，梁启超任主编。有重印本《庸言》（北京：全国图书馆文献缩微复制中心，2006年），总第3025—3028页。

好，上述引文表明，他在运用典故和对仗时竭力避免晦涩难懂。他认为用典与对仗是"正宗"古典诗歌最基本的技术要求，因此泰然接受用典与对仗的各种约束。显而易见，风格体裁是他主要考虑的因素，不过并非他唯一考虑的因素。或许可以说易顺鼎是一个以自我为中心的人，一个不那么忠诚的官员，他既不忠于清朝，也不忠于民国——因为他接受了袁世凯政府授予的高级职位。但是他的诗，作为现代初期古典诗歌的一支活跃力量，如果放回它原来历史背景，值得进一步考察。

例如，仓田贞美曾引用易顺鼎在中日甲午战争期间创作的如下三首诗，认为这些诗明确体现诗人对国家命运的关心：

> 致天津闻和议即日赴阙上书有作[1]
> 投袂[2]登车气慷慨，风云色变[3]削绥装[4]。
> 仲连[5]矢志沈东海，孟博甘心葬首阳[6]。
> 裹革尸当糜作粉，冲冠发亦炼成钢。
> 余生步步推驴磨，泪洒黄图[7]落日黄。

---

1 见易顺鼎《哭庵丛书》，长安，1895—1901年刻，第3册第1卷，第17页正面第10行至反面第2行，收入《四魂集》第1卷《魂北集》。
2 "投袂"即挥袖，表示立即采取行动，有时亦暗示生气。
3 "风云色变"指政治局势的巨大变化甚至灾难。
4 "削绥"是用草绳缠结剑柄，引申指剑；"装"即服装。"削绥装"即武器和军服。
5 "仲连"指《战国策》中誓死不降秦的鲁仲连。见《战国策注释》，北京：中华书局，1990年，上册，第367—368、393—394页。
6 "孟博"是东汉时期范滂的字，见《后汉书·党锢列传》。显然，此处讲的是古代的爱国志士仲连和孟博的英雄事迹，诗人意在表明他打算以他们为榜样，效法他们的义举。
7 "黄图"原指京都或京城，或《隋书》中详尽记载王国内宫观陵庙的《三辅（转下页）

书事 [1]

横海楼船惨鼓鼙，临淮 [2] 壁垒黯旌旗。

棘门灞上皆儿戏 [3]，太液昆明是水嬉 [4]。

久费赞皇筹的博 [5]，空闻德远败符离 [6]。

却将杜老陈涛 [7] 痛，并作灵均楚泽悲 [8]。

书愤 [9]

鼠端持两技终穷，兔窟营三计枉工。

黄屋 [10] 何劳效椎髻 [11]，乌江早拟渡重瞳 [12]。

---

（接上页）黄图》一书。此句中的"黄图"取后者之意，引申指整个中国的领土。

1 见《哭庵丛书》，第3卷，第3章，第8页第4—7行，收入《四魂集》第2卷《魂东集》。

2 "淮"可能指李鸿章（1823—1901）建立的淮军，是甲午战争中清政府的主力部队。

3 "棘门"是陈胜、吴广起义军反抗秦朝残暴不仁的统治者秦二世，与秦军作战的战场。虽然起义最终被镇压，却是曾经强大无比的秦帝国灭亡开始的标志。同样，"灞上"是刘邦和"霸王"项羽的军队交锋的地方。项羽一度所向披靡，最终却被出身低微的刘邦打败，见《史记·项羽本纪》。

4 "太液"与"昆明"均位于今云南省境内，是历史上著名的抗击匪寇的主要战役的战场。

5 "的博"为山名，位于四川省理县东南。此处指代面临被占领威胁的地方。

6 意即消息来得太迟了，因为停战协议已经签署完毕。

7 "陈涛"即陈涛斜，一名陈陶斜，位于今陕西咸阳以东。唐安禄山叛乱时，房琯率领的效忠于唐肃宗的官军兵败于此。

8 "泽"指一片沼泽或水域，此处暗示古代楚国境内湖泊河流甚多。据说，屈原被流放期间曾在湖边吟诗。之后，他投汨罗江自尽以示对国家的赤胆忠心。此处可能是易顺鼎对清王朝不重用有识之士的一种抗议。

9 《哭庵丛书》，第3卷，第3章，第4页正面第10行至反面第3行，选自《四魂集》第3卷《魂南集》。

10 "黄屋"指古代帝王专用的黄缯车盖，借指帝王，此处也可能借指皇朝。

11 "效椎髻"此处指效仿异族的风格与习俗，见《汉语大词典》，第4卷，第1113页。

12 此句讲霸王项羽之死。传说项羽一目两瞳，见《史记·项羽本纪》。项羽最终被劲敌刘邦打败，他自觉无颜再见那些战死士兵的亲人（再见江东父老），因（转下页）

蜃楼人物形才具，蚁国衣冠梦已空[1]。
如此颓波谁为挽，焚香泣血叩苍穹。

以上所引的三首诗表明甲午战争期间，易顺鼎曾借用历史典故和人物故事来抒发他的爱国热情与愤怒情绪。正如仓田提示我们的："不应该忘记，易顺鼎性格中还有这样一面。"[2] 与易顺鼎同时代的词人、批评家王以敏提请人们注意如下事实：

所著诗古文词，哀均顽艳，往往令人泣下。……[易]实甫顾以三年殉母之志，出而效命疆场。时局艰危，即求一马革裹尸且不可必得。至蓄其一腔热血，感激奋发，吐为惊天泣鬼、漓淋放纵之文，致令读者掀髯奋袖，为之悲泣无端，俯仰自失，而孰知其满纸皆泪，几不复著一笔墨痕也。[3]

其实我研究易顺鼎诗作的目的，并非讨论他的爱国主义或者他对民族国家命运关心的真诚度，而是考察他的那种唤起读者强烈共鸣的处理现实题材时自然的用典方式。上引第二首诗（《书

---

（接上页）此拒绝渡乌江，在江边自刎而死。以死捍卫自己荣誉，勇气可嘉的项羽与那些清朝官员形成鲜明对比。

1 此处借用唐代传奇《南柯太守传》的故事：一个男子醉后梦到自己由一棵古树的树洞进入了另一个世界。在那个世界，他享尽了荣华富贵，还与一位公主成亲，当上了驸马。梦醒后他却发现树洞里除了一大群蚂蚁，什么都没有。见《古代小说鉴赏辞典》，北京：学苑出版社，1989年，第155—159页。
2 仓田贞美著作，第178页。
3 引自王以敏为《魂北集》作的序（1895年），见《哭庵丛书》，第3卷，第1章，第1页反面第3行至第2页正面第6行。王以敏原名以慜，字子捷，号梦湘，晚年易名文悔，字古伤，1890年进士。

事》)第二联"棘门灞上皆儿戏,太液昆明是水嬉"一句描写了当时事态的严峻性,使读者意识到,比起改变了中国历史进程的棘门和灞上之战,正在进行的中日战争影响更为深远。隔了一句,诗人叹道:"空闻德远败符离",表达了诗人对中国军队胜利的消息还未送达,屈辱条约却已在天津签订这一军事悲剧的痛惜之情。甚至战舰的名字("德远")在中国文化与历史语境也具有一种讽刺意味。"德远"意即道德远离,使人想起儒家以道德仁义,而非武力使他国归服的教导。[1] 当时很多受过教育的中国人都相信中国历史上不乏以德服人的成功先例。

第三首诗《书愤》的第一联,似乎是说那些凭借小伎俩爬上高位的朝臣的末日即将来临,他们的伪装即将被揭穿。诗中第三联尤其值得关注:"蜃楼人物形才具,蚁国衣冠梦已空。""蜃楼"指海上雾气和波浪作用下形成的楼阁幻象。因此,此句中的人物和楼阁都不再是真实的,而只是幻象。也就是说,至少从儒家有关名与实关系的理念看,形象(名称)与现实之间已经不再有任何实际联系了。换言之,整个世界正经历沧桑巨变,此时的清廷再也无法充分发挥效用。旧秩序只是空洞的形式,大清帝国只是一个面临毁灭的幻象。

接下来我们将目光转向易顺鼎的流传较广泛而引起讨论的代表作之一[2]:

---

1 见《孟子·梁惠王上》。
2 仓田贞美著作,第178页。

## 万杉寺五爪樟[1]

万杉化去无一杉，惟有寺前老樟在。

樟分五体同一本，身历百龄更千载。

旁达涧壑根已深，直干霄空气不馁。

云垂太阴逗雷霆，风翻白日动光彩。

危柯半入烟冥冥，细叶还铺雪皑皑。

化人伟奇丈六[2]身，猛士雄健尺八腿[3]。

全张数爪鳞之而，俯视众木形傀儡。

古来贤豪谁抚摩，其人已死不相待。

惟有五老之奇峰，共对青天无倦怠[4]。

虽言乾坤要支柱[5]，未免得罪庸与猥。

下穿已愁伤富媪，上掣又恐妨真宰。

独立无友大哉謷，众人皆忌甚矣殆。

自恃刀斧莫能入，皮坚有类披铁铠。

大材[6]讵肯腐山林，神物犹思避菹醢。

吾闻豫章生七年，便可与龙斗沧海。

何况此树世希有，寿过凡樟逾百倍。

---

1 见易顺鼎《琴志楼丛书》，第 23 册，《琴志楼游山诗集》，第 1 册，第 4 卷，《庐山集》，第 17 页反面第 1—9 行。这个集子里的作品写于丁亥（1887）和癸巳（1893）年间。陈衍编《近代诗钞》（1935）中也收录了这首诗，见第 2 册，第 692 页。仓田贞美著作（第 178 页）也引用了这首诗，字句略有不同，但仓田未注明出处。
2 形容身形巨大，此处尺寸未必是确指。
3 这一联将树比作奇伟猛士，形容树的高大挺拔。
4 意思是说只有这棵树在高度上配得上著名的庐山山峰。
5 意即有才能的官员是国家必不可少的支柱力量。
6 此处"大材"的"材"字一语双关，代指那些被迫隐居避世、荒废终老的人才。

愿为楼船击西夷,知君九死终不悔。

王逸塘评价这首诗道:

> 诚为《哭庵集》中得意之作……此诗说者谓实甫借题誉张文襄(张之洞),或亦近于附会,然其气魄之大,结构之精,则真一时无两矣。文襄评云:"雄伟恣肆,如张颠以头濡墨狂叫作得意草书,真世间奇作也。"以诗境论,惟昌黎(韩愈)有之耳。[1]

如果我们不去理会(王逸塘似乎认为我们可以做到)这首诗是为赞誉张之洞而作的说法,便会体察到该诗本身的魅力。同易顺鼎的其他诗作相比,该诗最显著的特点,首先是用典相对较少。似乎诗中的意象本身便足以表达诗人的诗意想象。其中最重要的意象当属那棵古樟。万杉寺里杉树已经不在,只有古樟幸存下来。在我看来,这株非同寻常的古樟可以解读为诗人心中一切优秀传统的象征。请注意诗人是如何开头的:

> 万杉化去无一杉,惟有寺前老樟在。
> 樟分五体同一本,身历百龄更千载。
> 旁达涧壑根已深,直干霄空气不馁。

---

[1] 王逸塘《今传是楼诗话》,第 104—105 页。

此处的数字跟绝大多数古典诗词中的数字一样，不是确指，只具有抽象意义。我们从前六句诗得知，这棵老樟备受敬重的原因不仅在于它树龄长，而且因为它"根深"。第 6 句"直干霄空气不馁"，可能会使读者想起"国弱，民气馁"这一古语。但诗人告诉我们"气不馁"：生命力仍在，仍可利用，只要用得其所。

第 11—12 句将拥有非凡力量的古樟比作仙人：

化人伟奇丈六身，猛士雄健尺八腿。

"化人"此处明显指代樟树。在我看来，"化人"还是诗人眼中传统集体智慧的代称。接下来的六句进一步支持我的观点：

全张数爪鳞之而，俯视众木形傀儡。
古来贤豪谁抚摩，其人已死不相待。
惟有五老之奇峰，共对青天无倦怠。

诗人言及赏识与提拔有才之士的必要性。不过在最后几句中古樟再次成为某种超越了个人成就的东西的象征：

吾闻豫章生七年，便可与龙斗沧海。
何况此树世希有，寿过凡樟逾百倍。
愿为楼船击西夷，知君九死终不悔。

这样一来，易顺鼎提升了这首诗的水平，使该诗超越了那些一般不得志之士的幽怨之作,并呈现独特的艺术性,正是这种艺术性将此诗与那些轻易便可解读的诗作区别开来。易顺鼎在诗中呼唤的是民族精神的重生,正如易在言及自己写此类作品的目的时所说:

> 《四魂集》丧礼也,墨绖从戎,以忠为孝,故其诗哀而伤。《魂西集》祭礼也。麻鞋诣阙,以孝为忠,故其诗悲而壮。[1]

此处易顺鼎关于文学作用的论述与鲁迅在《斯巴达之魂》和《摩罗诗力说》[2]中提出的主张并无太大区别,尽管易顺鼎是从一种更传统的文学观去看问题,而鲁迅则引入了一种中西比较架构,因而表现了西方文学进化发展观对他的影响。在第24—25句诗中,易顺鼎的观点甚至接近鲁迅成熟期的文章《文化偏至论》中的观点。[3]

仓田贞美在总结了其他一些批评家对易的评价的同时,也表达了自己的观点:

> 不可否认,易顺鼎是一位才华横溢而又多产的诗人,擅长快速成文。在技巧上他是巨匠,以善作效仿晚唐之诗为傲。他多情善感,狂放不羁,这种性情直至晚年仍未改变。易母于癸巳年(1893)去世后,易在母亲墓旁筑庐守孝,并

---

[1] 《庸言》,第1卷(1913),第19号,第5页。
[2] 《鲁迅全集》,第7卷,第9—16页;第1卷,第63—100页。
[3] 《鲁迅全集》,第1卷,第51—52页。

欲自杀相从地下。后来他取号"哭庵",于乙未年(1895)远赴澎湖列岛以及台湾。如此行为可以说均是易的性情使然。王以敏对易的评论便强调了这一点,金天羽也认识到易性格中的这一面。同样,易顺鼎饱受诟病的为官时的轻率态度("出处进退")以及晚年的颓唐生活,也可以视为这种性情的一种表现。[1]

有鉴于此,我们会将易顺鼎理解为其自身浪漫的、拜伦式的、有时轻率鲁莽的性格的产物。但我认为,至少从艺术性角度,他更应该被理解为一位立志追求独特风格的诗人。他的"狂放"作风不一定是一种放纵或者放荡,而是塑造"狂放"的文人形象的一个重要手段。这种形象,在易顺鼎看来,是在与他的性格格格不入的那个时代取得成功不可或缺的要素。易顺鼎作品的数量之大以及他对风格的高度关注比任何其他证据——任何当时文学批评家的评价或者其他个人观点——都能证明这一点。

易顺鼎在处理历史题材时表现的敏锐也体现他在风格上的创新,而非仅仅内容的革新。例如,他曾作《西施曲》,吟咏春秋时的美人西施。西施初次被带至越王勾践面前时,只是越国一个出身卑微的年轻女子。后来,她被送给敌国吴国的国王,吴王从此沉溺于女色而荒疏朝政,最终被越王打败。全诗如下:

---

[1] 仓田贞美著作,第177页。

## 西施曲

西施未嫁谁云冶,春风不到蓬门下[1]。
若耶溪[2]上浣纱人,诸暨村中卖薪者[3]。
朝从波底羡鸳鸯,暮入云端栖凤凰。
一身偏受恩千百,万口争言艳寡双。
富贵居然一朝有,香名藉甚千秋后。
故国飞残茂苑花,行人忆杀苏台柳。
从来贫贱几人传,宝剑沉埋珠弃捐。
越溪尚有如花女,不遇吴王空自怜。[4]

这是一首描写贫苦不幸之人的困境,而非歌咏美人、幸运与胜利的诗。这里易顺鼎似乎痛苦地意识到严酷的现实与如梦般虚幻的传说之间存在的巨大差距。这样既有深度又富含情感的作品与易的批评者笔下那个堕落的、放纵的诗人的诗作相去甚远。

我们再细读几首易顺鼎的诗作,以确定使其作品闻名于世的重要特点。首先,他集中笔力写两类山水诗:一类诗中诗人从归隐者的视角来观察自然,另一类诗中诗人则从旅行者的角度来描写自然。下面这首七言律诗属于前一类。

---

1 蓬门:以蓬草为门,指贫寒人家。
2 "若耶"为山名,位于今浙江省绍兴市南。传说西施曾在若耶山脚下的一条小溪中以浣纱为生。
3 "诸暨"位于今浙江省。有传说西施曾在诸暨县卖薪谋生。
4 陈衍编《近代诗钞》(1935),第2册,第672页。

### 春日园居偶兴

一带楼窗卷旧纱，日长睡起正思茶。
天初过雨碧蓝色，春在满园红白花。
柳浪闻莺诗世界，梨云访蝶梦生涯。
年来懒问江南酒，支灶桐阴汲井华。[1]

接下来的这首五言古诗同样属于前一类：

### 桃李花下

春风自东来，吹我桃李花。
一株如白雪，一株如红霞。
红白互相间，陋室成豪华。
重重裹艳锦，中有花神家。
朝见蝶徙宅，夕见蜂开衙。
攀附在时势[2]，中藏讵能嘉。
残英忽纷飞，四顾春有涯。
重经绿阴底，寂寂无喧哗。
来时浮云浮，去时斜照斜。
何如大堤柳，秋尽犹藏鸦[3]。

以上两首诗堪称易顺鼎为数颇多的山水诗的代表作，不过诗

---

1 陈衍编《近代诗钞》(1935)，第2册，第671页。
2 意即攀附权势已成为时人的通病。
3 陈衍编《近代诗钞》(1935)，第2册，第671页。

中也包含一定的自传成分,诸如诗人对自己作诗时的生活状态以及这种生活状态如何影响了他的心情的反思,等等。《春日园居偶兴》的第五句和第六句表达了对于诗歌的构成的看法——诗歌首先具有抒情性和艺术性——言外之意,诗歌的说教性是在诗歌的抒情性与艺术性的基础上衍生的。《桃李花下》一诗便是易顺鼎能够在需要时将自己的"纯粹"(purist)艺术哲学化为行动,将诗词变成社会批判的工具的例证。

下面选取的这首五言古诗属于后一类山水诗:

逾分霞岭[1]

天上一片霞,何年破为两[2]。
却疑仙霞影,飞落闽与广。
霞出行人下,行人出霞上。
崎岖历千盘,空阔收万象。
喘息争云疲,灵景孰暇赏。
茶亭似吴鄣[3],还作铁阑想。
人言上青天,我笑不可仰。
自从五岳[4]来,此岭平如掌。
却怜世上人,顷已判霄壤[5]。

---

1 作者自注诗题道:"逾分霞岭,是南北两山分界处,颇似庐山吴障岭。"
2 "破为两",形容山顶云的形状。
3 "吴障"为江西庐山一山岭名。诗人为接下来的一句诗加注:"吴障有铁阑,此无之。"
4 "五岳"指东岳泰山、西岳华山、南岳衡山、北岳恒山和中岳嵩山。
5 意即据说登这座山就像"上青天[一样难]"。诗中的"我"却觉得这个说法(转下页)

天将霞开阖，人与云来往。
正有天风来，吹云作奇响。[1]

在这首诗里读者可以明确地读出两点：一是易顺鼎游历广泛，足迹遍及全中国（"自从五岳来，此岭平如掌。却怜世上人，顷已判霄壤"）；二是他的此类山水诗并未停留在对自然的描绘或赞美上，还思考了人与自然以及社会的关系。接下来我们转向之前陈炳堃曾引用过的一首诗，该诗可以证明易顺鼎具有"冥想诗人"的潜质：

舟中望雪短歌
微霰江上飘，林霏已先结。
森然[2]见诸峰，不辨云与雪。
遥看峰缺处，高鸟明还灭。
三峡一万山，寒光无断绝。[3]

这首诗的形式相对自由，很接近五言古体。其韵律不像意象那样引人注目。读者可以想象，诗人冬日里乘船穿越著名的长江三峡，途经宏伟的瞿塘峡，望见长江下游白雪覆盖的山峰。即使没有落雪微霰，已是一幅无比宏伟壮丽的景象，而雪与霰更为眼

---

（接上页）荒唐可笑，因为"我"刚登过"五岳"。
1 陈衍编《近代诗钞》（1935），第 2 册，第 700 页。
2 "森然"是形容词，字面意思为"像森林一样的"（许多山峰高耸观者面前，看起来就像森林里高大挺拔的树木），形容高大的、令人惊叹的事物。
3 陈衍编《近代诗钞》（1935），第 2 册，第 674 页。

前景色增添了一种超现实的梦幻色彩，尤其是迎面而来的山峰，半云半山，山云难辨。此外，诗人在诗末又加上天边划过的一道"寒光"这一意象。从某种意义上说，这是笼罩着神秘与荣光的古老中国在现代焕发的光芒，光芒之下，游客的舟船变得渺小，在巨大的山口这些天然屏障间几不可见。先于诗人的旅行者感觉如此，诗人之后的旅行者亦会感觉如此。这个场景具有一种永恒性，具体表现在两方面：首先，山峰和云雾已经融为一体，难以区分；那些鸟也是忽隐忽现。这些山峰是真实抑或虚幻？那些鸟呢？是真实的生灵，抑或虚幻的魅影？其次，"寒光"一词带有一种神秘怪异乃至非人间的色彩。自然景物往往给人以错觉，而国家不一定永久存在，正如杜甫所说，"国破山河在"，即便国家灭亡，山河依旧屹立、奔流。易顺鼎通常先描绘自然景物，然后通过一些微妙的暗示激发读者去深入思考他所要表达的深意。"冥想诗人"的特点之一恰恰是这种将读者拉入沉思状态的能力。

下面两首诗也属于此类纪游加冥想题材的诗歌。这两首诗主要取材于巫山神女的传说。楚怀王和楚襄王都曾梦见自己与神女在巫山幽会。

望巫山
瑟瑟[1]三分水，苕苕十二峰。
日光明素瀑，岚色茂青松。

---

[1] 瑟瑟：拟声词，湍急的河流发出的声音。此外，瑟瑟也可指秋风的声音。

神女今何在，巫咸¹不可逢。
惟应云气异，飘渺见行踪。²

三峡竹枝词九首
其四
神女祠前愁杀侬，巫山十二美人峰。
而今神女依然在，行雨行云何处逢。³

这两首诗都充满了深深的失落感。尽管我们仍能看到古时的自然景观，但这些景观的精髓已然无处可寻。从象征意义上说，帝国时代晚期的中国也是如此：形虽在，神已失。

毛泽东作于 1956 年的词《水调歌头·游泳》与易顺鼎 19 世纪与 20 世纪之交的诗作形成了鲜明对照。

水调歌头·游泳⁴
才饮长沙水，又食武昌鱼。
万里长江横渡，极目楚天舒。
不管风吹浪打，胜似闲庭信步，今日得宽余。
子⁵在川上曰：逝者如斯夫！

---

1　"咸"应是传说中居住此山中的神巫的名字。
2　陈衍编《近代诗钞》(1935)，第 2 册，第 677 页。
3　陈衍编《近代诗钞》(1935)，第 2 册，第 678 页。
4　见《毛主席诗词》，北京：人民文学出版社，1968 年，第 37—38 页。
5　"子"即孔子。

> 风樯动，龟蛇静[1]，起宏图。
> 一桥飞架南北，天堑变通途。
> 更立西江石壁，截断巫山云雨，高峡出平湖。
> 神女应无恙，当惊世界殊。

在毛泽东这首词中，我们看到大自然正在被人类征服，屈服于共产党领袖、科学家以及工程技术人员的意志。长江已不再是不停流逝的时光或者持续变化的象征。主席下令修桥，于是便"一桥飞架南北"。龟与蛇（此处可能象征未被驯服的自然力量或反对这一工程——乃至整个共产主义事业——的坏人）已被驯服。[2]"巫山云雨"被截断，神女也成了现今国家统治者取得的巨大成就的一个衬托，不再是人们梦寐以求、神秘莫测的对象。

在某种程度上，毛泽东的这种对待自然的态度体现了浮士德精神进入中国：人不再仅仅是大自然的一部分，而是自己命运的主人，按照自己的设想来重塑世界。但这是真正的现代精神，还是存在已久的人类统治欲（例如，那曾驱使秦始皇建造长城或他自己那规模宏大的陵墓的欲望）的延伸？在毛泽东的诗词里，我们能发现一丝爱默生所说的"觉悟到人生中的恐惧"吗？我们在其中能够找到疏离感、自我怀疑以及前所未有的变化意识等现代思想意识的特点吗？我倒觉得，这样的特点更容易在清末作品而

---

1 龟（龟山）和蛇（蛇山）是毛泽东游泳的长江武昌段两边的两座山名。
2 另参张向天著《毛主席诗词笺注》（四卷本），香港：昆仑出版社，1970年，第3卷，第118页。张将"龟蛇"释为革命的敌人（一切反动派和牛鬼蛇神）。

非其后的现代文学作品中找到。过去八十多年[1]的中国文学的中心问题之一仍然是,究竟该到何处去寻找时代的挑战以及如何"勇敢地面对它"。[2]至于易顺鼎与毛泽东的诗歌作品孰优孰劣,就像王闿运与柳亚子的诗歌作品之间的较量一样,胜负仍然悬而未决。

---

[1] 大致指从文学革命开始(1917年)至今。
[2] 这又是爱默生的话(见本书第45页脚注1),不过胡适在1917年发表于《新青年》上的文章《文学改良刍议》中曾表达过类似观点,见《胡适作品集》,台北:远流出版公司,1986年,第3卷,第5—8页。

# 第三章

# 陈衍、陈三立、郑孝胥与"同光体"

本章讨论的人物被许多权威研究者誉为清末民初"正统诗坛势力最大的一派"[1]。换言之,在我所关注的领域,这些诗人比其他任何流派的诗人都更被视为这个时期诗坛举足轻重的人物。本书的目的不在于驳斥上述论点,而意图在更广阔的文学语境考察这一派的诗歌创作及相关活动。

首先要注意的是"同光体"这一名称,与所谓的清末"宋诗派"一样,很容易引起误解。从字面上看,"同光体"意指该诗派兴

---

[1] 该论断出自北京大学中文系 1955 级集体编著《中国文学史》,北京:人民文学出版社,1959 年,第 4 卷,第 276 页。日本学者仓田贞美也持这一观点,其专著《清末民初を中心とした中国近代詩の研究》(东京:大修馆书店,1969 年)一开始就把"宋诗派"列为第一章(第 67—139 页)。钱基博在其 20 世纪 30 年代的著作中也认可这种评价,见钱基博《现代中国文学史》,第 235—275 页。在第 236、264、268 页,钱甚至援引陈衍的原话作为自己的观点。在美国,谢正光在为《印第安纳大学中国古典文学参考资料》(*Indiana Companion to Traditional Chinese Literature*,布卢明顿:印第安纳大学出版社,1986 年)撰写的"同光体"条目中也肯定了这一观点,谢指出,这些诗人"是 20 世纪 20 年代中国现代白话诗出现之前至少三十年里中国诗歌的代表流派之一"(第 840 页)。韩国学者柳亨奎(Rhew Hyong Gyu)的博士论文《陈衍(1856—1937)与同光体诗论》[*Ch'en Yen (1856—1937) and the Theory of T'ung-Kuang Style Poetry*,普林斯顿大学,1993 年]也赞同这个看法。

起于同治和光绪年间。然而事实上,该派主要诗人陈三立(字伯严,号散原)、陈衍(字叔伊,号石遗)、郑孝胥(字苏堪、苏戡、苏龛,一字太夷,号海藏)以及沈曾植(字子培,号巽斋,别号乙盦,晚号寐叟)直至光绪年间才以诗闻名。

最早使用"同光体"这一名称的是陈衍与郑孝胥。陈衍回忆道:

> 丙戌在都门,苏堪(郑孝胥)告余,有嘉兴沈子培(沈曾植)者能为同光体。同光体者,余与苏堪戏目同光以来诗人不专宗盛唐者也。[1]

值得注意的是,陈衍在上引这段话中称这些诗人为"不专宗盛唐者",并未提及宋。而谢正光(Andrew Hsieh)提醒我们,"同光体"的出现是曾国藩、何绍基、郑珍、魏源和莫友芝等"更早期的诗人努力的结果",而这些人正是主张"复兴宋诗"的。[2] 谢继续写道:

> 那些参加了所谓"宋诗运动"的诗人尊黄庭坚为大师,认为黄的作品与唐代诗歌大师们的作品联系密切。这种宋诗的复兴运动是对此前两个清诗派的反拨。其一为王士祯创立

---

1 《石遗室诗话》(1929),第1卷,第1页。
2 《印第安纳大学中国古典文学参考资料》,第1册,第840页。关于黄庭坚同唐代诗歌大师的关系,谢似乎有些怀疑。不过,在这点上可参见美国比较文学学者刘大卫关于黄庭坚的专著《挪用的诗学:黄庭坚的文学理论及其写作》,特别是第25—46、173—198页。

的"神韵派",主张诗歌创作要注重对现实的直觉感知、直观的艺术表达以及个人的感悟与体验;另一个是以袁枚为代表的"性灵派",该派高度重视诗人的"性情",主张诗歌应是诗人个性或情感的表达。宋诗复兴运动时期,中国饱受内忧外患,曾国藩、何绍基等诗人主张诗歌应反映当时的社会政治现状。现代批评家因此将宋诗运动的倡导者视为过度知识分子化或者学者化的诗人,以区别于"神韵"和"性灵"两派的所谓"纯粹"诗人。

尽管谢正光对为何将这些诗人归入宋诗派给出了清晰而有说服力的解释,但他避开了几个重要问题。首先,宋诗派的领军人物是将整个诗歌传统而不仅仅是宋代诗歌作为取法对象的;其次,王士祯的"神韵派"以及袁枚的"性灵派"的反拨者也并不仅仅局限于宋诗派。这一点本书第一、二章已经证明;最后,他们的所谓"过度知识分子化",很大程度上源于他们的诗风和用词,而非对国家命运的关注——关注国家命运,我认为是这一时期中国所有诗歌流派的共同特征[1]。当然,古语有云:"唐诗重情,宋诗重理。"也许谢正光所说的"现代批评家"认为宋诗派作品"过

---

1  即便如此,仅从"对袁枚及清中叶诗人的反拨"角度来分析当时的诗坛仍是有局限性的。"对袁枚及清中叶诗人的反拨"当然是当时诗坛的一个重要元素,但为公平起见,我们也应该注意到,在中国传统中,退隐本身就可以解释为一种政治态度,正如陈衍所言:"道咸以前,则慑于文字之祸,吟咏所寄,大半模山范水,流连光景,即有感触,决不敢显然露其愤懑,借咏物咏史以附于比兴之体;盖先辈之矩矱类然也。自今日视之,则以为古处之衣冠而已。"转引自钱基博《现代中国文学史》,第 256 页。

度知识分子化"便是指这种对"理"的强调。[1] 然而，宋诗派的主要代表人物陈三立，以及该诗派最坚定的理论捍卫者、著名诗歌评论家陈衍的作品中也弥漫着"情"。这一点，即便对现代读者来说也是显而易见的。陈衍后来写道：

> 今人强分唐诗、宋诗。宋人皆推本唐人诗法，力破余地耳。庐陵、宛陵、东坡、临川、山谷、后山、放翁、诚斋，岑、高、李、杜、韩、孟、刘、白之变化也；简斋、止斋、沧浪、四灵，王、孟、韦、柳、贾岛、姚合之变化也。故开元、元和者，世所分唐宋人之枢斡也。若墨守旧说，唐以后之书不读，有日蹙国百里而已。[2]

陈衍认为，中国文学史上有三个诗歌鼎盛期，即所谓的"三元"：盛唐的开元、中唐的元和及北宋的元祐。[3] 据钱基博介绍，陈衍与沈曾植一度比邻而居，经常在一起讨论诗歌问题。一次，针对陈衍的"三元"说，沈曾植戏学时语应曰："君谓三元，皆外国探险家觅新世界、殖民政策、开埠头本领。"[4]

---

[1] 见吉川幸次郎著，魏世德（John Timothy Wixted）译《金元明诗概说》(*Five Hundred Years of Chinese Poetry 1150—1650: The Chin, Yuan and Ming Dynasties*)，普林斯顿：普林斯顿大学出版社，1989 年，第 141—142 页中论述文学理论家与批评家、明代前七子之一李梦阳的部分。也见日文《吉川幸次郎全集》，第 15 册，第 495—496 页。

[2] "日蹙国百里"，出自《诗经·大雅·召旻》，即毛诗第 265 首："昔先王受命，有如召公，日辟国百里，今也日蹙国百里。於乎哀哉，维今之人，不尚有旧。"后指损害国家利益的行为。见《石遗室诗话》（1929），第 1 卷，第 4 页。

[3] 《石遗室诗话》（1929），第 1 卷，第 3 页。

[4] 《石遗室诗话》（1929），第 1 卷，第 3 页。这里也可能是一个文字游戏。（转下页）

不过，陈衍在批评与其同时代的诗人的缺点时也会毫不留情。例如，他曾说：

> 咸同以来，古体诗不转韵，近体诗不尚声，貌之雄浑焉耳；其弊也，蓄积贫薄，翻覆只此数意数言，或作色张之，非其人而为是言，非其时而为是言，视貌为六朝、盛唐之言者无以胜之也。余于诗文，无所偏好，以为惟其能与称耳。浅尝薄植，勉为清隽一二语，自附于宋人之为，江湖末派之诗耳。[1]

关于这一点，谢正光及其他评论家或许会反驳说："尽管他们声称自己意图模仿唐宋诗风，但他们（指同光体诗人）选择只模仿宋代大师。"[2] 然而，对他们的作品进行的考察将证明，情形不完全如此。有一个例子是陈衍写于1898年的五言古诗《沈乙盦招游月湖夜话达曙》：

> 赭山不能云[3]，逭暑苦无计。
> 夜谋月湖宿[4]，晨鼓渡江枻。

---

（接上页）"元"意为初、开始，因此三元就是三个起源或三个开始的意思。柳氏译为"three sublimities"（三种崇高风格）或"three foundational periods"（三个奠基时期）。见柳亨奎《陈衍（1856—1937）与同光体诗论》，第86页。

1 转引自钱基博《现代中国文学史》，第248页。
2 《印第安纳大学中国古典文学参考资料》，第840页。
3 中国至少有两座山叫赭山，一座在安徽芜湖，另一座在浙江海宁。因为这首诗是献给浙江人沈曾植的，故我推测此处指后者。
4 "月湖"位于今湖北武汉。

有路入万荷,有台蠹水际。

稍觉窗棂间,新翠欲染袂。

晚来隔江雨,欲至旋开霁。

终分雨余气,烟水澹摇曳。

风萤升复沈,云月出还闭。

露坐遂到明,俯仰是何世。

君家鸳湖上[1],无业供王税。

一官典属国,廿载京华滞。

未办买山钱[2],尚阻墓门誓[3]。(时君丁内艰)

我家东海头,六月足啖荔。

处处听松风,谡谡李司隶[4]。

飘转堕江湖[5],春申又夏汭[6]。

---

1  "鸳湖"可能是浙江一个小地名。清初诗人吴伟业(1609—1672)曾写过一首七言"乐府"诗《鸳湖曲》。
2  "买山"喻指有德才之人的归隐,见《汉语大词典》,第10卷,第162页。《世说新语》中支道林曾派人请求深公允许其买下印山,作为隐居之所。见《世说新语笺疏》,北京:中华书局,1983年,第802页。而沈曾植不愿在京城为官任上积累钱财,以供退隐生活所需这一事实本身证明,沈在清末算得上一位正直的官员。
3  "墓门",墓道的门,出自《诗经·陈风·墓门》:"墓门有棘,斧以斯之。夫也不良,国人知之。知而不已,谁昔然矣。"陈衍诗原注指出,此处"墓门"指沈曾植其时丁忧在家。但从上下文和诗中所用其他典故,以及诗歌写作年代(1898年)来看,它也可能隐含着对政府的批评。
4  此句明显是诗人对朋友人品的赞扬。李膺(字元礼)是东汉时期京城的司隶校尉,与宦官斗争毫不妥协。"谡谡"意为"挺拔有力",我认为此处亦引申指"坚贞不屈"。"谡谡"还有风声呼呼作响之意,与前句"松风"呼应。
5  "江湖"一般指远方或社会边缘,但这里指退隐生活。
6  春申江,是黄浦江的别称,流入上海,这里指代整座城市。"夏汭"即今武汉三镇之一的汉口。

万方正多难，行作虫沙继¹。

问君欲何之？吾亦从子逝。²

这首诗，既没有特别晦涩难解的词汇，也不缺乏唐诗那样的"情感"要素。事实上，就其风格而言，它像黄庭坚的诗，更像杜甫的诗。该诗对友情、离别、仕途坎坷以及虚幻世界转瞬即逝的感伤，与杜甫的组诗《梦李白》³如出一辙。正如陈衍自己所说：

日本博士铃木虎雄特撰《诗说》一卷，专论余诗，以为专主张江西派，实大不然。余七古向鲜转韵，七律向不作拗体，皆大异山谷者；故时论不尽可凭。若自己则如鱼饮水，较知冷暖矣。至鄙人续刻诗二卷，似近来之我，颇非昔时之我；形容变尽，语音亦变。⁴

换言之，陈衍首先将自己视为在某种特定语境写作之人，采用的是一种他认为更适合当时情境的风格。钱基博讲过一则与此类似的趣闻，颇能说明陈衍内心如何看待自己与传统的关系：

---

1 也就是说，所有的人世的努力都将徒劳，就像古代最伟大的军队最终化为尘土一样。这个比喻也用来描写战场上死去的战士。据《太平御览》引《抱朴子》："周穆王南征，一军尽化，君子为猿为鹤，小人为虫为沙。"参见《太平御览》，第85卷，第2页。
2 中文版见陈衍《石遗室诗集》，武昌，1905年，第3卷，第2页。又见曾克端《诵橘庐丛稿》，香港：新华印刷股份有限公司，1961年，第6卷，第1425页。
3 见仇兆鳌编《杜诗详注》，北京：中华书局，1979年，第2卷，第555—559页。
4 转引自钱基博《现代中国文学史》，第248页。

日本文学士神田喜一郎慕衍名,过访,谓:"公所著《尚书》《周礼》《礼记》《考工记》《说文》诸书尚未读过,惟见《元诗纪事》《近代诗钞》《诗话》,因谈铃木虎雄博士著《诗说》,谓主江西派,然否?"衍应之曰:"大家诗文,要有自己面目,决不随人作计。自三百篇[1]以逮唐宋各大家,无所不有,而不能专指其何所有。盖不徒于诗中讨生活也。"神田极以为然。[2]

显然,陈衍明白,无论他多么热爱传统,实际上他处于一种不同于古人的全新环境,因此有他自己的独特风格。以下陈衍的一首描述自己贫困境况的七言古诗,尽管风格上比前一首用典多,但颇具现代意识的萌芽。

> 寒食日用昌黎寒食出游韵寄伯初家兄[3]
> 皖江[4]归来十日病,血气骎骎异壮盛。
> 病起江村柳色青,愧把鬓丝与相映。
> 人生那得百寒食,将去其半尚何竞。
> 卖文虽饥未必死,且理十年旧吟咏。

---

[1] 三百篇指《诗经》,见《史记·太史公自序》。
[2] 转引自钱基博《现代中国文学史》,第248—249页。
[3] 寒食节:清明节前一二日为寒食节。是日禁火,又称冷食节。民间普遍认为寒食起源于晋文公火烧介子推的故事。过节当天,家家门上插柳枝,烧纸钱,在野外祭祀,吃冷饭以纪念介子推。尽管这个故事可能是杜撰的,但诗人在诗中用这个故事隐喻自己和哥哥。昌黎指中唐诗人韩愈。
[4] 皖水是长江的一个支流,在皖口汇入长江。

蓬蓬流水远春出，落落长松月轮正。

忽思太华定夜碧[1]，试上危楼一层更。

中条王官浑不辨[2]，野人愚公惟所命[3]。

世间百事落人后，此事差能自操柄。

冯庵先生[4]诗千首，本色眉山[5]与长庆。

晚来杜律独细讲，更为豫章[6]瓣香敬。

豫章东野[7]岂诗囚，韩笔杜诗本幽夐。

伤多酒到蛤蜊前[8]，几许问途迷七圣[9]。（杜诗"莫厌伤多酒入唇"，兄谓即孟子"伤廉伤惠"之"伤"，无能解者。余亦谓山谷"不堪持到蛤蜊前"，"前"字即《左传》"以乘韦先"之"先"字）

刻诗已议付胥钞，选诗何不勇删并。

先生此去似飞鸟，一路山光足悦性。

池阳最数牧之游[10]，于湖想见王敦横[11]。

---

1 华山位于陕西省华阴市，因高于位于其西南的少华山，故又名"太华山"。
2 中条指中条山，在山西南部；王官即王官谷，今称横岭，位于中条山石楼峪以西。
3 "野人"见《列子·杨朱》，"愚公"见《列子·汤问》。
4 陈书（1837—1905），字伯初，号俶玉、冯庵，福建侯官人，为陈衍之伯兄。
5 苏轼为四川眉山人。"长庆"指中唐诗人元稹和白居易所开创的长庆体，元白二人为挚友，经常互相唱和。
6 黄庭坚又称豫章黄先生。豫章即今南昌。黄为江西分宁（今江西修水）人。
7 孟郊，字东野，被称为"诗囚"。
8 这里指陈衍和伯初讨论杜甫和黄庭坚诗作的用词。
9 此处指《庄子·徐无鬼》中的故事，参陈鼓应注译《庄子今注今译》，北京：中华书局，1983年，第633—634页。
10 杜牧为晚唐诗人，有大志，关心国家治乱。他的七言绝句尤其有名，画面优美，语言精练，情思含蓄（在这方面可以与陈衍的《扬州杂诗》作比较）。
11 "于湖"为县名，晋代始有建制，在今安徽省。"王敦"为晋人，曾任扬州知府，他曾镇压华轶的叛乱，后来自己也对抗朝廷。

衔纸能无黄州感[1],老泪休同柳州迸[2]。
归舟天际树若荠[3],余霞澄江净如镜。
饱啖粗饭要随人,细和诗篇我为政。
皖江流寓几诗客,竟听涪翁[4]断后劲[5]。
遥知近日杏花村[6],定唱先生盐角令。[7]

另外一首五律《冬夜感怀季新亡弟》也给我们类似的印象。该诗用直白的语言表达个人情感,很少晦涩的词句:

念子归泉下[8],于今十二年。
亲朋多已矣,飘转尚依然。
孤女[9]初言别,遗文未浪传。
永怀无可语,寒月睇苍天。[10]

---

1 黄州在今湖北省,这里指代宋代诗人苏轼。苏曾被贬为黄州刺史。
2 柳州指代中唐诗人柳宗元,他因官终柳州刺史,又称柳柳州。
3 意即远处看去,树显得像草一样渺小。
4 指黄庭坚。
5 "断后"原是军事术语,意为阻止敌人追击,掩护撤退。此处指诗人从黄庭坚作品中间接吸取灵感,受到启发。
6 杏花村的典故出自杜牧的诗《清明》,见《汉语大词典》,第4卷,第774页。
7 丙申年(1896)作。见《石遗室诗集》,第2卷,第21—22页。又见曾克端《诵橘庐丛稿》,第1426页。"盐角",又名"盐角儿令",是一词牌名。宋王灼《碧鸡漫志》载:"始教坊家人市盐,于纸角中得一曲谱,翻之,遂以名。"
8 "泉"此处指"黄泉",即阴间。
9 指诗人已死去的弟弟的女儿。
10 诗人在悲伤中只能仰望"苍天"。这首诗作于戊戌年深冬(1898年末或1899年初)。见《石遗室诗集》,第3卷,第3页。又见曾克端《诵橘庐丛稿》,第1426页。

这首诗是否仅局限于个人的情感抑或有争论，但诗人所表达的悲伤，多少应与1898年的变法运动失败以及自己不能公开纪念先烈们的愧疚之情有关。

也许有人会反对说，尽管陈衍本人以诗名世，但他更著名的身份是文学批评家以及他那个诗派的理论代言人，因此他的诗只能作为本研究课题的次要内容。但是，陈衍本人的声明让我们有充分的理由将考察放在他本人的诗作上。陈说："吾亦耽考据。其实谈经说史，皆为人作计，无与己事；作诗尚是自家意思，自家言说。此外学问皆诗料也。"[1]

陈衍的另一些诗反映他能在博学的基础上表达内心情感，这正是上述诗歌取向所决定的。我们先来看一首七言律诗，该诗强调了友谊的价值。友谊堪称抵御浇薄世界的侵害的一剂良方：

视苏龛[2]
辛苦撑来四品官，两番乞外益时艰。
嗟余楚汉方流落，喜汝江船屡往还。
除夕轻过名士贱，宦途未入岁朝闲。
十年心事依然否？知我无如翼际山。（十年前过此登大别）

---

1 转引自钱基博《现代中国文学史》，第247页。
2 本诗作于1899年上半年。见《石遗室诗话》(1929)，第3卷，第3页。又见曾克端《诵橘庐丛稿》，第1427页。苏龛即郑孝胥。当时他们是好友，后来因伪满之事，陈衍与郑断交。

翼际山即大别山，位于湖北汉阳东北。陈衍于诗末附注称他十年前曾路过此地。陈一生中的大部分时光，如他本人所述，是做张之洞幕僚时，"在楚汉地区"度过的，即以湖北汉口为轴心的地方。尽管对张之洞实施的改革建言甚多，却从未获得陈本人以及其他一些人认为他应该得到的政治上的认可。上述诗中便体现这种情感。下面两首七绝反映的情绪似乎也与此有关：

扬州杂诗七首

其一

诗人垂老到扬州，禅榻茶烟两鬓愁。
犹及花时看芍药，平山堂下一勾留。

其二

豆蔻微吟杜牧之[1]，红桥肠断冶春词。
最宜中晚唐人笔，此地来题绝句诗。[2]

选择扬州作为背景很有意义。扬州曾是今江苏省的一个重要的商业中心，但晚清时已然衰落。晚唐诗人杜牧（陈衍在第二首诗中提及他）仕途失意后，就是来到这里寻欢作乐的。杜牧很擅长作绝句。因此，这可以视为陈衍选取特定主题和背景来表达自己情感的一个好例子。陈通过这种方法将文学先驱的处境同他自

---

[1] 牧之是晚唐诗人杜牧的字。豆蔻等是杜诗中所用典故。这种借典使陈衍的诗具有丰富的文本间性。
[2] 本诗作于1903年。见《石遗室诗话》（1929），第3卷，第18页。又见曾克耑《诵橘庐丛稿》，第1427页。

己的处境相对照。这再次显示，特定背景和典故的使用可以帮助读者迅速确定诗歌的意旨，领会诗歌的内涵。这正是当时的读者欣赏并钦佩的文学手法。

陈衍对中国传统文学遗产的态度，这里暂且不多说。讨论"同光体"诗歌成就，还应该考察另一位诗人的作品。这位诗人便是被誉为最著名的"同光体"诗人的陈三立[1]。陈三立生前已获极高评价，如钱基博所说，"海内争咏其诗"[2]。据说，青年时代的陈三立，曾从王闿运学，非常钦佩王的六朝诗风。[3] 这也许可以部分说明为何陈本人偏爱"生涩拗衍"[4] 的诗风。这是后来批评家对陈三立诗风的总体评价[5]。事实上，他早期的诗颇具汉魏六朝风范，曾得王闿运激赏。陈衍认为陈三立少时学中唐诗人韩愈[6] 及北宋诗人黄庭坚，后来从南宋学者薛季宣（字士龙，号艮斋，永嘉学派创始人）及自己的同乡高心夔（原名梦汉，字伯足）获取不少灵感。[7]

---

1 《中国大百科全书·中国文学卷》（1986年，第1卷，第75页）"陈三立"条认为陈是同光体诗派的首领。不过实际上早在20世纪30年代以前便有此普遍评价。而仓田贞美似乎将郑孝胥置于更加突出的地位，见仓田贞美著作，第67—77页。
2 但钱也警告说："至真知其文者不多。"见钱基博《现代中国文学史》，第241页。
3 胡先骕（H. H. Hu）著《诗人陈三立》（*Chen San-li, the Poet*），《天下月刊》（*T'ien Hsia Monthly*），第6卷（1938年），第2号，第134页。
4 "生涩"一词有难解、隐晦之意。
5 但要注意，陈衍认为陈三立的作品的"生涩"特点，"极似薛季宣诗"，见《石遗室诗话》（1929），第14卷，第8页正面第3—5行。
6 我认为韩愈的影响仍在收于20世纪30年代的《庐山志》集中的不少作品中都能看到。
7 见陈衍编《近代诗钞》（1923），第15册，第1页正面第4—9行。在这短篇作者介绍中，陈衍对陈三立的评价很高而且有趣："散原为诗不肯作一习见语。于当代能诗钜公尝云：某也纱帽气，某也馆阁气。盖其恶俗恶熟者至矣。少时学昌黎，学山谷，后则直逼薛浪语，并与其乡高伯足极相似。然其佳处可以泣鬼神、诉真宰者，未尝不在文从字顺中也。而荒寒萧索之景，人所不道，写之独觉逼肖。"

旅美华人学者罗郁正与翁聆雨称陈三立为"创新者",并认为他对中国文学影响深远,以至其他诗人"纷纷仿效其诗风取向,从对六朝诗人的盲从转为对唐宋诗人更加敏锐的欣赏"[1]。的确,陈三立不仅是一位领袖诗人,而且也被视为纯文学的权威。在自1900年开始的长达三十七年的赋闲生活中,他致力于诗歌创作和研究,通过书信往来和他本人的著述,深入思考了许多问题。

陈三立家族原为福建客家人,后来迁至江西义宁[2]。他晚年在金陵[3]郊外建别墅,取名"散原精舍",并自称"散原老人"[4]。作为前任湖南巡抚陈宝箴(1831—1900)之子,他自幼习文,后来在诗和文上都发展出独树一帜的风格。胡先骕评论道:

> 陈三立因其诗文卓著和士人风骨备受敬重,以至其父任湖南巡抚时,钜公两湖总督张之洞亲往拜之以示褒扬。无论对方官位多高,大总督待人亦罕见如此备极礼敬。[5]

---

1 罗郁正、翁聆雨著《中华最后一个帝国的诗人和诗》,第340页。
2 诗人祖父自福建上杭迁至黄庭坚故里江西省义宁州(今江西修水)。见蒋天枢《陈寅恪先生编年事辑》,上海古籍出版社,1981年,第5页。陈寅恪(1890—1969),著名的国学大师及史学家,为陈三立次子。
3 金陵为南京市旧名,最早得名于公元前4世纪楚威王于清凉山一带设置的一座城邑。
4 "散原"可以视为一个普通的地名,《水经注》中为南昌城外西山的别名。字面上,"散原"意或作散闲之原野,但"散"字有另一层意义,可作碎散、消散解。在此层面,"散原"或许暗含所有诗人乃至诗人之父所从事之事业已碎散无形之意。"精舍"(初指儒家讲学之所,后指佛家修炼之所)可能昭示着这是诗人的退隐之处,诗人寄望在此处挽回一些精神、心理、艺术或者其他方面残留的余物。蒋天枢《陈寅恪先生编年事辑》(第6页)说:"晚年自号散原,所以识隐痛也。"刘纳编著《陈三立:评传·作品选》(第20页)也提及:"早有人(吴宓)注意到'散原诗中好用破碎二字'……以一颗破碎的心面对着已破碎的景色。"
5 引自英文刊物《天下月刊》,第6卷(1938年),第2期,第135页。

陈三立与湖北巡抚谭继洵之子谭嗣同、福建巡抚丁日昌之子丁惠康、浙江提督吴长庆之子吴保初并称"清末四公子",他早年从湘阴郭嵩焘(1818—1891)游。郭嵩焘亦有诗名,曾为侍郎出使英、法。陈三立曾于《留别墅遣怀诗》中言及他们的关系:

绮岁游湖湘,郭公牖我最。
其学洞中外,孤愤屏一世。[1]

陈三立1889年中进士[2],授吏部主事,1895年于上海加入由康有为、梁启超等人创办的旨在改革自强的强学会。是年,其父陈宝箴升任湖南巡抚,陈三立从旁辅佐。这段时期,父子二人致力于推行新政、开化民众以及消除贪腐。此后十二年间,湖南风气大开,成为一国革新之典范。对于他们这一番事业的重要意义,霍夫海因茨(Roy Hofheinz)评论道:

若放之于欧洲,处于世纪之交的湖南省将会成为世界上最伟大的国家之一。其幅员大于英格兰,而人口与意大利相当,湖南在近代中国革命中扮演着独特的角色,此地如普鲁士一样盛产大将军与保守贵族,像匈牙利一样盛产民族主义者,像不列颠一样盛产大改革家,又像法国一样多出大革命

---

[1] 钱基博《现代中国文学史》,第236页。
[2] 是年为光绪十五年,据钱仲联编《中国大百科全书·中国文学卷》,第1卷,第74页。但仓田贞美著作(第52页)与包华德编英文《中华民国人物传记辞典》(第1卷,第226页)均认为陈于光绪十二年(1886)中进士。

家。此外，湖南还为大清帝国以及海外提供了丰足的粮食和矿藏。[1]

陈三立向其父亲推荐梁启超来湖南主持新式学校——时务学堂，该学堂很快成为全国上下瞩目的焦点。黄遵宪也担任该省按察使。

戊戌变法前及变法的整个过程中，陈三立向康有为和梁启超提了不少建议。戊戌变法失败后，由陈三立之父陈宝箴向光绪帝保荐任四品卿衔军机章京的杨锐和刘光第被后党残酷斩首。据传慈禧对陈宝箴日渐憎恶，最终父子二人被以"招奸引邪"之罪革职。于是，陈三立被迫侍父于江西南昌附近的西山，过了两年隐退生活。尽管他们在1900年获赦，但陈宝箴在同年夏天获朝廷支持的义和团运动蓬勃展开的消息传出不久便去世。陈三立以辛酸的笔触写下《崝庐记》一文，记述他们的退居生活：

> 西山负江西省治，障江而峙，横亘二三百里，东南接奉新、高安诸山，北尽于彭蠡。其最高峰曰萧坛，下纷罗诸峰，隆伏绵缀，上为青山之原。吾母墓在焉。墓旁筑屋，前后各三楹，杂屋若干楹，施楼其上，为游廊，与母墓相望；取"青山"字相并属之义，名崝庐。

---

[1] 见卢其敦（Charlton M. Lewis）著《中国革命前奏：1891—1907年湖南省思想与制度之转变》(*Prologue to the Chinese Revolution: The Transformation of Ideas and Institutions in Hunan Province, 1891—1907*)，美国剑桥：哈佛大学出版社，1976年，第9页。

初，吾父为湖南巡抚，痛窳败无以为国，方深观三代[1]教育理人之原，颇采泰西富强所已效相表里者，放行其法。会天子慨然更化力新政，吾父图之益自喜，竟用此得罪，免归南昌。因得卜葬其地。明年遂葬吾母，穴左亦予为父圹，光绪二十五年（1899）之四月也。吾父既大乐其山水云物，岁时常留靖庐不忍去。益环屋为女墙，杂植梅、竹、桃、杏、菊、牡丹、芍药、鸡冠、红踯躅[2]之属。又辟小坎，种荷蓄鲦鱼，有鹤二、犬猫各二、驴一。楼轩窗三面当西山，若列屏，若张图画，温穆杳蔼，空翠蓊然扑几榻，须眉帷帐衣履皆映黛色。庐右为田家，老树十余亏蔽之，入秋叶尽赤，与霄霞落日混茫为一。吾父淡荡哦对其中，忘饥渴焉。呜呼，孰意天重罚其孤，不使吾父得少延旦暮之乐；葬母仅岁余，又几葬吾父于是耶？而靖庐者，盖遂永永为不肖子烦冤茹含、呼天泣血之所矣。

尝登楼迹吾父坐卧凭眺处，耸而响者山耶？演迤而逝者陂耶、畛耶；缭而幻者烟云耶？草树之深以蔚耶？牛之眠者斗者耶？犬之吠、鸡之鸣、鹊鸱群雉之噪而啄、呴而飞耶？[3]然满目凄然，满听萧然瑟然，长号而下。已而沈冥以思，今天下祸变既大矣，烈矣；海国兵犹据京师，两宫久蒙尘，九州四万万之人民皆危慄莫必其命。乃大恸，转幸吾父之无所睹闻于兹世者也。其在《诗》曰："谁生厉阶，至今为梗！"

---

1 三代指中国最早的三个朝代夏、商、周，儒家认为三代为治世之典范，值得后世仿效。
2 "红踯躅"，红杜鹃花的别名。
3 此处诗人通过一组问句，暗示自己难辨眼前所见事物之真假。

又曰:"莫肯念乱,谁无父母!"曰:"凡今之人,胡僭莫惩!"然则不肖子即欲朝歌暮哭,憔悴枯槁、褐衣老死于兹庐以与吾父母魂魄相依,其可得哉!

庐后檐下植二稚桂,今差与檐齐。二鹤死其一,吾父埋之庐前寻丈许,亲题碣曰"鹤冢"。旁为长沙人陈玉田冢;陈盖从营吾母墓工,有劳,病终崝庐云。[1]

有分析指陈三立对父亲之死深怀愧疚,他认为自己尤其应该为父亲的"失节"负责,因为是他力促其父成为湖南新政领袖并认同康梁维新之理想。我不否认陈三立可能对此事极度敏感,不过我认为可以借由陈父之死这一文学主题更深入地审视传统信仰价值观崩溃这一深刻的时代悲剧。陈三立关于孝思的声明实则暗含对致使其不能尽孝的外力的谴责。这或许可以从他在父亲死后写就的五首《崝庐述哀诗》中窥视一斑。我在此列出第三首诗的全部二十句:

> 墙竹十数竿,杂桃李杏梅。
> 牡丹红踯躅,胥父所手栽。
> 池莲夏可花,棠梨烂漫开。
> 父在琉璃窗,咳唾[2]自徘徊。
> 有时群松影,倒翠连古槐。

---

[1] 钱基博《现代中国文学史》,第 241—242 页。
[2] "咳唾"字面义为"吐出",典出自李白诗《妾薄命》,后世以"咳唾成珠"喻文辞优美。见《李太白全集》,共 3 卷,北京:中华书局,1977 年,第 1 卷,第 267 页。

> 二鹤毵毶舞，鸣雉漫惊猜。
> 其一羽化去，瘗之黄土堆。
> 父为书冢碣，为诗吊蒿莱。
> 天乎兆不祥，微鸟生祸胎。
> 怆恨昨日事，万恨谁能裁？ [1]

此诗前半部分描绘了父子共同度过的那段短暂而快乐的隐居生活。诗情因"其一羽化去，瘗之黄土堆"而遽变，突然震醒了沉醉在欢愉中的读者。尽管倒数第二联提到的"微鸟生祸胎"（所养一鹤突然死去）预示了父亲的过世，但结语明确指向紧随戊戌变法失败而来的国家动荡。

慈禧太后和光绪帝在同八国联军议和之后返回北京。此时政治气氛稍有宽松，陈三立得以自由地举家搬迁至金陵（今南京），在那里受到张之洞的礼遇，朝廷也重召他出任官职，但三立坚辞不受。从这时起，如钱基博所说，陈三立"肆力为诗，陶写情性"[2]。

下面是他在辛丑之变后写成的一首七言律诗《遣兴》：

> 而我于今转脱然，埋愁无地诉无天。
> 昏昏一梦更何事[3]，落落相看有数贤。

---

1 这组诗作于1901年，见《散原精舍诗》（共2卷），上海：商务印书馆，1922年，卷上，第10页正面第7行到反面第1行。
2 钱基博《现代中国文学史》，第236页。
3 "更何事"：还有何事可做？暗含"已无事可做"之意。

> 懒访溪山开画轴，偶耽醉饱放歌船。
> 诗声尚与吟虫答，老子痴顽亦可怜。[1]

第 1 句中"脱然"是自讽。第 2 句反映了他的理想和信仰破灭后的感觉，国家大义实现无望。尾联则暗指诗人对世事无能为力，而且时移势易之下，他与民国权贵亦无可沟通。大概在同一时期写成的五言律诗《沪上访太夷》写道：

> 生还真自负，杂处更能安。
> 意在无人觉，诗稍与世看。
> 所哀都赴梦，可老得加餐。
> 吐语深深地，吹裾海气干。[2]

第一联可谓诗人父子二人因卷入政治险死还生的真实写照，而余下诗句则印证了诗人一如既往地坚信文学与情感的永恒价值，即使人生短暂，韶华老去。钱基博说这两首诗："……乃庚子以后移寓金陵作，真气磅礴，不假雕饰，沉忧积毁中，乃能吐属闲适如此。"[3]

以下一首七言律诗运用了更多隐喻，表达了类似的情感：

---

1 钱基博《现代中国文学史》，第 236 页。王兴康（《近代诗三百首新译》，第 260 页）认为此诗作于 1910—1911 年，但后来又说此诗应作于溥仪退位（1912 年）之后，两种说法均为推测。王还推测此诗为"遗老诗人"的自画诗。
2 见《散原精舍诗》，卷下，第 30 页。
3 钱基博《现代中国文学史》，第 236 页。

第三章　陈衍、陈三立、郑孝胥与"同光体"

晓抵九江作[1]

藏舟夜半[2]负之去，摇兀江湖便可怜。

合眼风涛移枕上，抚膺家国逼灯前。

鼾声邻榻添雷吼[3]，曙色孤篷漏日妍[4]。

咫尺琵琶亭畔客[5]，起看啼雁万峰巅[6]。

这趟江舟之旅可以象征像陈三立这样在戊戌变法中站在改革派一边的官员所经历的云谲波诡。而第6句"孤篷"的形象在一定程度上可以视为义和团运动之后中国的处境，但是我认为这里应该是指当时诗人及其他处于类似境地之人的孤立无援（此诗作于辛丑年，即1901年）。第7句中的"客"可能是诗人自己。"琵琶"令人联想到被贬谪放逐的白居易。最后一句，诗人看到"啼

---

[1] 此诗作于1901年冬，清廷与八国联军签订《辛丑条约》之后。据钱仲联选，钱学增注《清诗三百首》，此诗"为伤世感时而作"，见第322页。

[2] 这一典故出自《庄子·大宗师》："夫藏舟于壑，藏山于泽，谓之固矣！然而夜半有力者负之而走，昧者不知也。"王兴康（《近代诗三百首新译》，第254页）对此的解读为：这句诗既描写了陈三立乘船夜行，不知不觉已在黎明前抵达九江，同时也寄寓着中国被列强瓜分而广大百姓尚不知情这一现实。钱学增认为："……同时以舟喻中国，有感叹列强要吞并中国，国人还一无觉醒之意。"见钱仲联选，钱学增注《清诗三百首》，第322页。

[3] 王兴康（《近代诗三百首新译》，第254—255页）认为此句暗指1900年义和团运动被镇压后紧随而来的列强入侵中国的威胁。

[4] 钱学增认为此句指的是慈禧太后与光绪帝同列强签署和约，正式结束义和团之乱后返回北京。同情改革派人士认为这是光绪帝处境改善的好兆头。见钱仲联选，钱学增注《清诗三百首》，第323页，"时清朝帝后刚从西安回銮至北京，德宗处境稍佳于庚子国变前"。

[5] 琵琶亭，坐落于九江附近浔阳江边，因白居易于此送别宾客并听歌姬弹唱而作《琵琶行》闻名。琵琶亭畔客：钱学增《清诗三百首》认为是作者自称（第323页）。

[6] 见《散原精舍诗》，卷上，第27页。注释版本可参阅钱仲联选，钱学增注《清诗三百首》，第322—323页。

雁"飞过"万峰巅",这高峰,在受到自身的悲惨景况所限的诗人看来,人类根本无法逾越。

另一首同样作于他这一"自我放逐"时期的七言律诗《寒花一首》道:

> 狼藉寒花在酒筵,谁家消息好春边。
> 梦回泥潦鱼虾市,眼暗风烟鸿雁天。
> 蛛网井栏窥客散,茧丝岁月倚人怜[1]。
> 江梅堤柳鸣驺路[2],肯映新晴为我妍[3]。

就我所理解,此诗开头暗示了义和团运动之后局势的混乱及其带来的灾难性后果。第2句"谁家"这一设问实指国内无人无家可以庆祝春天的到来。[4] 肮脏的市井(潦倒的生活现实)[5]与"鸿雁"所代表的来自远方世界的希望、理想和信息形成了鲜明的对比。最后,诗人通过尾联描绘他退居后的景况,至于读者或者诗人自己是否确信这是真的"退居",仍有待考量。

陈三立没有出版他写于1901年之前的诗,其中肯定有若干

---

1 即是说,织丝成茧须倚赖人力,即"人怜"是成就世间一切事业的首要动力。
2 "驺",骑马的侍从。
3 见《散原精舍诗》,卷上,第1页反面5—8行。或参阅陈衍编《近代诗钞》(1935),第2册,第984页。
4 第二句可以跟鲁迅1931年3月5日无题诗中"几家春袅袅,万籁静愔愔"比较,见英文拙著《诗人鲁迅:以其旧体诗为中心的研究》,第156—161页。
5 可与鲁迅1932年10月12日七言律诗《自嘲》中第三句"破帽遮颜过闹市"比较,见英文拙著《诗人鲁迅:以其旧体诗为中心的研究》,第202—208页。鲁迅的诗句政治批判意味更浓,而陈的诗句可能引起更多共鸣。

诗句反映他对戊戌变法戛然而止以及对慈禧太后及其党羽发动政变后对改革派的打压的一些观感和思索。这无疑是那一历史时期中国文学研究的一大损失。[1]陈三立对于传统纲纪似乎有着两种不同的看法。一方面，他希望父亲作为蒙冤的爱国者和虽遭慈禧太后及其党羽迫害仍尽忠于皇帝的忠贞之臣载入史册。因此，他一直从各个方面来强调他们（诗人及其父亲）的忠贞。胡先骕记述道：

> 尝记得于前往南通州出席中国科学会年度会议途中，梁启超于炮舰上对几人讲述旧事，他曾敦促诗人（陈三立）的父亲于湖南发动革命推翻满清，巡抚陈宝箴以为然。但诗人却断然地否定了这一提法，并说即使梁启超那时真有此意，他亦绝不敢向其父亲提出。[2]

另一方面，1911年以后，陈三立既不以遗老诗人自居，也没有保留这类文人一直到20世纪二三十年代仍然保留着用来炫耀他们忠于前朝的长辫子。更重要的是，1932年，他强烈反对郑孝胥在日本侵占中国东北三省后建立的傀儡政权伪满洲国中担任职务，甚至因此断绝了他们长期的友谊。一般的遗老难有这般鲜明立场。因此，若没有曲解的话，仓田贞美（以及许多其他权威）所持陈三立"辛亥革命之后，余生过着前清遗老诗人的退居生活"[3]

---

[1] 胡先骕《诗人陈三立》，第136页。
[2] 同上书，第137页。
[3] 仓田贞美著作，第97页。

的观点实在过于简浅。在许多方面,比如在他的诗中和他的知识分子立场,陈三立比许多同时代的人更能够理解和弥合新旧观念之间的鸿沟。情感上依恋传统而理智上倾向于新学的陈三立,用胡先骕的话说,"只忠于旧中国的优良传统"[1]。

陈三立另一首闻名的七言律诗《和实甫山堂雨夜遣兴》中有一联为狄葆贤引为描写寄情山水的退居生活的晚清"闲逸"诗的代表作品[2]。狄葆贤还强调,这首诗在当时颇为流行[3]:

> 屡挟江声到此山,亭亭桂树向人闲。
> 胡麻煮茗喧残夜,桦烛传笺破醉颜。
> 蟋蟀殿床如有约,鸳鹅啼雨去无还。
> 痴儿情思同秋叶[4],飘扬红窗翠篁间。[5]

这里,我大胆地对此类题材的流行做出设想:此类诗真正吸引读者的,与其说是隐居生活本身,倒不如说是其象征性[6]以及

---

1 胡先骕《诗人陈三立》,第140页。
2 "又闲逸则《和实甫山堂雨夜遣兴》云:'蟋蟀殿床如有约,鸳鹅啼雨去无还。'"见狄葆贤《平等阁诗话》,第1卷,第26页反面第5—6行。
3 "被传诵得很广"(出处同上)。转引自仓田贞美著作,第101页。
4 "痴儿",当时的谦称,用以指代自己的儿子。陈三立的两位饱有才学的儿子(长子衡恪、次子寅恪)在陈作此诗时很可能正在日本留学。
5 见《散原精舍诗》,卷下,第10页正面第4—7行。
6 刘若愚曾对此现象进行总结:"觉悟到诗歌和语言的矛盾性,中国的诗人们没有选择放弃作诗,反而发展出一种矛盾诗学,从中或许可以总结出一个原则——言愈少而意愈广,甚至更极端的一种形式,不言而达意。在诗歌创作中,这种诗学通过很多诗人与论诗者的运用得到印证,如直白中有含蓄,冗长中见简洁,畅顺中显曲折,白描中寓象征。"参阅刘若愚《语言–悖论–诗学:中国观》(*Language-Paradox-Poetics: A Chinese Perspective*),普林斯顿:普林斯顿大学出版(转下页)

"退居者"对外界的关注中影射的世事（请注意这八句诗所创造的诗境中突出的"传笺"和"驾鹅"两个意象，以及当时诗人儿子负笈日本的背景）。从某种意义上说，这是以一种间接的方式，同时也以作者的亲身感受影射当时中国知识阶层的处境——现实或者情感上的放逐——不管是羁留日本还是在国内自我放逐于朝廷之外。陈三立当时的心境如此，其他许多景况相似的人亦然。此诗真正的成功之处正在于此——唤起了读者的想象，并与他们个人的实际遭遇联结起来。这便是中国评论家在论及陈诗"闲逸"（"闲适"）[1]的韵味时的部分用意所在——诗中还有许多并未申明的内容需要进一步去了解。

然而，我们并不需要过多解读陈三立诗中并不存在的东西。陈的有些诗作具有十分清晰、明确的所指。从下面这首诗人于1905年写下的《短歌寄杨叔玫，时杨为江西巡抚，令入红十字会观日俄战局》[2]中，便可看出他是如何将当时的现实融入自己的诗作中的：

> 海涎千斛鼉龙语[3]，血浴日月迷处所。

---

（接上页）社，1988年，第56页。

1 "闲逸"见《平等阁诗话》，第1卷，第26页反面第5—6行；"闲适"见钱基博《现代中国文学史》，第237页。
2 1904年2月8日，日本突袭俄国驻中国东北旅顺口的舰队，日俄战争爆发。尽管这场战争是在中国的领土上进行，但是清政府保持"局外中立"的立场。日本出奇迅速地击溃俄国军队，取得巨大胜利，取代了沙俄在中国东北的支配地位。然而，这对于中国来说更为不利，一旦日本取得东北亚的霸权，清廷传统的以夷制夷策略将很快失效。
3 "海涎"即海水。古代以十斗为一斛；"千斛"形容很多。"鼉龙"为动物名，俗称扬子鳄，这里指代现代海战中的舰船，"语"指大炮声。

> 吁嗟手执观战旗，红十字会乃虱汝。
> 天帝烧掷坤舆图，黄人白人烹一盂。
> 跃骑腥云但自呼，而忘而国中立乎！归来归来好头颅。[1]

此诗流露一种悲观的、近乎反英雄主义的情绪。中国变成什么样了？中国的知识分子可以发挥什么作用？在这种情况下他们该如何去捍卫自己的国家？诗里探索的这些问题无疑具有现代性。"红十字会观察员"所揭露的是批评家刘易斯（C. Day Lewis）断言的伴随第一次世界大战后西方知识分子的信仰危机而来的一种"精神的崩裂""夸张的自觉意识"以及"对破碎信仰的悲观追寻"。[2]

下面我们再看看诗人于1904年写下的与此相关的另一首七言古诗：

> 除夕被酒奋笔写所感
> 纪年三十日已除，儿童鹅鸭相喧呼。
> 高烛照筵杂羹饼，被酒突兀增长吁。
> 国家大事识一二，今夕何夕能追摹。
> 西南寇盗累数载，出没蹂躏骄负嵎。

---

[1] "虱"指寄生，这里用来写诗人的朋友杨叔玫夹杂其间。"坤舆图"指大地。"而"即尔（你）。见钱仲联选，钱学增注《清诗三百首》，第200页。

[2] 参阅刘易斯1934年所作《诗之希望》（"A Hope for Poetry"）一文，见考克斯（C. B. Cox）与欣奇利夫（Arnold Hinchliffe）编《艾略特〈荒原〉手册》（*T. S. Eliot "The Waste Land" : A Casebook*），伦敦：麦克米伦出版公司（MacMillan Press），1968年重印本，第59页。

东尽黄海北岭徼，蛟鲸[1]搏噬豺虎趋。

雌雄彼此迄未决，发祥郡县频见屠[2]。

群岛万酋益孱我，阴阳开阖方龃龉。

当今事势岂不瞭，奈何余气同尸居！

自顷五载号变法，卤莽窃剽滋矫诬。

中外拱手徇故事，朝暮三四绐众狙[3]。

任蒿[4]作柱亦已矣，僵桃代李[5]胡为乎！

宏纲巨目哪訾省？限权立宪供揶揄。

何况疲癃塞钧轴[6]，嗫嚅溰浊别有图[7]。

---

1 从本书第一章王闿运的作品中可知，"蛟""鲸"晚清时均用来指代现代海军战船。
2 "发祥（地）"指皇帝或者一代皇朝的祖籍地。此处指清廷先祖兴起的地方，也是1904—1905年日俄冲突的发生地。
3 这一典故通常写作"朝三暮四"，出自《列子·黄帝》的一个寓言故事："宋有狙公者，爱狙；养之成群，能解狙之意；狙亦得公之心。损其家口，充狙之欲。俄而匮焉，将限其食。恐众狙之不驯于己也，先诳之曰：'与若芧，朝三而暮四，足乎？'众狙皆起而怒。俄而曰：'与若芧，朝四而暮三，足乎？'众狙皆伏而喜。"这则故事原意谓贪婪者目光短浅，后指诈术欺人，亦形容为人善变，反复无常。
4 蒿：艾属植物，有毒，故常用以指代道德败坏之人。
5 "僵桃代李"是"李代桃僵"的变体，语出《宋书·乐志三》中描述的一对已成高官的富家兄弟的故事。两兄弟每五天回家一次，每次均引得邻近乡民聚在路边观看。他们争相炫耀身上华丽的服饰，甚至在马勒和缰绳上镶金以炫耀他们的财富与成功。然而，二兄弟却不睦。歌曰："……桃生露井上，李树生桃傍。虫来啮桃根，李树代桃僵。树木身相代，兄弟还相忘！"本以桃李共患难比喻兄弟应该相亲相爱，后比喻以此代彼或代人受过。在这首诗中可能暗指慈禧一党镇压戊戌变法后编织谎言与肆意歪曲事实，也可能指"限权立宪"的欺骗性，参钱仲联《中国大百科全书·中国文学卷》，第1卷，第75页。
6 此句意为最关键的决策却全由那些软弱无能的官员来制定。
7 "嗫嚅"，言语支吾吞吐貌；"溰浊"，垢浊也，语出《楚辞·九叹·惜贤》："拨谄谀而匡邪兮，切溰浊之流俗。"见《楚辞读本》，台北：三民书局，1976年，第238页。

剜肉补疮利眉睫[1]，举国颠倒从嬉娱。
公然白日受贿赂，韩愈所愤犹区区。
吾属为虏任公等[2]，神明之胄嗟沦胥。
极念禹域[3]数万里，久掷身命凭鞭驱。
朋兴众说有由致，欲扫歧异归夷涂。
士民复幕出至痛，地方自治营前模。
事急即无万一效，终揭此义开群愚。
岁时胸臆结垒块，今我不吐诚非夫！
闻者慎勿嗤醉语，点滴泪血沾衣襦。[4]

此诗前三分之一篇幅（至第 14 句）描述了中国在 19 世纪末面临的一系列问题——匪帮横行、起义不断、列强入侵。"东尽黄海北岭徼，蛟鲸搏噬豺虎趋"明显指向当时正在东北进行的日俄战争。"雌雄彼此迄未决，发祥郡县频见屠"中以"发祥"来指代日俄战争的发生地，不无讽刺意味。自 15 句起，诗人笔锋转向对政府的腐化、当权者的鲁莽以及民众缺乏觉悟的指责，这三个原因足以让诗人产生一种疏离感和不信任感。以前以屈原为

---

1 "剜肉补疮"出自晚唐诗人聂夷中诗作《伤田家》。诗中运用这一典故的意义在于强调只寻求暂时的解决方法以满足一时之需，而不充分考虑解决方法本身所带来的后果的做法是不可行的。
2 "任公"，梁启超（1873—1929）的号，与其师康有为同为光绪帝新政顾问，戊戌变法的主要策动者之一。陈三立作此诗时光绪帝已被慈禧软禁，梁启超亦被迫流亡日本。
3 在诗歌中有时用"禹域"代指中国。相传禹为古代中国部落联盟首领，因疏导黄河而洪水得治。
4 见《散原精舍诗》，卷上，第 104 页正面第 5 行至反面第 10 行。

代表的那些殉道的古典诗人坚信只要有渠道直接接触到皇上并在圣驾面前痛快陈情，事情就能得到解决。然而陈三立不属于这类诗人。陈的嘲讽、猜疑和厌世使他更接近现代人[1]。

在这方面，陈三立 1904 年写下的几首五言古诗《感春五首》也很值得我们细细品味。在此我仅列出这组诗的第二、三、四首：

其二

杂置王霸书，其言综治乱。
慷慨一时画，指列亦璀璨。
世运疾雷风，幻转无数算。
冥冥千岁事，孰敢恣臆断。
况当所遭值，文野互持半。
垂示不过物，道若就羁绊[2]。
又若行执烛，迎距光影判。
倍谲势使然，安能久把玩。
巍巍孔尼圣，人类信弗叛。
劫为万世师，名实反乖谩。
起孔在今兹，旧说且点窜。
撷彼体合论，差协时中赞。
吾欲衷百家，一以公例贯。

---

1 这一点与鲁迅的古体诗有相近之处。参英文拙著《诗人鲁迅：以其旧体诗为中心的研究》，第 6—7 页。事实上，陈三立在第 31—33 句诗中表达的政治情感比起当时鲁迅的那些诗作更为"激进"。陈更趋向于精英统治，而并不赞同鼓励大众统治。参阅鲁迅 1907 年所作《文化偏至论》，见《鲁迅全集》，第 1 卷，第 45—46 页。
2 "羁绊"喻指个人旅途上遇到的障碍。

与之无町畦，万派益输灌。[1]

其三

国民如散沙，披离数千岁。

近儒合群说，哓哓强置喙。

日责爱国心，反唇笑以鼻。

疴痒本非我，我爱焉所寄[2]。

生今探道本，亦可决向避。

天地有与立，绸缪非细事。

吾尤痛民德，繁然滋朋伪。

东掖踬于西，宁独窒厥智。

环球悬宗教，始赖缮万类。

厮养炀灶间[3]，上帝临无贰。

俗化得基础，然后图明备。

嗟我号传孔，梓潼杂儿戏[4]。

回释既浮剽，耶和益相怼。

向见龙川翁[5]，组织别树帜。

---

1 《散原精舍诗》，卷上，第 67 页正面第 2—8 行。
2 此句玩味"我"与"爱"二字，营造个人利益与社会/国家利益之间的对比。这联诗的字面意思为："若病不在我，我又为何要关注这病呢？"
3 指老百姓缺乏辨别力盲目崇拜。"炀灶"语出《战国策·赵策三》，指国君之"明"，即"明察"常为歪曲事实的佞幸小人所蒙蔽。见《战国策注释》，北京：中华书局，1990 年，第 2 卷，第 752 页。
4 梓潼帝君为道教神祇。诗人此句批评道家已与现实脱节。
5 "龙川"为南宋政治家、战略家、评论家和著名词人陈亮的号。陈与著名理学家、评论家朱熹是同时代人。陈虽与朱熹交好，但二人观点常有冲突。陈反对绥靖政策，大力呼吁对北方金国进行抵抗，并因此屡次被捕入狱。刘纳编著（转下页）

谬[1]欲昌其说，用广师儒治。

惜哉畏弹射，又倚厌世义。

徒党散四方，杳茫竟谁嗣？[2]

### 其四

咄嗟渤海[3]战，楼橹涌山岳。

长鲸掉巨蛟，咋死落牙角[4]。

腾挟三岛[5]锐，其势疾飞雹。

立国何小大，呼吸见强弱。

稍震邦人魂，酣梦徐徐觉。

方今麋群雄，万钧[6]操牡钥。

之死而之生，妙巧讵苟托。

醉饱视息地，一唤飙扫箨[7]。

奋起刀俎间，大勇藏民瘼。

兹事动鬼神，跃与泪血薄。

一士沧瀛归，苍黄发装橐。

---

（接上页）《陈三立：评传·作品选》（第 107 页）认为这里代指康有为。

1  "谬"，诗人自谦。
2  《散原精舍诗》，卷上，第 67 页正面第 9 行至反面第 6 行。
3  渤海，位于辽东半岛与山东半岛之间，与黄海相通的一个海湾。
4  此两句描写现代海军战役。
5  三岛为日本古称，指本州岛、四国与九州岛三岛，略去现代日本最北部的北海道。
6  "万钧"引申自"千钧一发"，指当时局势不稳。一"钧"约等于近代英制重量单位 14 磅，约等于中国的三十斤，见《汉语大词典》，第 11 卷，第 1220—1221 页。"万钧"，在此是夸张的用法。
7  "箨"可译为"壳"（chaff），本义为竹笋的外皮。

> 携取太和魂[1]，佐以万金药。
> 曰举国皆兵，曰无人不学！[2]

《感春五首》之二的前10句描绘时局的艰危，不免让人想起王闿运的诗作。但第11—14句所描绘的情景则较王诗更为黯淡，而第15—16句是对当权者的控诉。尽管诗人在余下部分重申了对儒家基本原则的信念，却坚持认为传统需要进一步现代化，并且呼吁融合不同派别的思想以满足时代需求。这与刘鹗在《老残游记》中表达的思想不谋而合，不过陈诗在结尾处（尤其是第19—22句）表现更强的批判性。在第三首诗中诗人流露一种如马修·阿诺德（Matthew Arnold）等英国维多利亚时代诗人式的对理性地、系统地解决问题的渴望。然而在诗的尾段，诗人写道：

> 向见龙川翁，组织别树帜。
> 谬欲昌其说，用广师儒治。
> 惜哉畏弹射，又倚厌世义。
> 徒党散四方，杳茫竟谁嗣？

诗人对于一种既基于国家历史传统又适用于现状的改革体制的真诚渴望迅速转变为个人的恐惧与怨恨，眼见戊戌变法后改

---

[1] "太和"或"大和"指阴阳二气的和谐状态。明治时期的日本以"大和魂"作为日本臣民精神培育的目标，包括忠诚、爱国、尚武、守信、正义感、武士道、谦卑等美德。

[2] 《散原精舍诗》，卷上，第67页反面第7行至第68页正面第2行。

革派树倒猢狲散的景况，诗人心中只有绝望。第四首诗中诗人尝试救赎自己于惨淡，并勾画挽救时局之良方，但是既然诗人已经明确指出一切为时已晚，再对比诗中第11—16句"方今麕群雄，万钧操牡钥。之死而之生，妙巧讵苟托。醉饱视息地，一咉飙扫箨"所呈现的鲜明的社会达尔文主义意象与诗末的刻板口号，读者恐怕只能质疑甚至嘲讽这样的"良方"有多少现实可行性。

在下面这首五言诗中，陈三立直接描绘一向富饶的南方省份如今沦落的苦况，很可能是暗喻当时的社会政治形势：

> 雪后溪上晴眺
> 昌黎[1]咏苦寒，南国今一遇。
> 传闻冻死骨，衢巷俨墟墓。
> 皇穹示灾变，不忍测其故。
> 顽雪阅久晴，稍稍屋山露。
> 拄杖出门看，瑟缩沙岸步。
> 坚冰犹盖溪，斜成樵牧路。
> 无缝跳鱼虾，何缘亲鸥鹭。
> 野色乍升沈，日脚天边树。
> 万堞衔残云，招魂当岁暮。
> 余对瘦玉峰，断句酸肠吐。[2]

---

[1] 韩昌黎即韩愈，他与柳宗元一起发起了"古文运动"，反对当时流行的骈文的浮华文风，提倡回归简朴的古文。
[2] 《散原精舍诗续集》（共3卷），上海：商务印书馆，1926年，卷下，第44页反面第2—7行。又收录于陈衍编《近代诗钞》（1935），第2卷，第1018页。

谈及作诗技巧，陈三立曾写道："流传文字一赏之，襟期涪翁有同调"[1]，以及"臣诚不知务，诗法研涪翁"[2]，表明他在学习黄庭坚诗法方面下了很深的功夫。而且，在一组谈及作诗艺术的诗中，他也提到黄庭坚：

驼坐虫语窗，私我涪翁诗。
镌刻造化[3]手，初不用意为。[4]

在另一首谈及作诗技法与风格的诗中，他写道：

我诵涪翁诗，奥莹出妩媚。
冥捋贯万象，往往天机备。
世儒苦涩硬[5]，了未省初意[6]。
粗迹扫毛皮，后生渺津逮。[7]

如钱基博所评："世人只知以生涩为学黄庭坚，独三立明其

---

1 《散原精舍诗》，卷上，第 11 页正面第 9—10 行，《由靖庐寄陈芰潭》一诗。"涪翁"为黄庭坚历经宦海浮沉，被贬谪涪州时为自己取的号。
2 《散原精舍诗》，卷上，第 52 页正面第 10 行，《重九放晴，拟与小鲁登高之会不果，悉次其韵》一诗。
3 "造化"，有造物者（Creator）之意，如造化天地。我将其译为"创造"（creation），为免神化此语。
4 《散原精舍诗》，卷上，第 82 页反面第 6—7 行，《漫题豫章四贤像榻本》一诗。
5 涩硬：指复杂深奥之文风。
6 "初意"即原先的意愿。
7 《散原精舍诗》，卷上，第 87 页反面第 1—3 行，《为濮青士观察丈题山谷老人尺牍卷子》一诗。

不然,此所以复绝人人。"[1] 陈三立认为,黄庭坚数百年来一直为那些缺乏洞察力的批评家所误读。[2] 从某种意义上说,陈三立预感到批评家们会同样指责他的诗"过于深奥",而这可谓陈对此预先做出的回应。读诗之眼光独到与否关键在于能否超越诗歌表面的语言风格特质而看出诗之本意所在,即"初意"。诗歌本是一种高雅语言(或者说一种在某种程度上,不管有意无意,不同于日常生活用语的语言)写成的文学,但若一味耽于现今西方批评家所标榜的"难"(difficulty)或"异"(difference),就会不得要领。这就是陈三立对诗的"辩护"。当然在他写诗的那个时代,大部分人不会认为陈三立的诗作仅用"艰涩"便可概括。如郑孝胥1909年为陈三立《散原精舍诗》作序时所说:

> 伯严诗,余读至数过,尝有越世高谈、自开户牖之叹。……余虽喜为诗,顾不能为伯严之诗,以为如伯严者,当与古人中求之。伯严乃以余为后世之相知,可以定其文者耶?大抵伯严之作,至辛丑以后,尤有不可一世之概。源虽出于鲁直,而莽苍排奡之意态,卓然大家,非可列之江西社里也![3]

文坛权威郑孝胥认为陈诗在当时诗坛无人能与之比肩,而今

---

1 钱基博《现代中国文学史》,第 237 页。
2 近年关于黄庭坚的研究证实了陈三立这一观点,参阅刘大卫著《挪用的诗学:黄庭坚的文学理论及其写作》。
3 《散原精舍诗》,卷上,第 1 页正面 1—7 行。

天陈诗所享有的盛誉验证了郑的观点。即便是倡导"诗界革命"的梁启超，也给予陈极高的评价：

> 其诗不用新异之语而境界自与时流异，浓深俊微，吾谓于唐宋人集中罕见伦比。[1]

钱仲联（1986）亦做过类似评价："陈诗的艺术风格表现在取境奇奥，造句瘦硬，炼字精妙。"[2]

有鉴于此，重新审视关于陈三立诗风的历史争论将颇具兴味。张之洞的观点可资参考。曾国藩与张之洞是晚清两位最具影响力的政坛人物。二人借由对诗人的扶持，或谓资助与教导，在晚清诗坛发挥了非凡的影响力。与热衷于韩愈、黄庭坚的曾国藩不同，张之洞推崇欧阳修、苏轼与王安石。[3] 关于陈三立诗风的争论主要集中在张之洞的凡诗皆应力求"清切"的主张。然而，曾

---

1 参阅梁启超《饮冰室诗话》，上海：上海书局，1910年，第1册，第10页正面第1—2行。
2 《中国大百科全书》，第1卷，第75页。
3 钱基博如是对比曾国藩、张之洞二人："晚清名臣能诗者，前推湘乡曾国藩，后称张之洞。国藩诗学韩愈、黄庭坚，一变乾嘉以来风气，于近时诗学有开新之功。之洞诗取欧阳修、苏轼、王安石，宋意唐格，其章法声调，犹袭乾嘉诸老矩步，于近时诗学有存旧之思。国藩识巨而才大，寓纵横诙诡于规矩之中，含指挥方略于句律之内，大段以气骨胜，少琢炼之功。而之洞则心思致密，言不苟出；用字必质实，造语必浑重，勿吊诡；写景不虚造，叙事无溢辞；用典必精切，不泛引，不斗凑；立意必己出，毋袭故，毋阿世；称心而出，意不求工；刊落纤浓，宁质毋绮；虽以风致见胜处，亦隐含严重之神，不剽滑；其生平宗旨，取平正坦直。最不喜黄庭坚，题其集曰：'黄诗多槎牙，吐语无平直。三反信难晓，读之鲠胸臆。如佩玉琼琚，舍车徒树棘。又如佳茶荈，可啜不可食。子瞻与齐名，坦荡殊雕饰。'几于征声发色，不啻微言讽刺；而见诗体稍僻涩者，则斥为江西魔派，不当意也。"见钱基博《现代中国文学史》，第237—238页。

获张之洞资助[1]的郑孝胥，在为陈三立诗集所写序言中细述道：

> 往有钜公（张之洞）与余谈诗，务以清切为主，于当世诗流，每有"张茂先我所不解"之喻；其说甚正。然余窃疑诗之为道，殆有未能以清切限之者。世事万变，纷扰于外；心绪百态，腾沸于内；宫商不调[2]而不能已于声，吐属不巧而不能已于辞；若是者，吾固知其有乖于清也。思之来也无端，则断如复断，乱如复乱者，恶能使之尽合？兴之发也匪定，则倏忽无见，惝恍无闻者，恶能责以有说！若是者，吾固知其不期于切也。并世而有此作，吾安得谓之非真诗也哉！噫嘻，微伯严，孰足以语此![3]

这解释了为何郑孝胥在给樊增祥的一首诗中写道"尝序伯严诗，持论辟清切"[4]。事实上，郑孝胥是以其诗人身份发表这一番言论的。并非所有诗皆能为人所"清"或皆能求"清"。许多含有政治讽刺和规谏的旧体诗更是如此，更不用说陈三立所写的社会批判诗了。至于"切"，没有任何一种艺术形式可以完全真实地反映现实。如果必须如此，则审美形式与修辞手法将没有任何存在的空间。张之洞将陈三立与张茂先（张华）的诗作类比也很说

---

1 见包华德编英文《中华民国人物传记辞典》，第1卷，第272页。
2 宫商不调，即五音不和，指不能严守格律。
3 《散原精舍诗》，卷上，第1页正面第7行至反面第5行。
4 郑孝胥后来亦坦言他担心如此强硬的措辞会给诗坛后进带来不良影响（"误后生"），见《海藏楼诗》，武昌，1914年，第8卷，第3页；又见《海藏楼诗集》，上海：上海古籍出版社，2003年，第228页。

明问题。张华为西晋时的士大夫，以华丽细腻的诗风闻名。他的许多诗作都间接地表达对当时政治的灰心与失望。在一定程度上，张之洞对张华那种通过间接暗示或用典来处理敏感题材的手法有所质疑，尽管这种手法已有悠久历史。这里不能不提及张之洞在变法运动中的角色，他似乎（可能更多出于自保的本能而非其他因素）不大愿意认可那些上书呼吁改革根本制度者的热诚和/或睿智，最终张之洞放弃了对他们的支持转而投向慈禧太后一党。

1905年，陈三立在陪同张之洞前往武昌途中写下一首七律《九日从抱冰宫保至洪山宝通寺饯送梁节厂兵备》：

> 啸歌亭馆登临地，今日都成隔世寻。
> 半壑[1]松篁藏梵籁，十年心迹照秋阴[2]。
> 飘髯自冷山川气，伤足宁为却曲吟[3]。
> 作健逢辰领元老，下窥城郭万鸦沉。[4]

乍读之下，读者可能会惊讶于此诗以及陈三立许多其他类似诗中意象的杂乱纷繁。实际上，此诗中一系列表面毫无关联的意象是

---

1　半壑，指诗人所见树木生长之地。
2　秋阴与秋光据说尤为清朗，此处应指诗人与张之洞十年友谊之纯洁无瑕。同时"秋阴"亦喻指"光阴"。
3　此句意在强调诗人对同行者陪伴的感激。"却曲"，典出《庄子・人间世》："吾行却曲，无伤吾足。"见陈鼓应《庄子今注今译》，北京：中华书局，1983年，第140—141页。
4　《散原精舍诗》，卷下，第8页反面第7—10行。又参鲁迅在1932年1月23日写的《无题》诗："血沃中原肥劲草，寒凝大地发春华。英雄多故谋夫病，泪洒崇陵噪暮鸦。"第3—4句对国民党统治时期政客的讽刺，见英文拙著《诗人鲁迅：以其旧体诗为中心的研究》，第185—188页。

通过登山访寺这一背景联结起来的。诗人寥寥数笔却勾连起过去、现在以及未来的世界。与此类似，英国诗人艾略特（T. S. Eliot）十分具有"现代性"的诗作《荒原》（"The Waste Land"）也有着显而易见的意象杂乱的风格，诗中所有事件都是由寻访占卜师这一事件勾连起来的。在这类诗中，由意象所引发的感受比连贯的结构或者情节更重要。英国批评家理查兹（I. A. Richards）评论说：

> ……所有意象都借由情感效果的和谐、对比以及互动，而不是某种分析得出的理智思维模式勾连起来。其价值在于与真正的读者互动交流中产生的一致的共鸣。唯一需要的理智思维活动发生在对于每一个独立意象的认识过程中。当然，我们可以对这种体验总体加以"理性化"，正如我们可以这样处理其他任何体验一样。若是如此，我们便添加了一些本来不属于那首诗的东西。这样一种逻辑化的模式充其量只是提供了一个诗篇的架构，一旦诗篇构成，它便消失了。然而，我们已经在我们的神经系统中牢固地建立起了对于思维连贯性的要求，即使在理解诗歌时也有如此要求，结果我们发现放弃思维连贯性是难以接受的。这一点可能引起误解，因为艾略特先生的诗歌最常受到的指责便是"过于理智化"（over-intellectualised）。如此指责的理由之一是他运用典故……[1]

---

[1] 参阅理查兹著《文学批评原理》（*Principles of Literary Criticism*），纽约：哈考特、布雷斯出版公司（Harcourt, Brace & Co.），1926年，第290页。

据说在张之洞读完陈三立这首诗后,哂笑说:"元老哪能见领于人?"又称"'逢辰'二字为不经"。[1] 钱基博在此语后注道:"陈师道、朱熹[2] 常用之。盖亦不解之一。"[3] 即便如此,张之洞任湖广总督时曾聘用陈三立在其创办的书院中校阅经卷,并在此期间数次前去拜访,以示对其学识的尊敬。

我对此番争议的解读是,令张之洞感到不快的不是陈三立的诗风,而是陈诗中反映的当时的等级制度和社会关系的复杂性。这应该是张之洞那句反问"元老哪能见领于人?"的真实用意所在。陈三立的诗反映了传统社会秩序的倾覆,这种倾覆未必是他所愿见、倡导或者愿意容忍的,尽管如此,他仍旧在自己的诗作中反映出来。[4] 这或许是这些"令人不解"的诗句让人不快的症结所在,也是张之洞所谓"不解"的至少一个原因,如果不是最根本的原因的话;而事实上,张之洞从未质疑过陈诗的文学价值,他质疑的只是陈诗中言事的恰当性以及他们在多大程度上符合"清切"这一标准。陈衍对陈三立的评价提供了一个很好的对照:

> 余旧读论伯严诗,避俗避熟,力求生涩,而佳语仍在文从字顺处。世人只知以生涩为学山谷,不知山谷乃槎枒,并

---

[1] 钱基博《现代中国文学史》,第 238 页。"逢辰"指遭逢好时机或机缘巧合的事情,见《汉语大词典》,第 10 卷,第 915 页。

[2] 传统学者的代表。

[3] 此处的"不解"一词,钱基博是引自张之洞自认读不懂张茂先诗的说法,见前文所引郑孝胥为《散原精舍诗》所作序。

[4] 可能这正是陈毁去戊戌变法时期诗作的原因,因为这些诗中饱含诗人寄寓改革者的希望和梦想以及变法失败后诗人个人的苦楚,因此这些诗将唤起诗人不欲说与他人的痛苦回忆。

不生涩也。[1]

这段看上去自相矛盾的评语让我们再次联想到钱基博的话："世人只知以生涩为学黄庭坚，独三立明其不然，此所以夐绝人人。"[2]

在某种意义上，张之洞论诗标举"清切"，若转换成西方文学理论术语，就是要求作诗必须遵从一定的现实主义准则。但是清末中国传统社会秩序的混乱难道不能解释诗人缺乏对身边现实的直接注视这一现象的原因吗？从直接反映现实（"清切"）中抽离也标志着对这个世界的认知由客观到主观的转变。在这一点上，陈三立处理诗歌的方法与西方早期现代派诗人如波德莱尔（Baudelaire）、瓦雷里（Valéry）、马拉美（Mallarmé）及艾略特非常相似。

日本学者吉川幸次郎认为陈三立有不少诗作都体现"极端的主观性"，他以《十一月十四夜发南昌月江舟行》一诗为例：

> 露气如微虫，波势如卧牛。
> 明月如茧素，裹我江上舟。[3]

此诗作于光绪二十九年（1903）冬诗人为父亲扫墓后归途的

---

[1] 《石遗室诗话》（1929），第 14 卷，第 8 页正面 3—5 行。
[2] 钱基博《现代中国文学史》，第 237 页。
[3] 此诗是陈三立 1903 年冬由南昌前往南京途中写下的四首组诗之一，见《散原精舍诗》，卷上，第 58 页正面第 5 行。

船上。吉川幸次郎如是解读此诗:"露与波都像活的生命那样一波波涌向诗人,月光裹缚着诗人。诗人感到苦闷,在抗拒(反発する)。"[1] 吉川认为这是中国旧体诗中一种看待自然的全新方式。他写道:

> 这里我们谈谈象征。众所周知,取自然作为象征,至少是杜甫以来中国诗歌的悠久传统。在"啅雀争枝坠,飞虫满院游"这两句诗中,杜甫以自然象征人世间(各种)活动的和谐。在"山虚风落石,楼静月侵门"这两句诗中,杜甫则以自然景物象征人间的无情。但是,这个传统是从诗人的角度向自然寻求象征。陈氏则不同,由于诗人感知异常敏锐,自然似乎是朝着诗人挤压、倾覆过来。[2]

无论实情是否如此,陈三立的绝句在当时颇受诗评家赞赏,狄葆贤说它"奇语突兀,二十字抵人千百"[3]。

吉川幸次郎的主要观点似乎可以归纳为:以自然作为象征本质上是一种前现代(pre-modern)时期的手法。[4] 这一观点是基于

---

[1] 见《清末の詩:散原精舎詩を読む》一文,原载于日本期刊《図書》1962年3月号,亦可参阅日文《吉川幸次郎全集》,东京:筑摩书房,1968—1970年,第16卷,第270页。中文译文见章培恒等译,吉川幸次郎著《中国诗史》,合肥:安徽文艺出版社,1996年,第356页。(译者注:寇志明英文书直译日文成英文。)
[2] 见《清末の詩:散原精舎詩を読む》,第269页。
[3] 见狄葆贤《平等阁诗话》,第2卷,第2页正面10—11行。这样的绝句常为以陈弟子胡朝梁为首的学陈一派诗者所模仿,见仓田贞美著作,第104页。
[4] 见《清末の詩:散原精舎詩を読む》,日文《吉川幸次郎全集》,第16卷,第269—271页。

这样一种假设——如果一些诗歌手法在传统诗歌中惯常使用，那么这些手法便不属于现代。然而，若说艾略特《荒原》一诗中开头第一句"四月是最残酷的一个月"[1]并没有运用象征或互文指涉的话，是不甚明智的。我个人认为陈三立的现代性不在于他看待自然的方式，而在于其对于人世间风云变幻的深切感受。同艾略特一样，陈三立在诗中反映了传统社会秩序的倾覆，这种倾覆未必是他所愿见或者愿意容忍的，却深深地震撼了他。在另一些诗作中，陈三立以其"拗句"或"僻词"一再"颠覆"读者的期望，这与马拉美在其十四行诗中玩弄句法，将句子更加复杂地重新分拆组合的手法近似。瓦雷里常被美国批评家誉为"后象征主义"的诗歌写作手法也与陈三立"生涩／艰涩"及"难测"的诗风相像。

事实上，所有现代主义诗人或多或少都在与批评家们玩着话语权力的游戏。西方读者首先想到的一个例子就是艾略特的《荒原》和乔伊斯（James Joyce）的《芬尼根守灵夜》（*Finnegans Wake*）。如果我们将目光转向诗歌以外，塞缪尔·贝克特（Samuel Beckett）在其戏剧中采取的为读者设"陷阱"的戏剧手法与陈三立有意为之的"难测"诗歌手法也有相似之处。如理查兹所言：

> 艾略特先生诗作中所用之典故是一种凝练内容的技巧。《荒原》在内容上相当于一部史诗。如果不采取这种技巧，很可能需要十二本书的篇幅。但是这些典故以及相关注释让许

---

1 艾略特《诗选》（*Selected Poems*），伦敦：费伯与费伯出版社（Faber and Faber），1961年，第51页。（译者注：此句译文出自《中国翻译名家自选集·赵萝蕤卷·荒原》，北京：中国工人出版社，1995年，第1页。）

多性急的读者不快。这样的读者尚未开始理解典故的作用。

反对典故入诗与反对"晦涩"（obscurity）有关。莫里先生（Middleton Murry）最近关于《荒原》的论述中指出："为了理解[诗作]，读者被迫采取一种理智怀疑（intellectual suspicion）的态度，这样便无法实现情感交流。这首诗违反了优秀作品最基本的一条准则：直接效果应该毫无晦涩。"然而，我们若坚持这一"准则"，会怎样评判莎士比亚伟大的十四行诗或者《哈姆雷特》呢？事实是，绝大部分优秀诗歌的直接效果必然晦涩难懂，即使是最细致最敏锐的读者也必须再三诵读，认真思考，才能清晰透彻地理解诗意。一首新颖独创的诗，犹如数学中一门新的分支，需要读者花费时间，逐步领会。任何人倘若回顾自己的读诗体验后断定自己的体验恰恰相反，那么要么他悟性超凡，如有神助；要么他所言为虚，自欺欺人。莫里先生或许有些急于求成了。他的评论表明他读《荒原》一诗的尝试失败了，同时也在某种程度上暴露了他失败的原因，即他自己采取了过于理智的方法。唯有不再自我神秘化（self-mystifications），他才能读懂这首诗的真意。[1]

陈衍写道："然辛亥乱后，则[陈三立]诗体一变，参错于杜（杜甫）、梅（梅尧臣）、黄（黄庭坚）、陈（陈师道）间矣。"[2]

---

[1] 理查兹《文学批评原理》，第290—291页。
[2] 《石遗室诗话》（1929），第14卷，第8页正面5—6行。

作为陈三立晚年诗风的代表作,陈衍与钱基博均引用了他作于癸丑年(1913)的一组五言古诗《由沪还金陵散原别墅杂诗》:

其一

入门成生还,踌躇顾室庐。
凝尘扫犹积,阴藓侵阶除。
几案未改位,签架稍纷挐。
檐间新巢燕,似讶客曳裾[1]。
猫犬饥不还,帙落干死鱼。
纸堆弃遗札,略辨谁某书。
因嗟讧变始,所掠半为墟。
长旗巨刃前[2],守者对欷歔。
就抚手植树,汝留劫烬余。

其二

夙恋山水区,辛勤营此屋。
草树亦繁浓,颇欣生意足。
移居席未暖[3],烽燧[4]已在目。

---

1 "曳裾",原指以在王侯权贵门下作食客为生,见《汉语大词典》,第5卷,第580页。诗中喻指隐居生活。此句意为燕子以已弃屋为家,因屋主的归来而受惊。
2 此句象征着1911年的辛亥革命已波及南京城外的乡村。
3 "席"在诗中多指床或家具。此句意为居者刚刚住下便又被迫匆忙逃亡。
4 "烽燧"即古时边防报警的烽火。当匪帮或敌人接近时在山顶或土丘上点燃烟火示警。

提携卧疾雏[1]，指星庇海曲[2]。

栖息屡改火，奋身省新筑。

四望带城陴，春气染花竹。

狭巷闻卖浆，居邻换黄犊。

卸装此盘桓，倏骇万霆逐。

窗壁为动摇，坐立几俱仆。

地震兼鸣啸[3]，平生所历独。

夜中震复然，破寐叫佣仆。

置彼灾祥说，一枕百忧续。

### 其三

钟山[4]亲我颜，郁怒如不平。

青溪[5]绕我足，犹作呜咽声。

前年恣杀戮，尸横山下城。

妇孺蹈藉死，填委溪水盈。

谁云风景佳，惨澹弄阴晴。

檐底半亩园[6]，界画[7]同棋枰。

---

1 "雏"的字面义为小鸡或其他动物的幼崽。诗中常借指幼童。鲁迅作于1931年的一首旧体诗《悼柔石》中有类似的用法："惯于长夜过春时，挈妇将雏鬓有丝"，该诗同样涉及时局混乱与迫害下的迁徙。见英文拙著《诗人鲁迅：以其旧体诗为中心的研究》，第147—151页。

2 "指星"，北斗七星中的两颗，航海者常借指星识别方向。"海曲"在诗中指海岛。

3 "鸣啸"应指"海啸"或"大海的轰鸣"。

4 "钟山"是南京中山门外一座山名，又名紫金山。

5 "青溪"位于南京东北，曾为三国孙吴开凿的运河，原名东渠。

6 "檐底"意即毗邻。

7 "界画"，中国工笔画中的一科，用界尺勾画宫室楼台的线条，因此称作"界画"。

指点女墙角¹,邻子戕骄兵。

买菜忤一语,白刃耀柴荆。

侧跽素发母,拿婴哀哭并。

叱咤卒不顾,土赤血崩倾。

夜楼或来看,月黑磷荧荧。²

对于这组诗,钱基博评曰:

前两首叙述曲折;后一首郁怒呜咽,革命之师,号曰吊民;而兵骄民残,可谓极绘写之能;诵者恍若闻睹焉。³

还有许多诗评家将这组诗单独遴选出来进行赏析。这组诗的重要价值不仅仅在于写于辛亥革命之后不久这一特殊时期,而且还因为它们反映诗人眼中世界的土崩瓦解。

第一首诗的首联通过对生还于世的庆幸传达诗人的惊惧。他来到室庐门前,迟疑是否回到他曾经生活的世界——那个生不如死的世界。在《荒原》的第五部分,艾略特写道:"他曾经是活着的现在死了,我们曾经是活着的现在也快要死了。"⁴ 克林斯·布鲁克斯(Cleanth Brooks)注意到:"诗人不是说'我们正活着'而是'我们曾经是活着的',这是但丁诗中虽生犹死的炼狱,生

---

1 "女墙"的字面义为墙顶上的护墙或城垛。
2 《散原精舍诗续集》,卷上,第73页反面第4行至74页正面第10行。
3 钱基博《现代中国文学史》,第240页。
4 艾略特《诗选》,第64页。(译者注:此句诗译文出自《中国翻译名家自选集·赵萝蕤卷·荒原》,第14页。

命再无任何意义。"[1] 第一首诗第 3 句中"凝尘"厚积,扫除不去,暗示逝去的时间比诗人实际离开的时间还要长,换言之,过去的世界已不可挽回,已经不可能真的回到从前。第 11 句中堆积的"弃遗札"有类似含义——当书信中言及之事,甚至寄信者本人几已烟消云散之时,"略辨谁某书"(第 12 句)又有何意义呢?[2] 最后,巧妙作结,写出了唯有树木得以在"革命"的劫掠与杀戮中存活下来的悲惨现实。

第二首诗开头刻画了诗人陶冶于大自然简单纯朴的意趣,与后面第 5—10 句诗人及家人突然遭逢的危难形成鲜明对比。炮火轰鸣被喻为地震(第 16—20 句),象征其威力之大足以在瞬间夺走并摧毁一个人辛苦经营(第 2 句)的一切,包括思想和信念(如末两句影射的诗人信念的动摇)。此诗的内涵同样可与《荒原》相比。

第三首诗中诗人描绘一幅超现实主义的图景,溪水的潺潺声变成了"呜咽声",如画的"山下城"却尸横遍野,田园被喻为棋枰,昭示人命低贱如草芥的骇人景象。更耐人寻味的是,诗人以"血崩倾"来描写体制或国家的土崩瓦解。在某种意义上,年轻的"邻子"死于"骄兵"之手是现代中国时势的缩影。而且,随着战争越来越"现代化",越来越多的无辜平民将会沦为牺牲品。诗中末尾一句尤为讽刺——象征黑暗社会现实的"月黑"与墓地尸堆中有机物腐化散发的诡异磷光("磷荧荧")相映。在真

---

[1] 考克斯与欣奇利夫编《艾略特〈荒原〉手册》,第 149 页。
[2] 当然,此句实含双重讽刺。按古代中国的传统,文书是不可以随便弃置的,更不用说陈三立友人的书信了。其中一部分无疑具有很高的文学和史学价值。

正的光明之源缺席（月光充其量只是太阳光的反射）的情况下，死亡却反讽地造就了革命的"正义之光"（光即光明，建立崭新社会秩序的光明前景）。整个中国已变成一地坟茔、一片荒原、一个杀戮场。

著名的鲁迅传记作者王士菁在他的新著《中国文学史》中评论说：

> 曾国藩在镇压太平天国农民革命运动之后，不仅在政治上和军事上成为重要人物，在诗界上也成为重要人物。这就是以他为中心的"宋诗运动"。在"宋诗运动"的影响之下，又出现了所谓"同光体"，这是一个腐朽的诗派。他们之中某些人在生活上腐化堕落，在政治上则更趋于反动，其中的郑孝胥在后来竟堕落为出卖民族利益的汉奸。[1]

但从陈三立的生平中，我们看不到"腐化堕落"的一面。相反，我认为他在1898年之后一直超然于政治之外。虽然如此，陈三立却不是一个对政治漠不关心的文人，而是以人文主义者与爱国诗人关切的眼光，见证着时局的发展。或许正因为陈三立这种不偏不倚的态度，最终使他的诗歌在读者的眼中呈现非常大的说服力。

---

[1] 王士菁《中国文学史：从屈原到鲁迅的通俗讲话》，北京：中国工人出版社，2002年，第425页。

郑孝胥之诗当时"与陈三立齐名"。[1] 他早期的作品表达了与陈三立类似的情感。郑生于苏州一个官绅家庭。祖籍福建闽侯（今福州），父亲郑守廉（1852年进士）颇有学名，曾入选翰林院庶吉士，在工部和吏部任过职。郑孝胥1882年中举，1885年入李鸿章幕，1889年考取内阁中书，1890年候补期间在北京镶红旗官学堂教过书[2]，1891年被任命为中国驻日本使馆书记官，1893年晋升为神户、大阪总领事，1894年中日战争爆发后回国。

1898年，郑经张之洞引荐获皇帝召见，随后被任命为总理各国事务衙门（相当于外交部）章京。1899年，郑被委任为京汉铁路南段主办，后督办广西边防，驻龙州（1903—1905），1907年开始曾任安徽、广东按察使。1911年，任湖南布政使。当时盛行立宪思想，他于1906年同张謇等创设了预备立宪公会。辛亥革命后，郑孝胥隐居上海，筑楼自居，名之曰"海藏楼"（取苏轼"惟有王城最堪隐，万人如海一身藏"诗意，其字苏堪亦源于此），在那里常与诗人及前清遗老酬唱。据说，这一时期他主要靠卖字为生。1923—1924年，郑受溥仪征召，成为懋勤殿行走，效命于前清皇室。1932年伪满洲国成立后，郑出任"国务总理"兼"文教部总长"。因与日本军官有忤，1935年辞去"国务总理大臣"，要求到北平退休，未获伪满当局批准。1938年3月卒于寓中，病情可疑，伪满洲国为之举行了"国葬"。

陈衍将道光以降中国诗歌大致分为两派：一派清苍幽峭[3]，一

---

1 钱基博《现代中国文学史》，第270页。
2 包华德编英文《中华民国人物传记辞典》，第1卷，第272页。
3 "清苍"，《中文大词典》（台北：中华学术苑，1976年，第5卷，第（转下页）

派生涩奥衍。他将郑孝胥列为前一派之首,而将陈三立划入后一派。根据钱仲联最近的评论,郑孝胥诗歌的显著特点是"意度简穆""韵味淡远""造语生峭""清言见骨"。[1]

作为上述特点的例证,我们看一看郑现存为数不多的描写中日战争的一首七律《泰安[2]道中》:

> 陇上清晨得纵眸,停车聊自释幽忧。
> 乱峰出没争初日,残雪高低带数州。
> 回首会成沉陆[3]叹,收身行作入山谋。
> 渡河登岱增萧瑟,莫信时人说壮游。[4]

仓田贞美如此解读这首诗:"该诗作于1895年冬,其时,中日战争已经结束。诗人表达了对大自然的敬畏,对国家衰败的焦虑和悲伤,也表达了他隐退的愿望。"[5]

1902年,陈衍在为郑孝胥的诗集所作序中提及此诗,指出,"乱峰出没"一联与南宋诗人陆游"江山重复争经眼,风雨纵横

---

(接上页)8259页)里释为"清幽苍翠"。"清幽"描绘静谧美丽的风景。"苍翠"指深绿色。显然,郑孝胥与陈三立两位诗人中,郑被视为更自然的一个,而陈则更博学。
1 《中国大百科全书·中国文学卷》,第2卷,第1264页,钱仲联撰。
2 "泰安"位于山东省,其名得自泰山。
3 "沉陆"这里指国家命运的衰落或国土被外国列强侵占,见《汉语大词典》,第5卷,第1003页。
4 见郑孝胥诗集《海藏楼诗》(1914),第2卷,第16页正面第12行至反面第3行。又见《海藏楼诗集》(2003),第58页。另收入陈衍编《近代诗钞》(1923),第13册,第10页。
5 仓田贞美著作,第72页。

乱入楼"有异曲同工之妙。¹ 狄葆贤也引述过郑孝胥这一联,称之为"近人佳句",誉为当代(清末民初)诗中杰出的作品²。此外,这首诗当时便收录于多种选本中,被视为郑最具代表性的诗作之一³。

在《泰安道中》,我们又一次看到在陈三立的诗中多次出现的荒凉孤寂的意象("萧瑟")。诗人创作这首诗时(1895年),中国已经处于灾难性的剧变与动荡之中,诗人已清楚地意识到如此剧变的毁灭性影响是个人根本无法改变的,即使通过朝拜泰山这样虔诚的精神求索也无法改变。陈衍所引陆游的诗同样预示着一场终结儒家社会秩序的灾难性剧变即将到来(正如陆游在当时的南宋所感知的那样)。然而,郑孝胥的诗还道出一种特别的烦恼,其中夹杂着一种悲伤,近似于艾略特的"这就是世界完结的方式/不是砰的一声垮掉,而是轻轻地啜泣着消亡"⁴。陈衍的序言作于1902年2月,即庚子事变以后,而这一事变使郑孝胥在七年前中日战争结束时看到的中国的危难局面更加严峻。

与陈三立不同,郑孝胥并未在戊戌变法失败后销毁他那一时期的重要诗作。在五言古诗《七月二十日召对纪恩》中,诗人表

---

1 转引自郑孝胥《海藏楼诗》。现常用陆诗最后一句比喻革命或翻天覆地的剧变,见《陆游集》,北京:中华书局,1970年,第1卷,第267页。
2 狄葆贤《平等阁诗话》,第1卷,第23页正面第5—11行。
3 仓田贞美著作,第72页。
4 参见《空心人》(*The Hollow Men*,1925)最后一段:"这就是世界结束的方式,这就是世界结束的方式,这就是世界结束的方式,不是伴随一声响,而是在一声耳语中灭亡。"见艾略特《诗集》,第82页。尽管坚决反对革命者及其代表的一切,郑还是将1911年革命成功的责任归咎于慈禧太后及其党羽的恶政。见包华德编英文《中华民国人物传记辞典》,第1卷,第272页。

达了自己在戊戌变法期间蒙光绪皇帝召见后的所思所感：

> 皇帝破资格，不忽一士微。[1]
> 何来江南丞，是日登丹墀。
> 晓色丽禁闼，流光度罘罳。
> 内官肃前导，屏气当帘帷。
> 大哉本朝法，独对无所疑。
> 榻前咫尺地，君臣义在兹。
> 天容何清耸，尧颡高巍巍。
> 咨汝宜尽言，愀然闻累欷。
> 于时实忘身，长跽纷陈辞。
> 臣闻立国本，有备乃不危。
> 积弱非一朝，无兵决难支。
> 愿言示所急，举国知所归。
> 以我亿兆人，溃此千万围。
> 致死而后生，其端自毫厘。
> 士夫躬为倡，事实不可迟。
> 祸来侔丘山，甫去皆燕嬉。
> 初无忧患情，何从振其衰。
> 所陈第一义，舍是非臣知。
> 忠愤见声色，封章出诸怀。
> 上意为之动，引手受所赍。

---

[1] 即召见诗人。

> 再拜奉身退，踟蹰独含悽。
> 耿耿宫烛光，摇摇在心脾。[1]

仓田贞美指出，在这首诗中：

> 郑孝胥描写了自己对蒙受光绪皇帝特别召见的感激之情。他既扬扬得意，又严肃认真地回想这次召对，极力赞美皇帝的伟大品德，并在接受皇帝询问时满怀敬畏之情。郑还阐释了他的基本救国之策，描绘了君臣相见的场景以及他离宫时的感受。一种"忠""愤"之情，以及对"明烛"的记忆，很可能终其一生一直在他"心脾"燃烧。[2]

仓田的上述分析对此诗表层的历史意义做了评估。但是这首诗成为杰作的真正原因是其传达给读者的深刻的现实悲剧感。[3]与其说郑孝胥对于忠诚、真挚以及救国于危难的献身精神等儒家思想力量的信仰是此诗的中心意旨，不如说光绪皇帝召见诗人本身所预示的当时时局之危急才是这首诗的主旨所在。

对于郑孝胥的评论，许多集中在郑的个人品德和他对失势的光绪皇帝、逊位的宣统皇帝的忠诚，以及他在民国和国民党统治

---

[1] 《海藏楼诗》(1914)，第3卷，第15页；又见《海藏楼诗集》(2003)，第88—89页。
[2] 仓田贞美著作，第72页。
[3] 这首诗被吴闿生收入1924年编《晚清四十家诗钞》，台北：中华书局，1970年重印本，第108—109页。我认为，这标志着该诗的深远历史意义得到中国评论家的认可。

时期为清廷复辟所做的不懈努力等方面。仓田贞美写道：

> 随着革命浪潮的高涨，郑孝胥创作的诗歌越来越多地表达他对于时局混乱的担忧和身处乱世的痛苦。这些诗充满了一种深沉的悲哀和忧郁……1905年前后的诗作……当时中国正处于巨大变革之中，满怀救国抱负的诗人哀叹自己壮志未酬身先老，无处可觅躲避混乱的避难所。诗人预见到陈胜、吴广式[1]的自私革命者将会掌握政治权力，因此心中郁愤不已。他坚定地站在维持现状派一边，爱国与忠君在他的心中占有重要地位。[2]

确实，郑的诗充满悲伤、不安和沮丧。但这些不一定只是站在维持现状派的立场，对世事变化简单、机械的反应。我们来看《戊戌政变后由都至鄂感事答友人》这首诗中表达的情感：

> 江汉[3]汤汤首首回，北书缄泪湿初开[4]。
> 忧天已分身将压，感逝还祈骨易灰。
> 阙下[5]惊魂飘落日，车中残梦带奔雷。

---

1　指秦末陈胜吴广起义。
2　仓田贞美著作，第74页。
3　"汉"为长江支流汉水。江河是国家的象征，而波浪汤汤是国家遭遇危难的象征。
4　诗人在情感上仍未从京城新近发生的事件中跳脱出来，仍旧心念北京，故此身在"江汉"仍"首首回"，频频回望京城。
5　"阙下"指宫廷，引申指皇帝。

吾侪未死才难尽，歌哭行看老更哀。[1]

关于这首诗的主题，争议颇多。前两句暗指北方发生的悲剧（慈禧太后及保守势力1898年对变法运动的镇压）。第5句中徘徊于宫殿上空的逝者的魂灵应该指被处死的变法派志士（没有逃走的"戊戌六君子"），或被慈禧太后下令暗杀之人（光绪的珍妃）。第7句字面意思是"我们很难既全力贡献我们的才能又保全自己的性命"，意即，在当今如此严峻的形势下，为［救国］事业牺牲在所难免。这样的观点很可能被当权者视为具有颠覆性。郑另有一首作于同一时期的绝句《哭林烈士[2]》：

如雪刀光照胆寒[3]，道旁万众尽汍澜。
书生自报君恩重[4]，廿载头颅十日[5]官。

林旭是郑孝胥的福建闽侯同乡，和谭嗣同及其他四位年轻的变法干将不愿逃走，遂一同被捕，并在慈禧太后重新掌权后不久被砍头。此后，他们被尊称为"戊戌六君子"。谭嗣同曾谋划同

---

[1] 这首诗未被收入《海藏楼诗》，但曾发表在梁启超流亡期间编的《清议报》（横滨，第20册，1898—1901）上，台北：成文出版社，1967年重印本，第3卷，第1324页。
[2] 林旭（字暾谷，号晚翠，1875—1898）。
[3] "胆寒"喻人恐惧。
[4] 意即林旭没有逃走，而是选择慷慨赴死，为变法改革献出了自己的生命。与此同时，皇帝自己也被软禁宫中。
[5] "十日在官"是同皇帝及帝师谋划变法方案。该诗还发表在《清议报》（第20册）上，1967年重印本，第3卷，第1324页。

一些武林高手一道以武力营救被软禁的光绪皇帝。他的立场与后来的革命者相似：为救中国必须流血，流血就从自己开始。

前文已经指出，许多批评家和历史学家认为，同光体的代表诗人是郑孝胥，而非陈三立。有人推测，若不是因为曾参与建立日本傀儡政府伪满洲国，郑很可能被列为同光体首席诗人。仓田贞美关于清末宋诗派诗人的讨论便从郑孝胥开始。尽管仓田并未明确宣称郑乃"宋诗派"之首，但指出："因学宋诗者中有许多杰出诗人来自福建，因此以'闽派'知名。……而闽派诗人中以郑孝胥最为闻名。"[1] 金天羽有类似评论："而晚近诗家如涛园（沈瑜庆）、海藏（郑孝胥）、弢庵（陈宝琛）、石遗（陈衍）诸老宿，以闽派执海内牛耳者垂五十年。"[2] 王逸塘则写道："闽中诗人甲于全国。"[3]

钱仲联等人依地域将宋诗派分为鼎立的三派："同光诗可以被分为三个主要派别：闽派、赣派和浙派。三派皆学宋诗，但他们遵从的诗祖却不同。"[4] 如此说来，郑孝胥可以说是闽派领袖，陈三立乃赣派领袖，而沈曾植则是浙派领袖。范当世是江苏通州（今南通）人，因此或可（尽管不一定准确）将其同陈三立归于一派。[5] 此三派地位相当。当时著名诗评家陈衍是福建人，因此，至少在理论上，闽派成为三派之首。接下来看看陈衍是如何评价

---

[1] 仓田贞美著作，第 67 页。这实际上是仓田贞美著作第一章的第一段话。
[2] 《乐天斋谈屑》序，见《天放楼文言》，第 1 册，第 4 卷，第 8 页正面第 7—8 行。
[3] 王逸塘《今传是楼诗话》，第 75 页。王是安徽合肥人。
[4] 《中国大百科全书·中国文学卷》，第 2 卷，第 864—865 页。
[5] 范当世同宋诗派联系甚微。尽管他与陈三立和郑孝胥均是朋友，但他的诗歌主张明显是折中的。

郑孝胥在诗坛的地位的：

> 君诗始治大谢，浸淫柳州。乙酉归自金陵，访余于西门街，则亟称孟东野。诣君案，有手钞东野诗四册，题五言古数章于上、有精语足资诗学。出示癸未、甲申诗数十首，属为评品，题以诗，题一五言古还之。君乃以余诗为精进。时多过从夜谈⋯⋯
>
> 己丑、庚寅入都，君寓可庄（王会堪）所及官学，案上手钞诗本有晚唐韩偓、吴融、唐彦谦诸家，北宋梅圣俞、王荆公诸家。君诗已一变再变，为姚合体，为北宋，服膺荆公。⋯⋯
>
> 乙酉后渡海游台北，溯江游湖南，亦遂变其前诗。一日遇君与季直（张謇）于骡马市，相将入浴堂，君解衣探夹袋，出残稿数纸，则《游摄山》诗，皆七言，余以为神似樊榭，君乃为此。⋯⋯君始于七古，常独举韦苏州、温庭筠，然亦一时兴到语，所作如《大阪登高》《感旧示李芝楣》《登北极阁》《登周处读书台》《侯府怀陈幼莲》《石钟山昭忠祠》《郗超》《汉阳琴台》《子培见访湖舍》等篇，皆半山、遗山、道园之遗，何尝为苏州、庭筠哉！[1]

这段评论的意义在于陈衍指出郑孝胥除了受北宋诗人影响

---

[1] 引自陈衍为陈三立《海藏楼诗》所作序。该序作于壬寅（1902）二月十日。见《海藏楼诗》（1914），第 1 卷，第 1 页正面第 8 行至第 2 页正面第 7 行；又见《海藏楼诗集》（2003），第 2—3 页。

外，也受晚唐诗人的影响。陈衍认为他"神似樊谢"，但郑孝胥否认了这一点。[1] 尽管郑孝胥经常谈及韦应物、温庭筠等中唐诗人，但陈衍坚持认为他在郑诗中并未发现这些诗人的影响痕迹。在《近代诗钞》1923 年第一版（未经删节）的序言中，陈衍继续道：

> 苏堪之精思健笔直逼遗山、黄仲则，诗云：自嫌诗少幽并气，故作冰天跃马行。苏堪少长都门，自具幽并之气，张广雅（张之洞）相国极喜苏堪作，方诸华岳三峰，可谓知言矣。[2]

陈衍将郑与金代诗人元好问联系起来，这一点值得注意。[3] 陈衍称郑孝胥三十岁以前的诗作"专以精思健笔横绝一世"，而三十岁以后的诗作，"最喜荆公（王安石）诗，以其所受影响及所关心一致故也"。[4]

---

[1] 钱仲联在 1986 年指出："就郑孝胥同过去的诗歌联系而言，谢灵运、孟郊、柳宗元、王安石、陈与义、姜夔和元好问的影响是明显的。"《中国大百科全书·中国文学卷》，第 2 卷，第 1264 页。

[2] 陈衍编《近代诗钞》（1923），第 13 册，第 1 页正面第 7—10 行。

[3] 美国学者魏世德如此评价元："元诗中以伤悼亡金的丧乱诗及论诗诗最为有名。在这些诗以及其他大部分诗作中……元实现了直白与含蓄，用典与创新，深沉情感与凝练表达之间的巧妙平衡。元诗最显著的特点是沉郁悲慨，在这一点上直追杜甫……元以杜甫、苏轼为典范。有批评者认为元尤其偏爱具有北方民族英雄气质的诗人。"《印第安纳大学中国古典文学参考资料》，第 1 册，第 953—954 页。

[4] 关于王安石，加拿大学者王健写道："宋初，重章句与技巧的'西昆体'与重自然、清晰及浅近易读的'白体'形成对立之势。持实用主义文学观的王安石自然更倾向于'白体'。诗人大概渴望摆脱早年惯作的律诗诗风的束缚，转向结构要求不那样严格的古体诗。诗人青壮年时期写过许多我们今天可称之为社会抗议诗的古体诗……但诗人晚年的诗作更为人传颂，其中成就最高的当推律诗和绝句。王的诗风与杜甫相近，修辞巧妙，遒劲有力，诗中饱含真挚的情感与对世事沧桑的感悟。虽然采用的是格式复杂、对仗工整的律诗形式，但朴素自然、浅切易懂之（转下页）

在论及郑的七言"古今体"诗时,陈衍认为他"酷似遗山(元好问)",但"五言古则非遗山所能"。[1] 这里我们所看到的诗人郑孝胥不同于前文那个反对张之洞以"清切"为标准批评陈三立的郑孝胥(郑后来收回了自己的反对意见,担心这样做会"误后生")。[2] 显然,郑更钟爱相对直白而有力的诗风。金天羽从精神及意象而非技巧的角度将郑同易顺鼎比较如下:

  两贤徂往,遗文可玩,而执事与中实,惊才绝艳,并辔诗衢。纲综流略,隐括万汇,《骚》心《选》旨,忠歌义泣,椠骑腾沓,嘘风呵电,儒冠雅步,优膝伎笑,庄辞谲讽,神奇朽腐,环姿博趣,不可图状,实艺苑之创作、词林之伟观也。[3]

上述评论强调,郑孝胥的个性中有浪漫的一面——这一形象多少与郑在后来的散文作品中显露的儒哲形象不同。[4] 然而,郑作

---

(接上页)风与诗人的散文以及早年的古体诗相近。"《印第安纳大学中国古典文学参考资料》,第1册,第854—855页。

1 换言之,郑的五言古诗明显优于元好问。见陈衍《石遗室诗话》(1929),第12卷,第1页反面第5—6行。

2 郑为《散原精舍诗》写的序作于宣统元年(1909)五月,但后来他在《答樊云门东雨剧谈》一诗中改变了对于"清切"的看法:"尝序伯严诗,持论辟清切。自嫌误后生,流浪或失实。"见《海藏楼诗》(1914),第8卷,第3页正面第5页至反面第2行。

3 引自《答樊山老人论诗书》,见金天羽《天放楼文言》,第2册,第10卷,第6页反面第10行至第7页正面第1行。

4 例如,郑孝胥《孔教新编》,上海:商务印书馆,1919年,以及《王道讲演集》,长春:福文盛印书局,1934年,后者有英译本 *Wang Tao (The Kingly Way): An Outline of the Political-Moral Code of the Manchoukuo Government by Premier Cheng Hsiao-hsu*(选译),Dairen(大连):Manchuria Daily News,1934年。

为诗人的浪漫主义更倾向于静默的艺术沉思,而非惊心动魄的传奇想象。郑的一首著名的七言无题古诗可作例证。该诗是诗人甲辰年(1904)七月在龙州任上所作:

    余去年与人书,有曰:以诗人而为边帅,俗子或疑边帅之贵,余乃解之

    高楼先生耽苦吟[1],廿年来往江之浔。
    何曾梦见烟瘴地,蛮荒一落颜为黔。
    连城三月脱鬼手[2],龙州还对山崎嶔。
    边关形如马振鬣[3],戍卒状似猿投林。
    风情收拾付隔世,坐觉老大来相侵。
    岂无春花与秋月,路绝不到诗人心。
    终年望饷数不至,欲和乞食[4]谁知音。
    此人此地宁足爱,庙堂用意殊难寻。
    天高非高海非深,平生诗人岂不贵,何以卑我空伤今。[5]

    龙州在广西山区,清军在那里设了一个军事要塞。郑孝胥曾任此地边防督办,驻守两年,展现卓越的军事才能。仓田贞美认

---

1 "苦吟"指艰难的诗歌创作过程。
2 作者曾在龙州的连城驻军三个月。
3 "振鬣"意为直上直下,典出安徽马鬃岭。
4 此处指陶渊明的《乞食诗》。见《海藏楼诗》(1914),第 5 卷,第 8 页。陶诗见《笺注陶渊明诗》,上海:商务印书馆,1922 年,第 1 卷。
5 《海藏楼诗》(1914),第 5 卷,第 7 页反面至第 8 页正面;又见《海藏楼诗集》(2003),第 137 页。有趣的是,此诗最后一句似乎预言了胡适对清末民初旧体诗有太多"无病呻吟"的批评。

为这首诗表达了作者"对生活以及自己诗人角色的满足感"。[1] 但我不这样认为。广西地处南疆[2]，远离汉文化中心，而赴任龙州之前，诗人一度是这个文化中心相当活跃的一员。这似乎是该诗前两联的主旨所在。在瘴疠之地的这一新职上，诗人有时间［和动力］去反思一下自己之前的生活。然而，激发他反思的不仅仅是与汉文化中心的遥远距离，更因为他的年纪（他感觉"力不从心"）以及他对恢复道德风尚和重整河山的信心的丧失。"何以卑我空伤今"，结尾处这一反问更将忧伤表露无遗，而这忧伤恰与仓田从诗中读出的"满足感"无甚关联。如果说一位诗人的生活有什么"意义"的话，那么这种意义往往出自诗人对自己的敏锐洞察力的满意，无论现实多么令人沮丧。这一点就郑孝胥而言尤其如此。透过郑的诗，人们时常窥见其对现实的怀疑与嘲讽。这不禁让人想起埃兹拉·庞德的诗句：

> 想到美国，
> 想到美国，
> 想到美国将会怎样？
> ——如果古典著作有了更大的发行量。
> 这个问题使我夜不能眠。[3]

---

1 仓田贞美著作，第 71 页。
2 广西毗邻云南省和越南，今天大约 60% 的地区居住着壮族、苗族、侗族、瑶族、彝族等少数民族。
3 见《独白诗章》("Cantico del Sole")，《埃兹拉·庞德短诗集》(*Collected Shorter Poems by Ezra Pound*)，伦敦：费伯与费伯出版公司，1952 年，第 202 页。

当不得不吞下向现实妥协的苦药时，正是早年本性中的浪漫主义倾向促使两位诗人采取了这样的立场。[1]

郑孝胥1903年写了一首五言古诗《赠郭秋屏》：

右赠外务部法文翻译官郭君家骥。余交郭君十年，服其刚介不苟，亚于萨君镇冰。若使得位，必可移当世，籧篨戚施夸毗之习。为此诗以待知言者，固不恤下士之怒也。

华人无贵贱，诗张喜为幻。

此技欲何施，反遭彼族嫚。

吾友虽多贤，刚者罕亦见。

南萨与北郭，二子我所惮。

秋屏实劲特，骨立肤不曼。

浊河方滔天，伏济清自贯。

骄胡不敢轻，安用赖舌战。

---

[1] 这一点，在某种程度上，就是中国评论家一再强调的郑的品性。例如，金天羽指出："频年读海藏诗，观海藏书，气性格力，谓可孤行当世。当世之名诗与书者，且不期而拟海藏，何其力之伟也。"见《天放楼文言·与郑苏堪先生论诗书》，第2册，第10卷，第7页正面第10—11行。而在另一处，金称郑"海藏貌古心诚"，见《天放楼诗集·雷音集》，第2册，第5卷，第11页正面第10行。收入《天放楼文言》的那封信继续写道："[郑的]执事之诗，体素储洁，孑然松桧之干，性之狷者也。……[他]读破万卷，而不为书累。外疏简而中含精实。诗如其人，是以可贵，非以其似姚合、唐彦谦、吴融之为也。"见《天放楼文言·与郑苏堪先生论诗书》，第2册，第10卷，第8页正面第1、11行。仓田贞美仅是重复类似的观点，将这些及其他类似评论的主旨强调一番："金天羽和杨钟羲的评论可谓切中要旨：郑孝胥是诚实谨严之人，他的诗同人一样，明快纯净，有一种平和深沉的内在品质，有时淡泊，有时忧郁。郑辛亥革命前的许多作品表达了他的爱国情感和对时事的关心与忧虑。郑作于辛亥革命后的作品，我将在后面论述，但现在要注意的是陈衍将郑的这些作品比作元遗山（金遗老元好问）的作品是承认他有这一面。"（见仓田贞美著作，第70页）

> 大官习兰阇[1]，谄敌必笑面。
> 此谄彼益骄，吁嗟谁好汉。[2]

如叙中所说，郭秋屏（家骥）是外务部法文翻译官，诗人作此诗时与郭相识已有十年。郑作此诗意在肯定郭氏的人品，以示其未来可堪大用。但这并非后来郑孝胥诗集以及民国时期出版的晚清诗歌选本收录该诗的原因。[3] 显然，就像鲁迅一样，郑对同胞的尖刻批评吸引了一些选家和读者的注意。[4] 在诗人的眼中，中国已经变成了罪恶的渊薮，正直之士凤毛麟角，故此需要大力表彰。而表彰本身实则包含了对未被表彰者的抨击。跟庞德一样，郑孝胥试图寻找重建中华文明的良方，这个文明，在郑看来正在崩塌。这也是郑讨论"王道"的动机，他致力于重塑儒家学说，以使之适应现代世界的需要。詹姆斯·纳普（James Knapp）指出：

> 庞德在19世纪开始自己的文字生涯时，眼见世界秩序分崩离析……他试图重建这一秩序，此后数十年一直努力不辍。出于对自己所处时代艺术极度贫瘠的失望以及对遍布周

---

1 "兰阇"一词为佛教用语，意为"赞扬"。参见苏慧廉（W. E. Soothill）《中国佛教术语词典》(*A Dictionary of Chinese Buddhist Terms*)，台北：成文书局，1962年，第84页。
2 见《海藏楼诗》(1914)，第5卷，第4页正面第9行至反面第1行；又见《海藏楼诗集》(2003)，第131—132页。
3 见王文茹编《近代十大家诗抄·郑孝胥卷》，上海：进步书局，1915年。这是民国初年诗选家王文茹从郑的作品选出的最早的两篇诗作之一。
4 台北清诗学家吴宏一曾对我说，他发现这首诗趣味甚恶，因为语言过于直露。这令人想到庞德那大胆而率直的语言，有时容易得罪人。

遭的经济剥削的厌恶，庞德决心寻找一条更好的出路。为了寻找值得重建的美好时光，他数十年不断地爬梳过去与现实，最后终于觅得一幅可以维系我们所有人生活的地球家园的图景，一种在以自我为中心的贪婪和剥削主宰的历史长河中已经消失了好多个世纪的自然秩序。[1]

而郑孝胥《王道讲演集》的程克祥所作"绪言"是这样开头的：

> "满洲国"建立的基础要超过物质主义。为了这个国家的长治久安，必须制定一个广大民众、高级官员甚至皇帝都需要遵循的治国纲领……郑孝胥……长期以来一直希望能够将中国最古老、不朽的道德规范——儒家思想——引进国家管理中；因为他坚信：如果人民有更高的理想（不仅仅是物质的追求），那么他们便会更无私地为君主效力……[2]

应当承认，郑孝胥和庞德都终于参与了其终极目标实际上与他们曾认同的人本主义理想背道而驰的政治活动。事实上，上面引述的那个绪言简化并歪曲了郑孝胥的哲学思想。《王道讲演集》的要点[3]并非简单地使人民"更无私地为君主效力"，而是论述君民、君臣之间的关系。郑孝胥认为，君主与臣民之间应该是：君

---

[1] 詹姆斯·纳普《庞德》（*Ezra Pound*），波士顿：霍尔出版社（G. K. Hall），1979 年，第 9—10 页。
[2] 据英文节译本译出。参见 *Wang Tao*（1934 年），第 1 页。
[3] 郑和孟子的著作都如此，更不要说庞德。后者径直引用孔子的教导来批评墨索里尼。

主智慧，仁慈，对臣民负责，臣民发自内心感恩并勇于献身，而非相反。依照郑孝胥的说法，只有刚正有德的统治者才值得臣民归从。[1]

郑孝胥在五言古诗《渡江观武建军合操》中表达了这些想法：

> 妄人轻召兵，败绩坐不教。
> 十年未可复，士气太凋耗。
> 此军何所用，身手好年少。
> 谁能结以恩，汤火岂难蹈。
> 悽伤就步伐，悲愤入腾踔。
> 庶几哀者徒，免为敌人笑。
> 尚书气不馁，勋略被将校。
> 胡为致诗客，戎幕议增灶[2]。
> 何当出短歌，传诵遍营哨[3]。
> 居然怀国耻，收取毛锥效。
> 角声尚盈耳，旗影山椒绕。
> 水落舟更迟，横江怜晚照。[4]

---

[1] 见彭述先编的中文书《王道讲演集》（1934）。英文节译本，如果继续看下去，也证明了上述观点。

[2] "增灶"，出自东汉名将虞诩通过增灶迷惑敌人，成功退敌的故事，见《后汉书·虞诩列传》。

[3] 这里诗人可能指一种当时军队里流行的由梁启超等人创作的爱国歌。这些歌有感于印度和波兰的被奴役状态，呼唤中国人奋起反抗帝国主义的瓜分。鲁迅对这些歌词评价不高。参见鲁迅《摩罗诗力说》,《鲁迅全集》，第 1 卷，第 65 页。

[4] 此诗被《晚清四十家诗钞》选录，又见《海藏楼诗》（1914），第 4 卷，第 11 页反面第 3—9 行；又见《海藏楼诗集》（2003），第 112—113 页。

该诗作于庚子年（1900）秋天，即义和团运动失败、朝廷西迁和北京陷落后不久[1]。郑孝胥开头第一句明确表达对慈禧太后及其支持者的不满（"妾人轻召兵"）。

第15—16句和第19—20句两联极具讽刺性，以致这四句在吴闿生所编的民国时期选本中被完全删除。不过郑孝胥在其1937年《海藏楼诗》13卷本中保留了整首诗。显然，选家或者某些读者会觉得这些诗句同样可以用来描写1924年的北洋政府统治者[2]。尽管第19句中"国耻"一词指的是义和团失败后的残局，选家还是担心会被误解为影射中华民国时期的"国耻"（袁世凯答应了日本的《二十一条》）[3]。无论哪种情况，第19—20句都显得讽刺性十足。最后一联，以"水落"和"晚照"的意象暗示一个朝代的末日已经临近。不管诗人多么蔑视愚蠢的当权者，他对优秀传统的丧失仍然感到一种伤痛。

现在我们来看郑的另一首五言古诗《柳州兵变（五月初十夜事）》[4]。

左江无安流，柳庆久糜烂[5]。

---

1  按在《海藏楼诗》（1914年）中出现的先后次序引述。
2  段祺瑞（1865—1936），北洋军阀皖系头领，1924年11月—1926年4月临时执政。其卫队射杀抗议女学生的暴行受到鲁迅等人抨击。见《鲁迅全集》，第3卷，第273—278页。又见《鲁迅旧体诗研究》，第30—31、121—130页。
3  袁政府于1915年被迫签订了合约。合约签订之后不久，广大爱国人士将5月9日，即中国接受和约的这一天，定为国耻日。
4  "柳州"是湘广黔铁路的交会点。本诗记录了发生在1903年夏天的一个事件。
5  "左江"，又名丽江，流入首府南宁附近的右江。广西提督下辖左江镇、右江镇、柳庆镇等军镇，其中柳庆镇辖柳州与庆远。

匪梳兵如篦，用人实不善。
奏报多斩获，肃清谓已近。
岂知祸未艾，复致柳州叛。
溃卒趋东泉[1]，中渡[2]守亦散。
或云陷雒容[3]，桂林殊可患。
大臣顿失措，满局子俱乱。
边军才五千，遂欲调其半。
两月仅能达，宁足御奔窜。
藩篱羌自撤，何以弭外衅。
非予执不可，隐忧谁得见？
治丝而棼之，抵几为一叹。[4]

晚清时，柳州已成为重要的铁路枢纽和广西省战略要地。19世纪末，外国侵略者侵入广西，英国船舶从西江口上溯南宁，法国建造了一条从其越南北部的据点保护地经中国边境省份云南到此地的铁路。外国商人和传教士在这个地区已经相当活跃，事变屡发，当地官员的权威遭到质疑。明了这种情形，我们就不会觉得诗人流露的恐惧感（"藩篱羌自撤，何以弭外衅"）夸张了。在这首诗中，诗人的着眼点不是对外国入侵的斥责，而是对于本国的内省式的批评。如果一个国家治理不善，那么，局势很快就会

---

1 "东泉"，位于柳州东二十里的一个镇。
2 "中渡"，桂林西南的一个镇。
3 "雒容"，清代柳州府管辖的一个镇，现为一个镇。
4 收入《晚清四十家诗钞》，第110页。又见《海藏楼诗》（1914），第5卷，第7页正面第1—6行；又见《海藏楼诗集》（2003），第136页。

陷入混乱。在某种程度上，诗人的恐惧预言了晚清的军权分配格局下军阀混战时代的到来。这首诗实际上是在呼吁建立一个有原则、负责任的政体。也许会有人提出，这是典型的儒家观点，与王闿运等人提出的观点无甚差别。但是我认为，郑孝胥更加深刻地认识到时局已经无可挽回。

此外，从一个文学史家的角度看，这首诗中值得关注的还有当时的社会环境加之于诗人的某种程度的自我怀疑和生存危机（见结尾一联）。我们看到一位堪称典范的儒士、一位没有败绩的军事将领发表如此极端的言论。正因为是他这样的权威之士在讲这些话，更增加了这些话的可信度。后来随着不遗余力恢复秩序的郑孝胥卷入"亲日汉奸"的非议中，人们甚至开始质疑其文学作品的质量。但与庞德一样，郑孝胥对这些质疑漠不关心。在作于1913年的《答乙盦短歌三章》其二中，郑写道：

> 人生类秋虫，正宜以秋死。
> 虫魂复为秋，岂意人有鬼。
> 盍作已死观，稍怜鬼趣美。
> 为鬼当为雄，守雌非鬼理。
> 哀哉无国殇，谁可雪此耻。
> 纷纷厉不如，薄彼天下士。[1]

---

1 《海藏楼诗》（1914），第8卷，第17页正面第8—10行；又见《海藏楼诗集》（2003），第250页。

如果牢记爱国与忠君在诗人心目中不可分割这一点，那么，促使诗人参与傀儡政府的那份情感便显而易见了[1]。关于这首诗，仓田贞美说："诗人从死者的视角，表达了对那些宁愿苟且偷生而不愿壮烈牺牲者的蔑视。他宁为鬼雄，并为没有人愿为国献身感到痛惜。"[2] 其中"为鬼当为雄"一句分明取自《楚辞·九歌·国殇》一诗最后一句"身既死兮神以灵，魂魄毅兮为鬼雄"。[3]

郑诗中除了哀悼，还有显而易见的愤怒情绪。也许这反映诗人对所属阶级（诗最后一句所言"天下士"）总体的不满。他将这些人视为懦夫、机会主义者、向新政权投降的叛徒以及优秀文学传统的玷污者[4]——这与庞德对19世纪二三十年代美国通俗文化提倡者的蔑视不无共同之处。

郑孝胥在清末民初诗坛具有代表性，并非作为政治人物，而是作为文化人物。同样，庞德，因其地位的提升以及伴随其著作出现的严肃文学批评，现在仍然是英语文学界思想与艺术力量的杰出代表。两人命运的主要差别在于，郑孝胥后来被否定并随之湮没无闻，这不仅仅因为郑晚年的政治倾向引起非议，而且还因为许多中国文学史家不能容忍进入现代社会后仍有人抗拒文学形式的新变化。然而颇具吊诡意味的是，一代又一代中国青年知识

---

1 该诗明显表达的是郑辛亥革命后的感受，此时郑尚未参与伪满洲国事务。
2 仓田贞美著作，第655页。
3 见陈子展《楚辞直解》，南京：江苏古籍出版社，1988年，第114—115页。
4 鲁迅1933年仍然使用这样的概念，但他是从另一种政治立场立论的。见他1933年6月28日所作讽刺亲政府杂志《越风》编辑黄萍荪的无题诗："禹域多飞将，蜗庐剩逸民。夜邀潭底影，玄酒颂皇仁。"见英文拙著《诗人鲁迅：以其旧体诗为中心的研究》，第272—273页。

分子仍旧对这种据说已经过时了的旧体诗兴趣盎然,旧体诗仍旧在一些公众集会如1976年周恩来去世后发生的"四五运动"中大量涌现,而且在20世纪70年代末的一些新杂志上重新抬头,所谓"旧瓶装新酒"。难道不能由此推测中国最近的青年人——同《楚辞》中的那些"鬼雄"一样——尽管受白话新诗影响已有三代之久,但在重要的时刻,找不到一种比旧体诗更加有效地表达情感的形式吗?

# 结　论

中国大陆的文学史家将中国现代文学分为三个基本阶段：近代文学（1840—1919）肇始于第一次鸦片战争，终于1919年五四运动；现代文学（1919—1949）发端于或略早于五四运动，至1949年共产党在国共内战中获得军事胜利；以及当代文学（1949年至今）。

西方学者以及台湾及香港地区的学者均倾向于认为20世纪初传统的中国文学已日趋衰落，停滞不前，1919年反传统的五四运动将其彻底终结，"现代"时期正式开始。然而这两种观点，除了时间上的明显巧合令人生疑之外，还有一个显而易见的问题：两种观点均过于关注外在的政治事件，而忽视了上述截止日期之前（以及之后）出现的更为微妙的文学发展。近来一些西方学者，如捷克学者米列娜（Milena Doleželová-Velingerová）、美国学者胡志德（Theodore Huters）、来自台湾的哈佛大学教授王德威（David Der-wei Wang），以及其他一些学者也开始重新审视晚清小说，并意识到晚清小说并不像此前认为的那样"传统"。借由本书的研究，我意在指出，大致同一时期，或更早时期的传统诗歌可能也不像此前以为的那样"传统"。一些中国学者，如钱仲联、黄林、马亚中、王兴康等重燃对这一时期诗歌的研究兴趣或可证实这一假设，尽管这些学者，或许出于政治或历史原因，并未明确得出这样的结论。然而，正如宇文所安（Stephen Owen）所言：

> 当我们在一定语境中读到某位清代诗人关于长安的诗作时，我们知道诗人实际上指的是北京，而非唐代的长安城。我们知道这一点，是因为它出现在诗歌这一较小语言群体的语境中，这个群体的成员约定在那一细节处修改大语言群体的语言。这一修改证实了该群体的特殊关注（不仅表达"我们"的概念，而且实现了群体的界定）——面对扑朔迷离的世事变化，维护文明本质上的连续性，并希望我们清代诗人写出像唐诗那样的优秀诗篇。文学通过放大这些约定的细节来表达自身作为一个语言系统的独立性（不过偶尔也会为其独立性担忧，因而拒绝对语言的"文学性"修改，并寻求回归大语言群体；然而此处的语言并非一种日常语言，而是一种否定之否定，一种建立在将自身与不同于大语言群体的日常语言的语言区别开来基础之上的语言风格）。[1]

世纪之交以及之后中国知识分子所经历的异常深重的文化危机致使"五四"一代拒斥那种"宣扬自身独立性"的文学。事实

---

[1] 宇文所安《理解的历史性》（"The Historicity of Understanding"），英文《淡江评论》（*Tamkang Review*），第14卷，第1—4期（1983年秋—1984年夏），第439页。

上，这种拒斥一直延续至许多"五四"一代的学生那里。不过那种由于独立于大语言群体之外而产生的强烈的自我意识，一部分源自文人由于对当时时局以及政策缺乏显著的影响力而产生的无力感。随着1905年科举制度的废除，这一曾经以娴熟运用文学语言的高超能力为傲，并因此拥有强大文化影响力的文人群体的力量实际上大幅削弱。

吉川幸次郎注意到，中国学者书写中国文学史实际上是民国时期的新现象。写作这些文学史的一代民国学人很自然地渴望强调他们自身的贡献，而否定之前学人的贡献，认为其先辈学人是落伍的，一定程度上由于政治体制变革而丧失合法性的旧式文人。[1] 这个问题很快由于当时的政治以及情感因素而被放大，那些与旧制度有关联的文人被自动排除在文学史之外。许多有名望的晚清诗人被视为效忠清廷者（有的准确，有的不然），并因此受到继世民国学者的藐视与讥讽。这样一来，一直以诗歌为代表的"高雅文化"的历史，这一时期被轻视或被忽略。

在某种意义上，正如一些学衡派学者指出的，这是一种文化的自我反叛。但是不可否认，这是在面对中国历史上史无前例的文化危机以及特殊境况时的一种反应。[2] 吉川建议，文学史家应该思考晚清代表诗人如何在诗作中反映其所处时代的困境，而不是

---

1 见吉川幸次郎《清末の詩：散原精舎詩を読む》一文，日文《吉川幸次郎全集》，第16卷，第266—271页。
2 至20世纪20年代，面对日趋严重的社会与经济动荡以及日趋迫近的日本侵略的幽灵，中华民族的存亡成为新文化运动的主要动力之一。有观点认为，为了更好地利用文学教化群众，使群众意识到中华民族面临的危险，文学的文化以及审美层面的细节问题需要搁置。

一味地追问为什么这些诗人没有反抗当时的制度以及生活方式。这样的思考可能更客观，至少更富有成效。[1]

19世纪中叶鸦片战争、太平天国起义以及许多其他灾难推动了一些中国新势力的崛起，涌现一批包括曾国藩、左宗棠、李鸿章以及张之洞在内的汉族文官，这些人对19世纪下半叶中国的政治以及思想史发挥了巨大的影响。古老的科举考试制度似乎在一定程度短暂地恢复了活力，经由科举选拔出的一批有志向、有抱负，道德品质卓越的才华之士，通过恰当的治理（儒家所提倡的"治国"）暂时稳定了局势。正如法国著名汉学家谢和耐（Jacques Gernet）所言：

> 新的动力来自旧时的中国统治阶级：太平天国［起义］的胜利本会破坏旧的政治以及社会秩序，摧毁一切古典传统。朝廷组建的新军队的领袖是从未打算从军的文人与文官。但是传统秩序面临的危机将这些人团结起来，共同保卫大清帝国，保卫清王朝。太平天国不仅是一场政治与军事危机，也是一场道德危机。在清帝国捍卫者的眼中，太平天国起义的成功象征着某种堕落，预示着传统价值观的衰落，应该比以往任何时候都更加坚定地向臣民灌输忠于君主、维护社会及家庭等级秩序的观念。因此，太平天国起义引发了一种维护正统观念的保守情绪，并激发了统治阶级比以往

---

[1] 见《清末の詩：散原精舍詩を読む》一文，日文《吉川幸次郎全集》，第16卷，第266—267页。

任何时候都强烈的对于传统道德与价值观的依恋之情。由1850—1864年危机导致的这种维护正统的保守情绪是19世纪下半叶历史的一个关键要素,因为在1894年中日战争之前,正是这一保守情绪激发了中国对于外商以及西方新观念、新事物普遍的抵制。[1]

清末数年间,曾国藩与张之洞这两位当时最杰出的政治家均积极关注诗歌与政治,两人对当时的文学思潮的影响毋庸置疑。曾国藩对韩愈、黄庭坚文风的偏好对乾嘉以降文学总体发展趋势的影响显而易见。这在文学语境中具有重要意义,因为这促使(至少是鼓励了)晚清诗歌发展出不同于袁枚、赵翼与舒位诗风的新方向。不过完全将诗歌的这一新发展方向归功于一个人的影响与支持是错误的。正如邓辅纶与王闿运的例子所示,一些文人在未受(或摆脱了)曾国藩影响的情况下已经开始独立探索上述以及其他文学领域。不过曾氏的支持无疑促进了新诗风的普及。

与曾不同,张之洞更青睐欧阳修、苏轼与王安石的诗风——他称其为"宋意唐格"。张诗在一些形式方面仍沿袭了乾嘉传统。因此至少在形式方面,可以说张更倾向于保留清中叶的诗风。[2]

尽管张之洞曾批评过陈三立诗歌的用词,并含蓄地批评过陈诗的内容,但是陈仍是张最敬重的学者之一,而且张从未直接劝阻陈创作这一类型的诗歌。显然,面对晚清的外部环境,在一定

---

[1] 谢和耐《中国社会文明史》(*A History of Chinese Civilization*,原法文名为 *Le Monde Chinois*),福斯特(J. R. Foster)英译,剑桥:剑桥大学出版社,1982年,第562页。
[2] 见钱基博《现代中国文学史》,第237—238页。

程度上需要对诗歌采取一种兼收并蓄的态度。而严格的审美契合与分类不再那么至关重要；为度过这一危机时期，传统变得更加包容，不再那么排他。[1]

如果这是一个不存在绝对标准的过渡时期，那么我们又该如何评判这些诗坛人物的贡献呢？吉川幸次郎经过一番沉思后指出：

> 难道我们仅仅要从其与鲁迅截然相悖的角度去看待晚清诗人？不可否认，他们大多支持旧的政治体制以及文学创作方式。然而，他们大多也真诚地期望直面清末民初的文化与政治危机，并将自己的思考与看法写入诗歌中。[2]

不过我想立刻补充指出，我在阅读他们的作品时并未发现大多数诗人——像一些人认为的那样——是政治上的极端保守派，我也不认为这些诗人的政治倾向必然影响到他们表达现代时期的冲击的能力。吉川之言的含义十分清楚：中国文学史必须重新书

---

[1] 柳亨奎在论及陈衍时指出，实际上清末民初时期宋诗派最盛行，不过柳在其论述中将唐诗的许多遗产归入宋诗，然后贬斥"专注于模仿六朝诗风的王闿运及其追随者"（《陈衍（1856—1937）与同光体诗论》，第 129 页）。尽管归类有时可能是一种重要的探索方法，但是从晚清诗集整体来看，将某一诗派置于所有其他诗派之上是缺乏历史客观性的。而且，柳氏对于"王闿运及其追随者"不屑一顾的轻蔑态度与胡适对于宋诗派的态度十分相似，胡认为宋诗派的主要缺陷是"模仿古人"。见《文学改良刍议》，《胡适作品集》，台北：远流出版社，1986 年，第 3 册，第 8 页。事实上，在刘纳看来，陈三立一直力求避免模仿古人，陈在一定程度上通过用词做到了这一点。见刘纳编著《陈三立：评传・作品选》，第 35 页。

[2] 见《清末の詩：散原精舎詩を読む》一文，日文《吉川幸次郎全集》，第 16 卷，第 266—267 页。

写，必须考虑到这些诗人的文学作品，因为他们是描绘这一时期重大文化、政治与文学变革的关键人物。

我在本书中论及的诗人后来被陈炳堃称为"旧派诗人"[1]——大致从19世纪70年代至19世纪末20世纪初文坛的著名诗人[2]。我将王闿运作《圆明园词》的1871年视为这一时期的起始年份。王在这首七言古诗中描述了1860年英法联军劫掠圆明园事件。

王闿运一派因其诗风与汉魏六朝诗风相似，后被称为"拟古派"。但是他们并非唯一力求以旧体诗形式写作反映当时时局新内容的诗派。来自湖北恩施的樊增祥以及来自湖南龙阳的易顺鼎是同样这么做的另一主要诗派的代表人物，这一派通常（尽管并不完全准确）被称为中晚唐诗派。樊与易，以及王闿运与邓辅纶[3]均原籍湘鄂，这表明湘鄂地区当时已成为中国诗界最有影响力的轴心区，而其影响并不局限于一个诗派。樊与易均曾师从张之洞学诗。从某种意义上说，他们是清中叶的诗歌传统（以赵翼、舒位等为代表）的合法继承者，是他们将这一传统延续至现代时期。

第三大诗派即所谓的"宋诗派"或"同光体"，陈三立、郑孝胥及沈曾植为该派主要诗人，陈衍为该派理论领袖。陈三立来自江西[4]，郑孝胥与陈衍来自福建，沈曾植来自浙江；因此这一诗派最初似乎是由原籍东南沿海省份的诗人组成[5]，不过他们后来的

---

1 陈炳堃著，《最近三十年中国文学史》，上海：太平洋书店，1931年，第15—37页。
2 仓田贞美称其为"既成诗坛"。
3 王与邓均来自湖南，两人一生中许多事件均与这一事实有关。
4 陈家原为福建客家人，后迁至江西。见蒋天枢编《陈寅恪先生编年纪事》，第5页。
5 来自安徽合肥的王逸塘在评述陈三立与郑孝胥时写："君（陈三立）与海（转下页）

影响力则遍布全国[1]。事实上，上述三大"诗派"的影响力均遍布全国，虽然这些诗派成员，从原籍地来看，并非来自全国各地。

不可否认，陈三立钟爱宋代黄庭坚的才学之诗，但是他并不排斥其他诗风。在1898年戊戌变法运动为慈禧太后镇压之后陈被流放南昌附近时期，以及最后三十年先在南京，1933年后在北京（当时称北平）的退居赋闲时期，陈创作了大量具有自己风格的深奥慎思之作。不过陈在这段时期并未像一些学界权威认为的那样以清朝遗老自居。他的一部分诗歌只是在哀叹旧秩序瓦解之后的混乱与杀戮，斥责那些争权夺利之人的贪婪与无原则。在这个意义上，他与鲁迅等民国时期在政治方面称得上"进步"的文人并未有大不同。正如胡先骕已经指出的，袁世凯去世之际陈三立曾写下如下诗句：

> 寄题曹东寅南园图
> 大盗据九鼎[2]，怗恃凶威横。
> 宇县巧煽力，取附爪牙衣。
> 冠匍匐媚受，禅欲列秽史。

---

（接上页）藏（郑孝胥）一时有郑陈之目，海内论东南坛坫者辄首及两公。"见王逸塘《今传是楼诗话》，第45页。

1 陈衍曾在朝廷新设的总管教育事务的学部任学部主事（1905），后任京师大学堂（北京大学前身）经文科教习，后来又曾到厦门大学任教，当时适逢鲁迅也在厦门大学。鲁迅曾提及陈衍至厦门大学后，当时国学院人士前去拜访陈的情景，"陈石遗忽来，居于镇南关，国学院众人纷纷往拜之"，见鲁迅致沈兼士信（1926年12月19日），《鲁迅全集》，1991年，第11卷，第517页。陈衍的著作在北京和上海出版，陈三立的著作于上海出版，郑孝胥的著作出版于北京和上海。

2 九鼎是国家政权的象征。

载歌咏凭几，眦裂举腕战。

倏忽南戈起¹，扫除莽卓坐。²

  这些诗句反映的思想情感与高度的政治意识实则与鲁迅曾经高度赞扬的章炳麟³所具有的思想情感以及政治意识并无二致。20世纪30年代，当郑孝胥再次为被废黜的皇帝溥仪效力，出任日本人控制的伪满洲国"总理大臣"时，陈三立毅然与之断交。

  而郑辅佐爱新觉罗·溥仪登上伪满洲国皇帝宝座的主要目的是为了复辟清王朝。不过这位曾被日本人比作申包胥⁴，被当时英文《满洲日报》称为"拥有更光明前途的中国的沃尔西（Wolsey），有治国之才又兼通诗词与剑术的中国的黎塞留（Richelieu）"⁵的郑孝胥后来因为拒绝服从他认为不符合自己效力的皇帝和朝廷的最佳利益的命令，而被日本人免职。显而易见，郑最初认为伪满洲国不仅仅是一个傀儡政权，还是光复大清王朝的第一块必要的垫脚石。

  关于美学，"旧派"诗人的见解不见得一致，同样，这些诗人关于政治的见解亦未必相同。19世纪末20世纪初中国面临的处境是历史上前所未有的，在这样一个时期，诗人诗作中的观点不同寻常，这一点亦应不足怪。我认为，一个重要的不同寻常之

---

1 此处指蔡锷（1882—1916）与云南都督唐继尧（1883—1927）于1915年发动的反对企图背叛民国自己称帝的袁世凯的起义。
2 "莽"指王莽（常被视为汉室篡权者），"卓"即董卓，在此以王、董二人指代袁世凯。诗见陈三立《散原精舍诗续集》，卷中，第48页反面第3—5行。
3 《鲁迅全集》，第6卷，第546—547页。
4 战国时期的一位机敏忠诚之士，以助楚复国而闻名。
5 原文在英文《满洲日报》的文章，转摘自郑孝胥《王道讲演集》书中的序言，无页码。

处在于诗人将昔日的辉煌与今日的沦落并置一处时产生的新的反讽意味。这种反讽意味在王闿运的《圆明园词》以及樊增祥的本于名妓赛金花的民间传说的《彩云曲》中尤为明显。《彩云曲》后半部分详尽描述了义和团运动被镇压后中国所遭受的屈辱。据传赛金花与德军元帅、占领北京城的八国联军最高统帅冯·瓦德西一起在紫禁城住了数月,在皇宫过着皇帝皇后般的生活。不过,真正赋予该诗现代特征的是诗人不同寻常的视角,他的颇富反讽意味的距离感,以及他对于所有过往的辉煌已经一去不复返的日益清醒的认识。

陈三立的现代性表现在其诗中表达的深切的个人疏离感(personal alienation),以及面对传统秩序的消逝时诗人的痛苦与自我怀疑。这与主张诗风改革的"诗界革命"派或后来的南社等"诗人-革命者"的诗作有所不同。著名的革新诗人黄遵宪,在一封谈及自己诗人身份的声明信中写道:"苟能即身之所遇,目之所见,耳之所闻,而笔之于诗,何必古人?我自有我之诗者在矣。"[1] 此外,黄还批评当时的诗坛领袖道:

> 不能率其真,而舍我以从人,而曰:吾汉、吾魏、吾六朝、吾唐、吾宋,无论其非也,即刻画求似而得其形,有则肖矣,而我则亡也。我已忘我,而吾心声皆他人之声,又乌有所谓诗者在耶?……吾今日所遇之时、所历之境、所思之

---

[1] 摘自《与郎山论诗》,黄去世后遗稿由《岭南学报》发表,第 2 卷,第 2 期(1931 年 7 月 5 日),第 184 页。

人、所发之思，不先不后，而我在焉，前望古人，后望来者，无得与吾争之者。[1]

虽然黄遵宪关于诗人应该写自己心中所想、脑中所思的观点不失为确论，但断定其同时代的诗人因过于从古，效仿古人的审美趣味与风格而丧失了自己的声音显然言过其实。

与黄相反，陈衍曾表达他对"弱冠毕业法兰西里昂大学，而夙耽旧学"的黄荫亭（黄曾樾）的钦佩之情。据陈言，"其师法国老博士某甚器之，使著中国周秦诸子哲学概论，著录巴黎图书馆，得赠哲学博士。中国人所未有也"。[2] 然而，论及黄遵宪的诗，陈衍写道："[黄]公度诗多纪时事。惜自注不详，阅者未能尽悉。"[3] 显然，陈衍在相对无名的黄荫亭的诗句中发现了一种在颇有声望的黄遵宪的作品中缺少的形式艺术性（formal artistry）。陈衍预言，由于缺乏共同的审美参照标准，读者对黄遵宪的诗不可能太感兴趣。这是对诗界革命以及后来的白话/新诗改革进行的形式批评的一个关键要素。这似乎也是尽管在教科书中的地位下降，但旧体诗仍然吸引了一代又一代人的原因之一。这里回顾一下鲁迅（没人会料想到鲁迅会站在"古典形式主义"一边）在20世纪30年代中期曾采取的比陈衍的更加大胆的形式主义立场应该不无裨益。鲁迅曾写道：

---

1 《与郎山论诗》，第184页。
2 陈衍《石遗室诗话》（1929），第32卷，第5页反面第8—9行。
3 陈衍《石遗室诗话》（1929），第7卷，第3页反面第7行。

我只有一个私见,以为剧本虽有放在书桌上的和演在舞台上的两种,但究以后一种为好;诗歌虽有眼看的和嘴唱的两种,也究以后一种为好;可惜中国的新诗大概是前一种。没有节调,没有韵,它唱不来;唱不来,就记不住,记不住,就不能在人们的脑子里将旧诗挤出,占了它的地位。[1]

即使那些鄙视旧派诗人之人亦不得不承认人们曾广泛学习与模仿旧体诗。例如,胡怀琛便曾写道:

最后有一派叫做同光派,以陈三立、郑孝胥为代表,本着梅尧臣、黄庭坚,加以变化,自成宗派。风靡一时,但不善学的人,往往变本加厉,弄得艰涩不成句读。同时又有王闿运,专做假古董的汉魏诗;樊增祥,专做晚唐式的香艳诗;易顺鼎,专做滑稽诗。一时学的人很多,直弄到民国初年,此风还没大改变。[2]

有趣的是,胡怀琛在批评旧派诗人时采用的是一种士绅风格的语调。这样做意在表明,诗歌改革派是忠于古人的"精神"的,只是在形式上避免单纯的模仿。事实上,胡是在将后五四运动的标准强加给那些与改革派以及革命派的诗歌形式与主张毫无关系的诗人。

这里,为了为旧派诗人辩护,我将借用 F. R. 利维斯(F. R.

---

1 《鲁迅全集》(1981),第12卷,第556页,《致窦隐夫的信》(1934年11月1日)。
2 摘自胡怀琛1923年的文章《中国诗学史的大略》,第二部分,重印于胡怀琛《新诗概说》,上海:商务印书馆,1935年,第41页。

Leavis)的"包容性意识"(inclusive consciousness)概念,这一概念一直贯穿现代诗歌。这些诗人并不以清晰本身为目的,而是通过一种"内容丰富而无秩序的才学"(the "rich disorganization" of their erudition)来实现一种"作品编排的深度"(a depth of orchestration)[1]。正如利维斯在书中讨论的艾略特《死者的葬礼》("The Burial of the Dead")一诗所显示的,这些诗是专门写给有限的观众的。事实上,在现代时期,这样的历史叙述,至少刚开始的时候,往往是作为少数人文化的一部分而存在的。利维斯继续写道:"思考我们当前面临的困境时,我们还必须考虑到机械时代的一大特点:持续不断地快速变化。最终连续性将被打破,生命将被连根拔起。这最后一个比喻特别贴切,因为今天我们就在目睹古老的生活方式以及深植于土地之中的生命之根正被连根拔起。"[2] 在利维斯看来,《荒原》准确地反映了我们传统生活方式的瓦解。考克斯与欣奇利夫写道:

> 利维斯或许是将诗转换为神话,转化为现代意识的瓦解的典型标志的最有影响力的人物。利维斯宣称这首诗是写给那些具有特殊专业知识的数量极其有限的读者的。不过他对这首诗的分析表明,这首诗并不像许多批评家认为的那样艰深晦涩。尽管如此,利维斯认为,表达了这个时代最杰出的意识的作品必然只会吸引那些受过审美训练,将自身与外界

---

1 利维斯《英诗的新动向》(*New Bearings in English Poetry*),新版,伦敦:查托与温都斯出版公司(Chatto & Windus),1961年,第95、100、103页。
2 《英诗的新动向》,第91页。

的恶劣环境隔绝开来的少数人。[1]

陈三立以及本研究中论及的其他诗人的诗与此诗的相似之处至此应该显而易见了。

作为结语,我想说,为了更加准确(使其更具有普适性)地理解现代性的本质以及现代性如何进入文学,我们应该避免那些带有文化偏见或欧洲中心主义的定义。与其专注于"机械时代"的来临以及随之而来的工业化(当时正处于工业化进程中)的西方国家中的某些民众的异化与疏离,将注意力集中在思考那种技术及其几乎同时的衍生物对于所有受此技术影响的国家的人民的影响上可能更有用。当然这绝不是对于前文引用的任何西方文学批评家(利维斯、理查兹、考克斯和欣奇利夫)的本意的背叛。之所以这样做,是为了避免落入仅以一些含有文化负载概念的定义为基础来评判非西方文学特点的陷阱。例如李欧梵便曾使用这一方法讨论收入著名的1924—1926年《野草》中的鲁迅的散文诗。李的讨论原本极为可贵,但是由于他使用了这一方法,因此他下面的这段文字收获的是从文化角度看十分可疑的(从历史角度看,我认为并不准确的)掌声:

> 正如在梦中一样,这种调整目的不在直接反映,而在以艺术方式的意象扭曲投射出内在心理被压抑的创伤。为此,

---

[1] 见考克斯与欣奇利夫编《艾略特〈荒原〉手册》,第14页。
[2] 《鲁迅全集》,第2卷,第159—225页。

它要求象征的技巧。鲁迅的散文诗在某种意义上也是实现［日本文学理论家］厨川白村这一理论的试验，**非常的西方化**，散文诗中召唤出了一系列受折磨的形象，徘徊在梦似的境界，**散发现代的光华，独立远离于中国传统**。[1]

李欧梵以及其他许多非西方文学研究的权威认为受到全面的西方影响（或者我可以说是渗透或模仿？）是非西方文学获得现代性的一个先决条件，这一观点需要重新审视。

面对兴起于大航海时代，19世纪末20世纪初影响波及全世界的新兴工业化与商业国家，传统的以土地为基础的农业帝国的陷落促使人们重新界定何为"自己的"文化、政治以及种族。[2] 事实上，许多受到影响的国家，在曾隶属的旧帝国解体之后均采用了全新的"身份"。格特鲁德·斯坦因（Gertrude Stein）便曾说过："现在美国是世界上最古老的国家"[3]，即美国是第一个经历了全面工业化的共和国，并因此确立了一个新身份。诞生于现代语境的利维斯的"包容性意识"概念，从这个角度去了解，意义更为深远。但是具有包容性的意识难道不可能是一个过渡时期的产物，而非专属于某些特殊语境的成品不可？

---

1 见李欧梵著，英文原版《铁屋中的呐喊》（1987），第92页，黑体着重部分是我后加的。
2 这里我想到的是奥匈、沙俄、前清以及奥特曼帝国；此前陷落的印度、墨西哥、拉丁美洲就更不必说了。
3 "一直都有一个最古老的国家，就是她，20世纪文明的母亲。"斯坦因《美国人为何移居欧洲》（"Why Do Americans Live in Europe?"），载《转变》（*Transition*），第28期（1928年秋），第97页。

随着中国诗歌对于意象派（庞德、艾米·洛威尔等）的影响获得广泛认可，如今我们几乎不可能在不考虑中国以及其他非西方诗歌影响的情况下解读美国主流诗歌。同样，随着全球交流使得跨文学叙述日益成为准则，如今我们不可能在不参考自己文化传统以外的思想、批评家的评论的情况下讨论诸如西方的"崇高"（sublime）或中国的"言外之意"等古老的概念。事实上，如今完全不考虑"他者"对于"自己"的论述不可能具有任何有效性。[1]因此，在学术研究领域，所有的研究必须基于共同的客观性（shared objectivity）；这一原则不仅适用于法律、历史及其他社会科学，也同样适用于文学文本的研究。

最后，我想回顾一下激发了本研究的最初论点：对于那些诞生于最初过渡时期的中国文学，那些表达了作为一个极为博大精深、富于表现力的文化代表的中国知识分子最初是如何应对进入现代时期的，特别是那些传统文学类型的作品，我们需要进行更细致的研究。这些文本至关重要，不仅有助于了解那个时代的中国人如何言说他们自己的价值观，而且有助于了解他们如何用他们自己当时的文化语境本来就有的语文，而非一种翻译的语言，来表达他们对于现代处境的反应。

---

1　见弗雷德里克·杰姆逊（Frederic Jameson）《第三世界文学在跨国资本主义时代》("Third-World Literature in the Era of Multinational Capitalism")，载《社会性文本》(Social Text)，第5卷（1986年），第3期，第65—88页；艾扎兹·艾哈迈德（Aijaz Ahmad）对此文的回应为《杰姆逊的他者言说以及"国家寓言"》(Jameson's Rhetoric of Otherness and the "National Allegory")，《社会性文本》，第6卷(1987年)，第2期，第3—25页；杰姆逊之后对于艾哈迈德一文的短篇反驳见同期第26—27页。

# 主要参考书目

## 诗集

### 中文

陈铁民选编,《近代诗百首》,北京:人民文学出版社,1982年。该诗集收录了约1820—1909年44位诗人的作品。每位诗人最多录数首诗。诗集所录皆为"进步"诗人反映当时时势的诗作。附有一些参考书目。共168页。

陈衍选编,《近代诗钞》,共3册,共1726页。上海:商务印书馆,1923年/1935年。1923年出版的是传统24卷线装版。1935年出版了金属活字版。台北商务印书馆1961年重印了1935年版。作为一部重要的"非政治化"(尽管有些偏于形式化)参考书,该诗集收录了370位诗人的数千首诗作,诗集以祁寯藻、何绍基、郑珍、曾国藩等人诗作开篇,至陈衍自己同时代的诗人陈三立、黄节、金天羽的诗作结束。不过,编者收录的主要是"咸丰初年"以及清末的作品。郑孝胥的诗作(在1923年版第13卷中原占据37页篇幅)因郑出任日本伪满洲国"总理大臣"一职而于 1935 年版中被删除。

邓之诚,《清诗纪事初编》,共 2 册。上海:中华书局,1965 年。2013 年上海古籍出版社有重印本。是已故北京大学教授邓之诚的遗著。共 8 卷,以明遗民列为前集,顺治和康熙两朝的作者按地区分编为甲、乙、丙、丁 4 集,共收作者 600 人,但未收清末诗人的资料。有人名索引。

丁力与乔斯选编,《清诗选》,长沙:湖南人民出版社,1985 年。该诗集收录了 364 位诗人的诗作,许多诗人只录有一两首短诗。全书分为三个部分:前面的 297 页收录了 144 位清初诗人的作品;中间的 159 页收录了 115 位清中叶诗人的诗作;最后的 240 页收录了 105 位诗人的作品。注释详略不一,往往不足。未见诗人生平材料。共 716 页。

胡朴安编,《南社丛选》,上海:国学社暨中国文化服务社,1936 年,共 5 卷。某种程度上不如柳亚子的《南社诗集》(见下)齐全。

《近代诗选》,北京:人民文学出版社,1963 年。北京大学中文系文学专门化 1955 级近代诗选小组编。有香港重印版(1977 年)。该诗选选录了鸦片战争、太平天国起义以及其后时期的清代诗歌。主要是反帝、反清的民歌以及爱国抒情诗。共 494 页。

柳亚子编,《南社诗集》,共 6 卷,上海:中学生书局,1936 年。该诗集重印了 350 位南社诗人的诗作。这些诗作最初发表于 22 期《南社丛刊》(上海,1910—1923)。该书注有现代标点符号。

钱仲联编,《近代诗钞》,共 3 卷,南京:江苏古籍出版社,1993 年,共 2155 页。这是钱仲联选录的诗歌,与 1923 年/1935

年出版的陈衍的同名著作所录诗歌不同。含钱仲联著的 27 页前言。我引用了陈衍的著作，因为陈的著作反映了一位在时间上更接近本书研究对象所在时期的评论家的选择，因此从历史学角度更真实可信。但是钱仲联是这个研究领域的大专家，因此这部著作亦是不可或缺的研究资料。

钱仲联编，钱学增注，《近代诗举要》，上海：上海教育出版社，1989 年，共 230 页。"中学生文库"系列书籍。该书介绍了大量这时期的诗歌，并附有非专业语言的注释与讨论。

钱仲联编，钱学增注，《清诗三百首》，长沙：岳麓书社，1985 年，共 419 页。该书附有详注以及介绍。选录的诗歌题材广泛，摒除了此前许多内地学者对于清诗持有的政治偏见。很有价值。

钱仲联、钱学增编注，《近代诗三百首》，杭州：浙江古籍出版社，1990 年。该书附有详注以及介绍。选录的诗歌题材广泛，摒除了此前许多内地学者对于清诗持有的政治偏见。很有价值。

钱仲联、钱学增选编，《清诗精华录》，济南：齐鲁书社，1987 年，共 894 页。该书附有详注以及新的介绍。与上面的《清诗三百首》类似，但选诗的范围更广，并且选择过程较少受到政治影响。非常有价值。

钱仲联主编，《清诗纪事》，南京：江苏古籍出版社，1987—1989 年。共 22 册。收明遗民至清末作品、逸事、历史资料。第 1—2 册明遗民；3—4 顺治；5—6 康熙；7 康熙、雍正；8—11 乾隆；12—13 嘉庆；14—15 道光；16 咸丰；17 同治；18—21 光绪至宣统朝卷。很重要的参考资料。

《清诗选》，北京：人民文学出版社，1984 年。由福建师范大学中文系古典文学教研室编注，共547页。日本学者松村隆对该书的评论，见京都大学《中国文学》杂志，第37卷，1986年10月，第122—145页。这本诗选主要收录了清代早期及中期的诗作，不包括清晚期（鸦片战争以后）的诗作。

王文濡选编，《现代十大家诗钞》，上海：进步书局，1915年，共4卷。

吴闿生选编，《晚清四十家诗钞》，台北：台湾中华书局，1970年，共140页。为1924年版的重印版。台北版附有曾可端（1969年）著的新序。

徐世昌选编，《晚晴簃诗汇》，共200卷，80册，13函。天津：得耕堂，1929年。又有台北世界书局1961年重印版，8大册本。该诗汇录有近6000位诗人的超过27000首诗，另录有简要的诗人生平以及若干诗话。

张应昌选编，《国朝诗铎》，重印版易名为《清诗铎》，共2册，北京：中华书局，1960年/1983年。按主题分为"善治""农耕""灾荒""鸦片烟瘾"等门类。第2册后附有按名字笔画顺序排列的作者索引。该书最早于1869年以传统的多卷线装书形式出版，编者张应昌耗时13年方完成。书中录有上自明遗民，下至同治初年诗人的诗作。中华书局版共1023页。

钟鼎选注，《近代诗一百首》，上海：上海古籍出版社，1980年，共165页。封面上有英文标题"One Hundred Poems of Modern Times"。钟鼎在本书前言第3页指出，整个现代时期（清末民初时期）的主要特征是"进步"与"反动"力量之间的斗争，该书便以此标准选择所收录的诗歌。钟鼎作为本书编辑，基本将"反动"（钟此处指"拟古主义"和"形式主义"）类诗歌排除在所选对象之外。

### 日文

村山吉广选编，《清诗》，收入"中国名诗鉴赏"系列第 10 卷，东京：明治书院，1976 年。比上面的《清诗选》薄，但形式类似。这一选集主要收录清初至清中叶的诗人。收录的唯一晚清诗人是黄遵宪，录有他的两首诗；另录有龚自珍 9 首诗作。

近藤光男选编，《清诗选》，"汉诗大系"系列第 22 卷，东京：集英社，1967 年。该诗集近四分之一篇幅收录的是鸦片战争后的诗作。附有简短的诗人生平，诗歌的日文翻译以及大量评论。许多清末诗人只选录了最具代表性的一两首诗作。

### 英法文

白之（Cyril Birch）选编，《中国文学作品选集》（*Anthology of Chinese Literature*），第 2 册，纽约：丛树出版社（Grove Press），1972 年。

戴密微（Paul Demieville）选编，《中国古典诗选》（*Anthologie de la poesie chinoise classique*），巴黎：伽利玛出版社（Gallimard），1962 年。

柳无忌、罗郁正（Wu-chi Liu, Irving Yucheng Lo）选编，《葵晔集：中国诗歌三千年》（*Sunflower Splendor: Three Thousand Years of Chinese Poetry*），布卢明顿（Bloomington）：印第安纳大学出版社，1975 年。

罗郁正、舒威霖（Irving Yucheng Lo，William Schultz）选编，《待麟集：清代诗词选》（*Waiting for the Unicorn: Poems and Lyrics of China's Last Dynasty, 1644—1911*），布卢明顿：印第安纳大学出版社，1986 年。本书所录诗词的中文版于 1987 年由同一出版社出版，取名《待麟集》。

吴盛青（Wu Shengqing），《现代"拟古主义者"：1900—1937 年中国诗词传统的延续和创新》（*Modern Archaics: Continuity and Innovation in the Chinese Lyric Tradition, 1900—1937*），麻省剑桥：哈佛大学亚洲中心，哈佛燕京学院丛书 88 号，2014 年。

## 诗人（个人）诗集

陈三立，《匡庐山居诗》，自行印刷（？），1931 年，共 26 页。

陈三立，《散原精舍诗集》，台北：台湾中华书局，1961 年，共 118 页。

陈三立，《散原精舍诗》，上海：商务印书馆，1926 年，共 4 册。

陈三立，《散原精舍诗别集》，上海：商务印书馆，1931 年，共 72 页。

陈三立，《散原精舍诗》，台北：台湾商务印书馆，1962 年。这是上面三本书的西式现代一大册合订本，仍沿用原书页码。卷上有 104 页，卷下 71 页，续集上 86 页，续集中 64 页，续集下 104 页，别集 74 页。

陈三立，《散原精舍诗文集》（上下册），上海：上海古籍出版社，2003 年。李开军校点。共 1276 页。收入《中国近代文学丛书》中，有钱仲联为丛书写的序言 2 页，郭延礼"代前言"28 页。

陈三立，《散原精舍诗文集补编》，南昌：江西人民出版社，2007 年。潘益民、李开军编注。共 348 页。有陈云君序 2 页，并编辑者潘益民、李开军的前言 4 页。

樊增祥，《樊山全集》，1913 年，共 24 册。

樊增祥，《樊山全书》，1913 年，共 8 册。

樊增祥，《樊樊山诗集》，共 3 册，上海：上海古籍出版社，2004 年。涂晓马、陈宇俊校点。迄今最完整的版本，西式三册本。第 1 册含钱仲联的序言（2 页）并编辑者（涂晓马、陈宇俊）前言（21 页）。共 2122 页。

范当世，《范伯子诗集》，台北：文海出版社，1966 年。该书为《范伯子诗集》《范伯子全集》《范伯子联语注》的现代合订影印版，共 860 页（重编页码）。

金天羽，《天放楼诗集》，上海：邮政书局，1922 年/1927 年；第 4 册于 1947 年出版。

沈曾植，《沈曾植集校注》，钱仲联编注，北京：中华书局，2001 年，共 2 卷。这是钱仲联继黄遵宪的《人境庐诗草笺注》（上海：上海古籍出版社，1981 年）之后唯一一本对某一位诗人诗作的笺注著作，所以特别有研究价值。

易顺鼎，《哭庵丛书》，长安，1895—1901 年，共 6 卷。伯克利哈蒂信托数字图书馆（Hathi Trust Digital Library）有网上免费电子版。

易顺鼎，《琴志楼丛书》，长沙，1882—1920 年，共 26 册。

伯克利哈蒂信托数字图书馆有免费电子版。

易顺鼎,《琴志楼诗集》,共2册,上海:上海古籍出版社,2012年。王飚校点。西式"上、下"二册。第一册含编辑者(王飚)的前言(28页)。共1582页。第二册附年谱(第1550—1582页)。

易顺鼎,《四魂集》,台北:文海出版社,1970年。近代中国史料丛刊第49辑,王以敏作序。

易顺鼎,《易顺鼎诗文集》,共3册,长沙:湖南人民出版社,2010年。陈松青校点。西式3册本。第1册含编辑者(陈松青)的前言(21页)。共1982页。

王闿运,《湘绮楼全集》,长沙:刘氏刊本,1907年,共30册。

郑孝胥,《海藏楼诗》,武昌,1914年,共4册9卷。后又有北京(?)出版的13卷本;13卷版的前9卷页码与1914年版完全相同。

郑孝胥,《海藏楼诗集》,上海:上海古籍出版社,2003年。迄今最完整的版本,西式一册本,内含编辑者(黄坤)的前言(29页)。

《郑孝胥传》,长春:"满洲图书株式会社",1938年,共181页。由"满日文化协会"组织编写,叶参、陈邦直、党庠周任编辑。1989年由上海书店重印,列入"民国丛书系列"(第1系列,第88本),但与雷鸣著《汪精卫先生传》合订为一卷本,列于雷著之后。书中除了郑晚年写作的170多首诗以外,还录有一份较全面的生平,一份年谱,郑的诗评、文学评论以及政治评论范例,关于郑的逸事以及郑去世后朋友的悼念诗等。

## 清末民初诗话

陈衍，《陈石遗集》，陈步编，福州：福建人民出版社，2001年，共3册，共2204页。这是陈衍大量作品的现代合订重印版。上册收录陈衍所著的大量诗文，中册收录陈的历史及朴学研究著作，下册收录陈的经学研究、《说文》研究、《福建通志》、陈的生平年表、陈1935年的谈话《石语》的注释版（该注释为钱锺书1938年所著，1994年修订）、陈步著题为"关于陈衍的学术思想"的9页后记（强调陈衍的朴学的重要性）以及参考书目。陈步（1921—1994）是陈衍的孙子，童年丧父母，由陈衍抚养长大。

陈衍，《石遗室诗话》，共32卷，上海：商务印书馆，1929年。前13卷的内容以及页码与上面的早期版本略有不同。

狄平子（狄葆贤），《平等阁诗话》，共2卷，上海：有正书局，1917年。首版出版于1904年。前者伯克利哈蒂信托数字图书馆有网上免费电子版，但只有第2卷。

金天羽，《天放楼文言》，共2册11卷，苏州：文新印刷公司，1917年初版。另有台北：文海出版社，1927年再版。

李慈铭，《越缦堂诗话》，上海：商务印书馆，1925年。此书是李慈铭去逝之后蒋瑞藻、徐珂二人从李的存世日记中选摘出的各种诗评集结而成。

梁启超，《饮冰室诗话》，共4册，上海：中华图书馆／中华书局，1910年。北京人民文学出版社于1982年出版了该书的现代标点版。

钱仲联编，《陈衍诗论合集》，上下卷，福州：福建人民出版社，1999年，共2072页。陈衍所著的大量诗作以及诗评的重印版（新排繁体字版）（不包括《近代诗钞》）。书中含钱仲联写的简短前言（4页）。上卷录有《石遗室诗话》32卷及续编，宋诗选，陈著《近代诗钞述评》（《近代诗钞》中所录诗人的简短生平以及陈对诗人的评价）。下卷录有《诗学概要》，陈写的诗评，陈为其他诗人（如沈曾植、郑孝胥）的文集写的前言，《金诗纪事》15卷，《元诗纪事》45卷以及陈所著当时著名文人的生平等。

汪辟疆，《汪辟疆说近代诗》，上海：上海古籍出版社，2001年。该文集收录了数篇汪于1919年至1934年间以文言写作的文章，包括《近代诗派与地域》以及数篇论诗的诗话体短文或诗。

汪辟疆，《汪辟疆文集》，上海：上海古籍出版社，1988年。

王逸塘（又名揖唐、王赓），《今传是楼诗话》，上海：大公报出版部，1933年。后被列为"近代中国史料丛刊续编"系列丛书第68本重印，沈云龙选编（台北：文海出版社，1970？日期不详）。

张之洞，《书目答问》及《輶轩语》，共5卷，长沙：湖南濠上书斋，1877年。又见《张文襄公全集》，北平，1928年。

# 传记

### 中文

蔡冠洛选编，《清代七百名人传》，共3卷，上海：世界书局，1937年。

陈敬之，《中国新文学运动的前驱》，台北：成文出版社，

1980年。

陈声暨，《侯官陈石遗年谱》，台北：广文书局，1971年。该书为"年谱丛书"第57本。

蒋天枢，《陈寅恪先生编年事辑》，上海：上海古籍出版社，1981年。

劳祖德编，《郑孝胥日记》，共5卷，北京：中华书局，1993年。

刘纳编，《陈三立：评传·作品选》，北京：中国文史出版社，1998年，共232页。本书44页"评传"部分从决定论的视角看待陈三立的文学，对于陈三立作品的评价不够充分，偏见较深。对陈诗作的注释寥寥无几。附主要参考书目（第230—231页）。

《清史列传》，上海：中华书局，1928年。

张维屏，《清朝诗人征略》，台北：鼎文书局，1971年。最初发表于1842年，原名《国朝诗人征略》。

赵尔巽，《清史稿》，共48卷，北京：中华书局，1976—1977年。

郑方坤，《本朝名家诗钞小传》，后以"清朝诗人小传"为题再版。为"古今诗话丛编"第14卷，台北：广文书局，1980年。

宗志文、朱信泉，《民国人物传》，北京：中华书局，1978年。该书收录的是清末/民初的人物。

### 英文

恒慕义（Arthur W. Hummel）选编，《清代名人传略》（*Eminent Chinese of the Qing Period*），共2册，华盛顿：美国政府印刷局，

1943年。

霍华德·布尔曼（Howard L. Boorman）选编，《中华民国人物传略》（*Biographical Dictionary of Republican China*），共5册，纽约：哥伦比亚大学出版社，1967—1979年。第5册为索引。

## 研究著作

### 中文

陈炳堃，《最近三十年中国文学史》，上海：太平洋书店，1930年/1931年。

郭延礼，《中国近代文学发展史》，共2卷，济南：山东教育出版社，1991年。第2卷中有论述满族诗人以及台湾诗人的章节；另有60页（第1401—1461页）关于"同光体"派、"汉魏六朝诗派"、"中晚唐诗派"、诗僧敬安以及戊戌变法中被杀害的刘光第与林旭的论述。

胡怀琛，《新诗概说》，上海：商务印书馆，1935年。

胡迎建，《同光体诗派研究》，北京：学苑出版社，2013年，共306页。作者认为民国后的同光体"成就不逊清末，加盟其中的诗人更多，所以才有极大声势与影响"。此书详细地阐述了同光体的形成、特征与时代背景；主要人物的诗学及其交游（尤其是陈三立与他人）；同光体赣派、闽派、浙派；同光体与其他诗派诗人的关系等。

马亚中，《中国近代诗歌史》，台北：学生书局，1992年，共584页。以作者在苏州大学由导师钱仲联指导的博士论文为基础。

该书共九章，前四章追溯近代以来至清中叶的文学发展脉络。后五章探讨清末民初的南社等各大诗派。钱仲联评价此书最突出的特点在于作者将晚清诗歌置于整个中国诗歌传统的语境。

《明清诗文论文集》，苏州大学明清诗文研究室选编，苏州：江苏古籍出版社，1986年。内含刘诚著的一篇24页名为《王闿运和"湖湘派"的诗歌》的文章。

《明清诗文研究资料集》（上下册），上海：上海古籍出版社，1986年。

钱基博，《钱基博卷》，石家庄：河北教育出版社，1996年。钱的学术著作集，共945页。内含参考书目以及钱一生的大事年表。

钱基博，《现代中国文学史》，长沙：岳麓书社，1986年。与上一著作内容相同，不过是简体字版，另附出版商的序言以及编辑的后记。

钱基博，《现代中国文学史》，上海：世界书局，1934年。

钱锺书，《石语》，北京：中国社会科学出版社，1996年，共48页。本书包括一篇陈衍的谈话，以及钱对谈话的注解与评论，内含钱锺书笔记的影印。

王英志，《清人诗论研究》，苏州：江苏古籍出版社，1986年。

魏中林整理，《钱仲联讲论清诗》，苏州：江苏大学出版社，2004年，共178页。本书原是钱仲联晚年的讲学内容，由其学生魏中林作笔记。共八章，并魏氏的前记、钱仲联的跋语。清末诗人及其作品主要在第六章至第八章。

吴宏一，《清代诗话知见录》，台北："中央研究院"中国文哲研究所，2002 年。书中有中国的大陆、香港、台湾，以及日本各地收藏的清代诗话的各种版本信息。

吴宏一，《清代诗学初探》，台北：牧童出版社，1977 年。该书以作者的论文为基础，书中包含大量文学理论、批评，以及当时文坛人物著作的书目信息。不过时间上主要局限于鸦片战争之前。

郑逸梅，《清末民初文坛轶事》，上海：学林出版社，1987 年，共 328 页。

周锡馥，《闲话孽海花》，香港：中华书局，1989 年，共 139 页。一本关于赛金花的故事的参考书，简短易读，内有一些历史照片。

**日文**

仓田贞美《清末民初を中心とした中国近代詩の研究》，东京：大修馆书店，1969 年，共 792 页。该书是关于这一时期诗歌的主要学术著作，书中包含 54 页索引、45 页年表。是不可或缺的研究资料。仓田贞美是香川大学中国文学教授。

青木正儿《清代文学評論史》，东京：岩波书店，1940 年。陈淑女翻译的中译本出版于台北：开明书店，1969 年。

# 译后记

## 一

本书的研究对象是清末民初的"旧派"诗人。"旧派"是新文学对以往文学家的称呼，明显带有贬义。在很长一个时期里，中国的文学史家正是这样看待这些诗人的，胡适甚至把他们的作品称为"假古董"。

本书原著在"旧派"上加了引号，显然，作者寇志明并不同意这么称呼。问题是：研究鲁迅出身的寇志明为什么要为"旧派"诗人——王闿运、樊增祥、郑孝胥、陈三立这样的"老古董"乃至"假古董"——开脱乃至辩护？

当然，从书名上看，作者是在说，这些旧派诗人在中国文学中进行了"微妙的革命"，这革命微小，纤弱，婉曲，跟胡适、鲁迅等新文化运动倡导者进行的大张旗鼓、轰轰烈烈的革命比较起来，自然是不够鲜明有力。胡适是新文学特别是白话文和新诗的倡导者，倡导白话文，鲁迅写小说呐喊助威；胡适尝试新诗，招徕同道时，鲁迅也赶过去敲敲边鼓。这都是中国现代文学史上广为人知的事件。但旧派诗人毕竟不那么旧了，或者说旧中有新，是革命的雏形，是革命的先声。而且，在比较的时候，又会发现他们之间的延续性。仿佛一条河，源头是微小的，但蜿蜒曲折向前流淌，成了巨流。所以，本书所做的并非翻案文章，相反，是追本溯源的疏通工作。

我翻译这本书，起初就是好奇而且感动于作者从鲁迅上溯到这些"旧派"诗人。

鲁迅跟这些文坛前辈没有多少关系。在新文学运动中，鲁迅以白话短篇小说做出重大而独特的贡献。但在人生的最后五六年，却时不时地做起旧体诗来，或者说他本来就有这样的素养，过去被压抑了——被压抑的古代性。把鲁迅这种放弃新体诗，重归旧体诗，说成旧习难改，说成自相矛盾，都不为过，但这"新中旧"也是正常的。生活在中国，置身于中国文学传统中，受过古典文学训练，鲁迅不可能做化外人，这番事实不须回避。

寇志明在研究鲁迅旧体诗方面是系统而深入的，他对鲁迅旧体诗很熟悉，信手拈来，本书就常拿鲁迅来做映衬和对照。如第一章中谈到章炳麟、刘师培和黄节对诗文风格的选择出于政治考虑，即推翻清朝统治并"净化"中国文化（即使之回归到更加古老，因此也就更加纯粹的汉文化）。这使章炳麟形成了一种肯定杜甫及其之前的中国古代诗歌，而排斥晚唐和宋代诗风的倾向。寇志明立即援引鲁迅作证，鲁迅青年时代曾沉醉于章炳麟文风，去世前不久写的《太炎先生二三事》中还引用了章炳麟的两首诗《狱中赠邹容》和《狱中闻沈禹希见杀》，显示"古体风格和用语在传达牢狱和死亡的阴森可怕的意象时特别有力"。

本书的意图是找到中国文学自新的契机，肯定中国文学内部的自新能力。有一种对比和关联不可避免，即旧派诗人的创作与新文化运动倡导的新文学之间的关系。在有些文学史家笔下，他们把新文学的起点从1917年提前了很多年，而且，还不是像以前只把"诗界革命"的黄遵宪、梁启超等人当作新文学的先声，而是更早也更多元。可见，在梁启超、黄遵宪之前，中国的诗界里已经有一种微妙的革命在萌动了，可以说是一种自发的革命，或者更确切地说，是被时代推动的革命。这些诗人是他们时代文坛的翘楚，但也许更多地出于政治援引，被后世所轻视或忽视。这是作者所不满的。

《微妙的革命》看似是一部研究旧体诗的书，实际上是一部研究新文学的书，探究中国文学的现代性如何从旧的形式中生长，旧派诗人是如何表达新观念，从而证明古典诗歌作为一种仍然适用于现代的文学形式是如何发挥作用的。新中旧，旧中新，新旧往往纠结在一起，进而发现鲁迅文学世界中的新旧并陈或纠结的状态，这是中国文学新旧矛盾的具体体现，具有典型意义。

## 二

本书作者曾将鲁迅全部旧体诗翻译为英文，出版了《鲁迅旧体诗全英译》，又有论文"Lyrical Lu Xun"发表，堪称英语世界研究鲁迅诗歌第一人。鲁迅旧体诗研究是鲁迅研究大热门中的冷门。在一个普遍贫瘠的时代，一些名句如"横眉冷对千夫指，俯首甘为孺子牛""度尽劫波兄弟在，相逢一笑泯恩仇""于无声处听惊雷""只研朱墨作春山"确曾慰藉人们的知识和情感饥渴。也是因此之故,关于鲁迅旧体诗的研究也不无偏向,即过于夸大这些名句,而忽略了鲁迅旧体诗的整体面貌,有意无意地回避或遮蔽一些并不热烈或峻峭的句子,如"破帽遮颜过闹市,漏船载酒泛中流""躲进小楼成一统"等。寇志明学习中国文学伊始,赶上中国"继续革命"的时代。他在纽约哥伦比亚大学主修中国语言和文化,毕业后到中国台湾学习两年,期间见到流行的《鲁迅诗注析》(即江天的"红卫兵"版,内部发行的《鲁迅诗新解》的删节本),开始对鲁迅诗歌感兴趣。后来到夏威夷大学修中国文学硕士课程,就以鲁迅的旧体诗为题。在翻译和研究鲁迅旧体诗后,他又在白之教授的指导下完成了博士论文,也就是本书。

　　寇志明对鲁迅旧体诗的翻译和研究,引导他继续研究鲁迅的前辈。本书中这几位诗人的思想和诗作与鲁迅迥然不同,但他们之间有一个共同点,就是用旧体诗这个"古典形式"来表达现代意识。作者选择这些诗人的动机之一,是想了解鲁迅,以及五四时代作家和诗人的前辈的作品是怎样的,特别是在诗体上保守,而无意于形式创新的诗人。这些前辈,不是文学史上强调的具有"革命性"的黄遵宪、梁启超、蒋智由,也不是具有新思想萌芽的龚自珍。其实,即便是本书中这些离鲁迅更近的"有革命倾向"的诗人,鲁迅与他们也很少联系。鲁迅的文学活动,日本时期是西方文学特别是俄国东欧文学,归国后,是中国笔记史料、金石拓本等,尤其偏重乡邦文献整理和小说逸文钩沉。他在北京的教育部任职,除了写出悼念范爱农的几首诗外,与旧诗坛几乎无涉。诗坛大老陈三立,还有他的同乡前辈李慈铭,他都很少提及。按说,陈三立是他的同学、同事和好友陈师曾的父亲;绍兴籍的李慈铭,在鲁迅的生活圈子里一定有很多人议论。鲁迅对清末文坛的论述,是后来研究小说史的时候才稍多,而对那个时代小说成就的论述,他的负面评价也多于正面评价。鲁迅研究和创作小说,本不在正统之中。道听途说者流所虚构、"致远恐泥"的小说,怎能与正统的诗歌相提并论?而鲁迅较少关注旧诗坛,后来被研究者用他自己的一个论断搪塞过去:"我以为一切好诗,到唐已被做完,此后倘非能翻出如来掌心之'齐天大圣',大可不必动手,然而言行不能一致,有时也诌几句,自省殊亦可笑。"这感想与胡适公开宣布清末诗是"假古董"异曲同工,只是多了一两句自嘲,没有把话说绝。

事实上,新文学兴起前夕,文坛领风骚者还是诗和古文的作者,例如严复和林纾。林纾以翻译外国小说得了大名,但都不大看重翻译,而坚持自称古文家。他的同乡,同光体诗人——本书多所论及——陈衍在诗论方面权威,在新文学流行并成为主流后,仍然是文坛上的一个不容忽视的存在。1926年年底,鲁迅到厦门大学担任文学院教授和国学院研究教授,——这两个职务一个是"教",一个是"研",一新一旧,像是脱节,其实应该是一体——他是小说家,很受学生们欢迎,自不待言。可是,有一天,陈衍来到厦门,也引起不小的反响。鲁迅写信给北大国学教授沈兼士说:"陈石遗忽来,居于镇南关,国学院中人纷纷往拜之。"鲁迅自己可是没有去拜。文学是一个延续性的行业,也是并列杂陈的行业,不应该有斩钉截铁的"革命"性断裂和决绝。断然与前辈切割,显示革命性,忽略延续性,有时候会显得可笑。新文学家中，真正理解文学三昧者是不会制造延续性和一致性矛盾的。周作人把新文学的散文传统接上了明代的公安、竟陵，新诗上就没有人来做这个对接的工作，而掉头到民间去，寻找源头活水，做出与前辈彻底决裂的架势，所以几十年后，还在苦苦挣扎，与旧体诗争夺读者。鲁迅在与"革命文学家"论战中也充分意识到这一点，他反感于革命文学家的急躁和狰狞，是他回到旧习（也就是回到中国文学传统）的一个原因吧。他从对革命文学的反思中，也对早年的文学革命进行了反思：五四前后的文学革命应该是实际上也正是渐进的，他自己写的白话文早有蓝本（他世纪初到日本留学时就写过白话），胡适的"尝试"也早有前驱，不但有黄遵宪、梁启超、蒋智由，而且更上溯到晚清的洋务派和"旧派"诗人。

鲁迅本人对新体诗在20世纪最初二十年偶尔写过一些后就歇手了，但他1935年去世前一年还在写旧体诗，而且愈发沉郁孤愤，"曾经秋肃临天下，敢遣春温上笔端"，凝练平生，竟成绝唱。除鲁迅外，其他一些新体诗的拥护者，甚至是很著名的实践者在晚年也回复写作旧体诗，如沈尹默、康白情、刘大白、俞平伯、郁达夫等。旧的东西并不是完全旧，新的东西也并不完全新，新中旧，旧中新，是鲁迅与其文学前辈之间关系的一种样态。鲁迅文学世界中的新旧并陈或纠结的状态，是中国文学新旧矛盾的体现，具有典型意义。

## 三

本书作者作为研究中国现代文学的外国人，当然会拿现代人的标准来衡量清末的"旧派"诗人，想从"旧"中寻"新"来。这些"旧派"诗人的作品包含着"现代性"的变革，增加了新的意象、新的情感表达方式，但还不那么具有自觉性，变革也是微小的，作者做出这样的判断是谨慎的。

　　五四前后开展的新文化运动，倡导者具有自觉意识，提出了革命口号，目标是打破贵族士大夫阶层对知识的垄断，使民众平等地接受教育，养成健全人格和独立精神，为建设自由、民主、科学的现代社会奠定一个思想文化的基础，引导中国走向现代化。形成这样的观念，当然需要一个漫长的过程，不过，在民国的建立和其后的思想革命运动中有了突飞猛进。在渐变过程，中国文学，具体地说，清末诗人，何时和怎样有了"自觉的"现代性？文学史研究从黄遵宪、梁启超等人那里找出现代意识的作品如"我手写我口"等口号和几首诗是不够的，不能动摇文言的统治地位，在清末诗中找到一些现代性因素，当然也不能说明就是这个时期文学的普遍意识。

　　从这些"旧派"诗人的作品中读出一些现代性"因素"，自无问题，但这些因素是"微小"的。新文学具有的现代性，应该是人的文学，独立的文学，平民精神的文学。这些"旧派"诗人能不能自己摆脱束缚获得现代意识？是不是仍操着忠臣甚至奴才的腔调？是不是仍旧热心于宾主间和幕僚间的酬唱？

　　但文学的情形是复杂的，具体到每个作家和每篇作品，新与旧，现代和古老，差别是微妙的。形式并不是决定因素。新体诗并不一定都是具有现代性的，现代的旧体诗也可能是新旧杂陈。新文学家用白话或者文言一样能表达旧的非现代的思想和情绪。

鲁迅的"躲进小楼成一统"是个人的情绪,是一种现代意识,但这种情绪在古代诗人的作品里也多有。

在分析易顺鼎的诗时,作者将现代性描写成一种疏离意识,一种在王纲解纽时代的混乱中的孤独和惶恐,并将之与现代性研究中提出的"社会断裂"意识相比较:时代把人们"抛离了所有类型的社会秩序的轨道"。有意思的是,作者将易顺鼎这种情绪同毛泽东作于1956年的《水调歌头·游泳》进行了比较。在后者中,"人已经不再仅仅是大自然的一部分,而是自己命运的主人;他用自己的想象来重塑世界"。但在这里,"我们能发现任何爱默生所说的'生命中的恐惧的知觉'的影子吗?我们在其中能够找到具有现代意识特点的疏离感、自我疑惑和前所未有的变化感吗?",因此,作者做出这样的判断:"易顺鼎和毛泽东的诗歌作品之间的对立,正如王闿运和柳亚子的诗歌作品之间的对立一样,最后的判断仍然悬而未决。"古代和现代的对比,让读者对易顺鼎这位一向被贬为"颓废"的诗人产生一些亲切感。

在诗风方面,作者特别用了篇幅在有关"清切"的争论的分析上,从而证明陈三立这样的诗人在现代性上所做的努力。极力推崇欧阳修、苏轼和王安石的张之洞认为凡诗皆应力求"清切",但同光体代表人物并不认同,例如郑孝胥就反驳说:"世事万变,纷扰于外;心绪百态,腾沸于内;宫商不调而不能已于声,吐属不巧而不能已于辞。若是者,吾固知其有乖于清也!思之来也无端,则断如复断,乱如复乱者,恶能使之尽合?兴之发也匪定,则倏忽无见,惝悦无闻者,恶能责以有说?若是者,吾固知其不期于切也!"作者借此肯定那些含有政治讽刺和规谏的作品,表彰了陈三立诗中蕴含的社会批判。

## 四

寇志明翻译鲁迅的旧体诗，用的是无韵体。他曾说，他翻译中国诗信奉的原则是："翻译不仅仅是为表达意义，要通过重新创造把原诗中特定的情感表达出来。"(It is not just bringing over the meaning that is important, it is recreating a certain feeling engendered by the original poem.)用英文唤起跟原文所引起的同样的情感，将原诗的境界融于另一种文化和习俗，同时试图保存原初的画面（意象）、感觉以及韵律。其所悬鹄的相当高。但本书翻译成中文后，这些方面的讲究自然看不到了。不过，寇志明对中国诗的解读，还能从他的注释和解说中看出来——翻译本身就是细读的一种方式。立论需要广泛细致的阅读，而驳论更需要勇气。要反驳胡适关于王闿运的诗词是"假古董"的论断，就必须细读王闿运的作品。本书各部分的主体就是分析诗人的代表作，例如论述樊增祥，分析的是他的旅游诗的代表作《泊枝江》《杜陵竹枝词》，从中引出"一种恼人的孤独情绪，甚至还有与世隔绝的情绪"。作者还把这些诗人传达的情绪同古代诗人的类似作品进行比较，例如在分析《赋得可怜九月初三夜得怜字》描写的月亮的状态时，引用李商隐的"沧海月明珠有泪，蓝田日暖玉生烟"这或是普通读者都会有的联想，但接下来一联，作者认为"包含着一个更加具体的所指而且作为更接近现代的结果"，是比李商隐的诗中的任何东西都具体，从而说明清末动荡的社会尤其是战争创伤带给诗人的重压和威胁。

作者有时也拿这些旧派诗人同他们的前辈或同时代人比较。例如樊增祥《彩云曲》与吴梅村《圆圆曲》的比较，在作者看来，后者显然"缺乏那种在《彩云曲》中可以明显见到的现代性因素"。因为彩云并非只靠容貌美艳得到青睐，更因为她天生的聪慧和控制复杂局势的能力，特别是在对外关系的事件中。樊增祥的诗提供了对人物及其行为动机的洞察更为深刻，反映了那个时代文人对女人在社会和文学中所处地位的一种新的态度。而且，《彩云曲》在反语、讽刺的运用，以及对中国面临的现代困境的特殊性的强调方面都超过了王闿运的《圆明园词》。

此外，作者还将"旧派"诗人与外国诗人做比较。例如第三章中论及郑孝胥的作品对当时士大夫阶层的不满，将之视为懦夫、机会主义者、向新政权投降的叛徒和优秀文学传统的玷污者时，与艾兹拉·庞德对19世纪二三十年代美国通俗文化提倡者的蔑视做了比较。

本书论断谨严，解读细腻，既有概括，又有比较，而且多有同情的理解，对认识清末民初诗坛具有参考价值。但译者不懂诗，翻译起来不免吃力，译文一定有不准确、不到位的地方。幸赖寇志明先生和三联书店徐国强君的指导和帮助，终于完成，对我而言，所得岂止是翻译水平的一次提升。感激之情，难以言表。

黄乔生

2020 年 5 月